Nina Horaczek, Sebastian Wiese

GEGEN VORURTEILE

Wie du dich mit guten Argumenten gegen dumme Behauptungen wehrst

GEGRÜNDET
1999

Nina Horaczek, Sebastian Wiese

GEGEN VORURTEILE

Wie du dich mit guten Argumenten gegen dumme Behauptungen wehrst

Czernin Verlag, Wien

Gedruckt mit Unterstützung der Stadt Wien MA 7/Kultur – Wissenschafts- und Forschungsförderung und des Zukunftsfonds der Republik Österreich

ZukunftsFonds
der Republik Österreich

Aus Gründen der besseren Lesbarkeit wird in diesem Buch bei Personen nicht durchgängig die männliche und weibliche Form angeführt. Gemeint sind selbstverständlich immer beide Geschlechter.

Horaczek, Nina; Wiese, Sebastian: Gegen Vorurteile. Wie du dich
mit guten Argumenten gegen dumme Behauptungen wehrst/
Nina Horaczek; Sebastian Wiese
Wien: Czernin Verlag 2017
ISBN: 978-3-7076-0607-2

Lektorat: Joe Rabl
Umschlaggestaltung: sensomatic
Autorenfotos: Katharina Roßboth-Fröschl
Satz: Burghard List
Druck: Christian Theiss GmbH, A-9431 St. Stefan
ISBN Print: 978-3-7076-0607-2
ISBN E-Book: 978-3-7076-0608-9

Inhalt

Vorwort

Vorurteile erleichtern das Leben, sagen die einen. Sie erschweren unser Zusammenleben, antworten die anderen. Jeder hat sie, meinen die Ehrlichen. Aber immer nur die anderen, gestehen die ganz Ehrlichen.
Kaum jemand hat bewusst und absichtlich Vorurteile. Oft entstehen sie, weil man falschen Informationen vertraut. Diese lauern in Zeiten von »Fake-News« und »alternativen Fakten« zuhauf in sozialen Netzwerken und Internetmedien.
Erkennt man eine Meinung als Vorurteil, empfindet man sie als zu kurz gedacht, als falsch, vielleicht sogar als dumm. So weit, so einfach, der Knackpunkt ist bloß: Wie lässt sich ein Vorurteil erkennen?
Davon handelt dieses Buch. Es liefert Informationen zu den gängigsten Vorurteilen. Es soll helfen, die eigenen Vorurteile zu erkennen. Es soll Nachschlagewerk und Unterstützung in politischen Debatten sein. Und es soll vor allem eines zeigen: dass die einfachen Antworten oft nicht die richtigen sind. Dass es sich lohnt, nachzufragen und sich seine eigene Meinung zu bilden.

1. Was ist ein Vorurteil?

Jeder Mensch hat Vorurteile. Das bedeutet aber nicht, dass wir Vorurteilen einfach freien Lauf lassen sollen. Denn Vorurteile sind vorgefasste Meinungen, die ganze Gruppen ungerecht beurteilen. Wer Vorurteile hat, denkt ohne ausreichenden Grund schlecht über andere. Gerade das macht Vorurteile gefährlich. Denn wer schlecht über andere denkt, richtet auch sein Handeln danach aus. Auf lange Sicht führen Vorurteile so zu Diskriminierung. Außerdem passen sich die Opfer von Vorurteilen oft an das Vorurteil an. So rechnen Mädchen, denen man sagt, dass Burschen in Mathematik besser sind, tatsächlich schlechter als Mädchen, die von diesem Vorurteil nichts »wissen«. Manchmal bewirkt also erst das zunächst völlig falsche Vorurteil, dass es später einmal wirklich zutrifft.

Wie unterscheidet sich ein Vorurteil von einem Urteil? Und wieso machen Vorurteile blöd?

Ein Vorurteil ist eine Meinung, die vor dem Urteil steht, also noch nicht endgültig ist. Es ist ein Zwischenergebnis, eine vorläufige Meinung, bevor man sich ein endgültiges Urteil gebildet hat.

So gesehen wären Vorurteile veränderbar. Der alltäglichen Erfahrung entspricht das nicht. »Es ist schwieriger, eine vorgefasste Meinung zu zertrümmern als ein Atom«, erklärte schon der Physiker und Nobelpreisträger Albert Einstein.

Vorurteile werten – positiv oder negativ. Sie sind Wertungen, die breit akzeptierten Maßstäben widersprechen:

- der Rationalität, also dem Gebot, zunächst gewissenhaft zu prüfen und dann zu urteilen. Vorurteile sind vorschnelle Schlüsse aus Einzelbeobachtungen;
- der Gerechtigkeit, weil der Meinungsträger mit seiner Äußerung über einzelne Menschen oder Gruppen nach anderen Maßstäben urteilt als über sich selbst;
- der Mitmenschlichkeit, weil der Äußerung das gesellschaftlich akzeptierte Mindestmaß an Toleranz, Mitgefühl und Verständnis für andere fehlt.[1]

Vorurteile sind »stabile negative Einstellungen gegenüber einer anderen Gruppe bzw. einem Individuum, weil es zu dieser Gruppe gerechnet wird«.[2]

Um diese Definition zu vereinfachen, muss man sich bloß überlegen, was man tut, wenn man ein Vorurteil hat: von anderen schlecht denken – ohne ausreichende Begründung. Fein ist das nicht. Wer an sich selbst etwas höhere Ansprüche stellt, wird lernen müssen, seine eigenen Vorurteile zu erkennen und zu hinterfragen.
Vorurteile haben gemeinsame Charakteristika:

1. Sie beziehen sich stets auf Gruppen, zum Beispiel auf »die Homosexuellen«, »die Ausländer«, »die Muslime«, »die Frauen«, »die Türken«.

2. Vorurteile beziehen sich immer auf die anderen. Dass etwa »die Ausländer« kriminell seien, wird man in dieser Pauschalität wohl bloß von Inländern zu hören bekommen. Zum Wesen eines Vorurteils gehört auch, Angehörigen einer Gruppe bestimmte Eigenschaften zuzuschreiben, sogenannte Stereotype.
3. Vorurteile entstehen, wenn von Einzelfällen auf die Allgemeinheit geschlossen wird. Verstärkt wird dieser Effekt durch die Neigung des Menschen, über Mitglieder der eigenen Gruppe gnädiger zu urteilen als über jene fremder Gruppen. Das hängt auch damit zusammen, dass man sich in die Lage von Menschen der eigenen Gruppe besser hineindenken kann als in jene fremder Gruppen.
4. In Vorurteilen steckt meistens ein Körnchen Wahrheit. Schließlich findet sich zu jedem Vorurteil eine Person, die dem darin transportierten Klischee entspricht. Das Vorurteil entsteht aber durch Verallgemeinerung (Generalisierung) und vorschnell gezogene (falsche) Schlüsse aus einer an sich richtigen Einzelbeobachtung. Ein Vorurteil schließt vom Einzelnen auf die Gesamtheit.

Lesen wir zum Beispiel einen Zeitungsartikel über häusliche Gewalt in einem inländischen Haushalt, differenzieren wir gedanklich nach sozialer Schicht, Alter, belasteten Wohngegenden usw., ohne auf den Gedanken zu kommen, »unseren« Männern pauschal Gewalttätigkeit zu unterstellen. Lesen wir denselben Zeitungsartikel über ein tunesisches Ehepaar, tendieren wir rasch dazu, »die Tunesier« oder »die Muslime« generell für gewalttätiger zu halten (sofern wir selbst weder aus Tunesien stammen noch Muslime sind).

Hinzu kommt, dass wir alle dazu neigen, Mitglieder fremder Gruppen nicht nur stereotyper (generalisierender) zu beurteilen als Mitglieder der eigenen Gruppe, sondern auch negativer. Wir wissen nicht nur weniger über »die anderen«, wir können uns auch weniger in sie hineinversetzen und sagen deshalb ihr Verhalten schlechter vorher.

Vorurteil und Wirklichkeit

Eine Studentin an der Universität Wien hat 2002 im Rahmen ihrer Diplomarbeit ein spannendes Experiment zum Thema Vorurteile durchgeführt.[3] Zuerst ließ sie ihre Versuchspersonen selbst einschätzen, ob sie über Kriminalität gut informiert sind. Dann mussten sie schätzen, wie viele Prozent aller Straftaten in Österreich von Ausländern begangen werden. Personen, die von sich behaupteten, über Ausländerkriminalität gut informiert zu sein, schätzten den Ausländeranteil an der Gesamtkriminalität besonders hoch ein. Nach eigenen Angaben uninformierte Personen schätzten den Ausländeranteil zwar noch immer zu hoch, aber durchgehend niedriger und damit realistischer ein als die angeblich gut informierten. Das legt nahe, dass Menschen, die in Zeitungen und im Fernsehen viel über Kriminalität von Ausländern lesen, ein überzeichnetes Bild der Ausländerkriminalität bekommen.

Dann wurden die Befragten nach dem Anteil an Ausländern bei kinderpornografischen Verbrechen befragt. Hier schätzten diejenigen, die meinten, über Kriminalität gut informiert zu sein, den Ausländeranteil auf 32,8 Prozent, die Uninformierten immer noch auf 27,57 Prozent. Tatsächlich ist gerade dieses Delikt fest in der Hand inländischer Täter: Der Ausländeranteil betrug 2007 gerade einmal 3,35 Prozent.

Besonders spannend wurde der Versuch, als die Befragten auch eine Geschichte zum Delikt hörten und danach schätzen mussten, wie wahrscheinlich der Täter ein Ausländer war. Nach der Aufforderung, sich vorzustellen, dass man eine Ansammlung von Polizisten vor einem Haus sehe und die Auskunft erhalte, in einer Wohnung des Hauses sei kinderpornografisches Material gefunden worden, stiegen die Schätzwerte bereits zulasten der Ausländer. Auch wer sich vorstellte, dass man einen Ausländer mit »sehr teurem Auto [...], sehr elegantem, teurem Anzug« und einer »wertvollen Uhr« gesehen habe, schätzte viel häufiger als zuvor, dass der Täter eines Betrugs Ausländer sei.

All das legt den Schluss nahe, dass der subjektive Eindruck der Befragten zur Ausländerkriminalität weitaus stärker gefühlsbeeinflusst als faktenbasiert ist. Offenbar spielen Polarisierung und Wir-Gefühl, Imaginationen und negative Emotionen eine gewichtige Rolle bei der Wahrnehmung von Ausländerkriminalität.

Warum kümmern uns Vorurteile überhaupt? Es gibt doch immer irgendwen, der von anderen ohne ausreichende Begründung schlecht denkt. Ganz falsch ist das nicht. Aber dieser Zugang zu Vorurteilen ignoriert einen großen Unterschied zwischen einem »echten« Vorurteil und dem simplen Umstand, dass es selbst der netteste Zeitgenosse nicht allen Nachbarn und Mitschülern recht machen kann. Das ruft nämlich meist nur die negative Meinung einiger weniger hervor. Ein »echtes« Vorurteil wird hingegen oft von großen Teilen einer Gesellschaft getragen. Das Zielobjekt eines Vorurteils ist in einer besonders belastenden Situation: Es ist nicht bloß einer, sondern es sind viele, die schlecht über das Opfer eines Vorurteils denken.

Auch handelt es sich bei einem Vorurteil nicht um ein negatives Bild über einen einzelnen Menschen, sondern um eine schlechte Meinung über eine ganze Gruppe, also über eine Vielzahl an Individuen. Und das meist allein aufgrund ihrer Gruppenzugehörigkeit. Problematisch ist das insbesondere, weil es auf Dauer nicht beim (negativen) Urteil in unseren Köpfen bleibt, sondern sich diese Urteile auf unser Verhalten auswirken.

Ist ein Vorurteil in einer Gesellschaft weit genug verbreitet, wird später aus dem Vorurteil sehr wahrscheinlich eine tatsächliche Benachteiligung für die Opfer des Vorurteils entstehen. Sie werden diskriminiert.

Manche Wissenschaftler sehen im Vorurteil sogar den ersten Schritt zur gewollten Vernichtung seiner Opfer. Die ihnen innewohnende Diskriminierung führt ihrer Meinung nach schleichend dazu, dass das Eigentum der diskriminierten Gruppe nicht mehr geachtet wird. Diese Phase der Enteignung münde schließlich in eine Phase der körperlichen Gewaltanwendung. Am Ende dieser Entwicklung stehe die physische Vernichtung der Zielgruppe durch Ermordung ihrer Angehörigen.

VOM STEREOTYP ZUR DISKRIMINIERUNG		
Stereotyp	Gefühl	Diskriminierung
Muslime haben einen anderen Umgang mit Frauen.	Ich lehne ab, wie Muslime mit Frauen umgehen. Sie sind frauenfeindlich.	Mit einem muslimischen Freund kommt mir meine Tochter (Schwester) nicht ins Haus.
Ausländer sind öfter kriminell.	Ich mag keine Ausländer, weil sie kriminell sind.	Ausländer gehören abgeschoben oder weggesperrt.
Ausländer sind öfter arbeitslos.	Ich mag keine Ausländer, weil sie faul sind.	Einem Ausländer würde ich nie einen ordentlichen Job geben.
Jugendliche aus Südosteuropa geben sich besonders cool.	Mit Jugendlichen aus Südosteuropa gibt es ständig Probleme.	Jugendliche aus Südosteuropa dürfen nicht in unsere Disco.
Schwarze sind anders.	Ich respektiere Schwarze nicht als gleichwertig.	Einen Schwarzen würde ich nur für einfache Arbeiten einstellen, selbst wenn er Akademiker ist.

Oft wird diese Theorie am Beispiel des Schicksals der europäischen Juden erklärt. Jahrhundertelang waren sie Ziel von diffusen Vorwürfen und Vorurteilen. Ihre Diskriminierung begann im Mittelalter, etwa indem ihnen lediglich in besonders ausgewiesenen Gebieten, den Ghettos, das Ansiedeln erlaubt war. Sie erreichte 1935 mit den Nürnberger Rassengesetzen der Nationalsozialisten einen ersten Höhepunkt.[4] Dieser Vorgang steigerte sich in der zweiten Hälfte der 1930er-Jahre zu einer Phase, in der jüdisches Vermögen systematisch »arisiert« wurde, also die Juden enteignet wurden. Die jahrhundertealten Vorurteile gegen Juden gipfelten schließlich in der planmäßigen Vernichtung der europäischen Juden durch die Nationalsozialisten.

Das Beispiel der Judenvernichtung ist ein Extrembeispiel für jene Gefahr, die von Vorurteilen ausgeht. Dieses drastische Beispiel darf aber nicht davon ablenken, dass Vorurteile ihr Gift schon viel eher heimlich entfalten. Mit ihren (Ab-)Wertungen ordnen sie manche Gruppen als »wertvoller« und andere als »minderwertiger« ein. Diese Wertungen nehmen auch die Opfer eines Vorurteils wahr. Schon in den 1940er-Jahren zeigten beispielsweise Experimente in den USA, dass die überwiegend positive Bewertung heller Hautfarbe und die negative Bewertung dunkler Hautfarbe quer durch alle Bevölkerungsgruppen auch kleinsten Kindern vermittelt wird. Wissenschaftler boten zufällig ausgewählten Kindern hell- und dunkelhäutige Puppen zum Spielen an. Aus dem Aufbau des Experiments war klar, dass die Kinder jeweils zur nach ihrer Bewertung »besseren« Puppe greifen würden. Die meisten Kinder bevorzugten Puppen mit heller Hautfarbe. Selbst die Kinder dunkler Hautfarbe griffen viel häufiger zu hellhäutigen als zu dunkelhäutigen Puppen, auch sie beurteilten Puppen heller Hautfarbe offenbar als »besser«. Diese dunkelhäutigen Kinder »lernten« schon früh, dass sie selbst »schlechter« sind als Menschen mit heller Hautfarbe.[5]

Inzwischen ist auch wissenschaftlich belegt, dass Vorurteile dumm machen. Wie das funktioniert? Vorurteile sind zwar falsch. Wenn sie lange genug bestehen, sorgen aber ihre Opfer dafür, dass sie richtig werden. Denn die Opfer passen sich unbewusst den Vorurteilen an.

Der Sachverständigenrat deutscher Stiftungen für Integration und Migration (SVR) hat für eine Studie gleichlautende Bewerbungen an unterschiedliche Unternehmen in Deutschland geschickt – ohne Foto des Bewerbers. Einziger Unterschied: die Namen der Bewerber. Für einen Teil der Bewerbungen benutzten die Studienautoren Namen, die besonders »deutsch« klangen, also vom Leser überwiegend mit einer Person ohne Migrationshintergrund und mit deutschen Vorfahren verbunden werden (z.B. Tim Schultheiss). Die übrigen Bewerbungen versandten sie mit Namen, die auf einen Migrationshintergrund hindeuten (z.B. Ahmed Aydin). Ergebnis: Tim musste im Durchschnitt vier Bewerbungsschreiben absenden, um zu einem Vorstellungsgespräch als Kfz-Mechatroniker eingeladen zu werden, Ahmed hingegen sieben.[6]

Die Folgen davon? Bewerber mit Migrationshintergrund erhalten bei gleicher Qualifikation schwerer einen Job als ihre Mitbewerber und sind infolgedessen eher von Arbeitslosigkeit bedroht. Wer öfter arbeitslos ist, hat in der Regel ein niedrigeres Durchschnittseinkommen. Je niedriger das Durchschnittseinkommen eines Bevölkerungsteils, desto höher die Kriminalitätsrate. Die Diskriminierung von Bewerbern mit Migrationshintergrund am Arbeitsmarkt erhöht also auch die Wahrscheinlichkeit, dass diese Bevölkerungsteile eine höhere Kriminalitätsrate aufweisen. Dieser Hintergrund interessiert den Durchschnittsfremdenfeind natürlich nicht. Für ihn zählt allein die höhere Kriminalitätsrate. Sie bestätigt, was er schon immer gewusst haben will: »Ausländer sind nicht nur fauler, sondern auch krimineller als wir.« So wird ein Vorurteil zur selbst erfüllenden Prophezeiung.

Ausländerfeindlichkeit macht dumm

Der Psychologe Markus Appel hat Jugendliche mit Wahlplakaten konfrontiert, die Slogans wie »Sozialstaat statt Zuwanderung«, »Daham statt Islam« (»daham« ist österreichisch für »zu Hause«) und »Deutsch statt nix verstehn« enthielten. Vor und nach Betrachten dieser Plakate mussten die Jugendlichen schwierige Denkaufgaben erfüllen. Testpersonen mit Migrationshintergrund schnitten nach Betrachten der Plakate schlechter ab als davor. Ihre Denkleistung verminderte sich durch die Konfrontation mit Vorurteilen um 6 Prozent. Wurden sie nicht mit diesen ausländerfeindlichen Slogans konfrontiert, blieb ihre Leistung unverändert. Auf die Denkleistung von Jugendlichen ohne Migrationshintergrund hatten die Sprüche keinen Einfluss.[7]

Lange hatte man angenommen, dass Mädchen durchschnittlich weniger mathematisch begabt seien als Buben. Noch beim PISA-Test im Jahr 2006 hatte der Unterschied zwischen Mädchen und Buben in der Mathematik 20 Punkte betragen. Neuere Studien zeigen, dass Mädchen durchaus dasselbe mathematische Talent aufweisen wie Buben. Eine unter 500.000 Schülern in 69 Ländern durchgeführte Studie zeigte, dass Mädchen umso bessere Ergebnisse erzielten, je besser die Chancengleichheit der Geschlechter in ihrem Land ausgeprägt war. Eine Gesamtschau der neueren Studien zeigt, dass Mädchen nur dann schlechter als Buben rechnen, wenn sie selbst glauben, dass sie schlechter seien.[8] Mit anderen Worten: Mädchen verlernen das Rechnen, wenn man sie glauben lässt, dass sie mathematisch weniger begabt sind. Vorurteile gefährden also die Intelligenz. Ungerechterweise aber jene der Opfer.

2. Ausländer kosten mehr, als sie bringen

Welches Ergebnis man bei einer Kosten-Nutzen-Rechnung über Ausländer erzielt, hängt immer davon ab, welche Faktoren man in die Rechnung einbezieht. Die meisten Studien errechnen jedenfalls positive wirtschaftliche Effekte für den Sozialstaat. Fest steht: Je höher die Ausbildung, desto höher ist auch die Wahrscheinlichkeit einer bezahlten Beschäftigung und desto mehr »Nutzen« erzielt ein Ausländer für den Staat. Denn eine positive Bilanz kann nur vorweisen, wer am Arbeitsmarkt aktiv ist – das gilt für Ausländer und Inländer gleichermaßen.

Spitäler, Kindergärten, Schulen, Unis, Sozialhilfe und vieles mehr gibt es nicht nur für Inländer, sondern auch für Migranten. Das verursacht Kosten. In einer Umfrage des European Social Survey in Österreich sagten nur 7 Prozent der Befragten, dass Ausländer mehr in die Sozialtöpfe einzahlen, als sie erhalten, während 30 Prozent meinten, Ausländer kassieren mehr Geld aus Sozialleistungen, als sie ins System einzahlen. Wer hat recht?

Auf die Frage, was Ausländer den Staat kosten, gibt es viele Zahlen, aber keine einfache Antwort. Denn wie misst man den wirtschaftlichen Nutzen oder Schaden des Einzelnen für die Gesellschaft? Und was kostet ein Mensch und was bringt er ein?

Prinzipiell gilt, dass der Mensch in den verschiedenen Phasen seines Lebens unterschiedlich viel oder wenig für die Allgemeinheit erwirtschaften kann. Wer zur Welt kommt, »kostet« erst einmal: die ärztliche Betreuung der Mutter während der Schwangerschaft, die Spitalskosten für die Geburt, Familienleistungen wie Kindergeld, staatliche Ausgaben für Kinderkrippe, Kindergarten, Schule, eventuell Universität, und während dieser Zeit natürlich auch Krankenversicherung. Dem steht das bisschen Geld gegenüber, das Kinder und Jugendliche an Steuern zahlen, etwa Umsatzsteuer, wenn sie sich mit ihrem Taschengeld ein Eis oder eine Limonade kaufen. Die ersten Jahre ist der Mensch also ein Verlustgeschäft für den Staat.

Das ändert sich in dem Moment, in dem ein Mensch auf dem Arbeitsmarkt aktiv wird. Dann dreht sich die Bilanz, denn jeder Unternehmer und jeder Arbeitnehmer hilft durch seine Steuern und Abgaben mit, die Staatskassen zu füllen.

Am Ende eines Lebens nimmt der wirtschaftliche »Wert« eines Menschen wieder ab: Dann zahlt die Allgemeinheit diesen Menschen Pensionen und Renten dafür, dass sie gearbeitet und Pensionsbeiträge einbezahlt haben. Alte Menschen sind auch öfter krank und brauchen Pflege, die finanziert werden muss. Der in Zahlen ausgedrückte »Wert« eines Menschen verändert sich also im Laufe eines Lebens.

Bei Ausländern kommt noch ein anderes Kriterium hinzu: Ob Zuwanderer das Sozialwesen belasten oder entlasten, hängt davon ab, aus welchem Grund sie hier sind. Wer als Asylwerber kommt, um aus humanitären Gründen bei uns Schutz zu suchen, verursacht zuerst einmal Kosten. Während des Asylverfahrens haben Asylwerber kaum Zugang zum Arbeitsmarkt. Die Allgemeinheit muss deshalb bis zum Abschluss des Asylverfahrens für ihren Lebensunterhalt aufkommen.

Mehr als die Hälfte der Bezieher der sogenannten Bedarfsorientierten Mindestsicherung (der früheren Sozialhilfe) lebt in der österreichischen Hauptstadt Wien. Dort bezogen 2015 insgesamt 180.646 Personen Mindestsicherung. 57 Prozent der Bezieher waren österreichische Staatsbürger. Der Anteil von anerkannten Flüchtlingen und subsidiär Schutzbedürftigen an allen Mindestsicherungsbeziehern in Wien stieg von 13,4 Prozent 2014 auf 17,4 Prozent 2015. Nicht-Österreicher, die diese Sozialleistung bezogen, waren:

- 1. Menschen mit nicht-geklärter Staatsangehörigkeit
- 2. Türken
- 3. Serben
- 4. Syrer
- 5. Afghanen
- 6. Polen
- 7. Rumänen
- 8. Russen
- 9. Bulgaren.

Nur 10 Prozent aller Mindestsicherungsbezieher erhielten den vollen Betrag von 837,76 Euro pro Person. Der durchschnittliche Bezug betrug 311 Euro pro Person. Insgesamt gab Wien 2015 544 Millionen oder 4,2 Prozent des Gesamtbudgets für die Mindestsicherung aus.

Im April 2016 bezogen in Deutschland 5,93 Millionen Menschen Arbeitslosenunterstützung. 1,541 Millionen Ausländer waren Hartz-IV-Empfänger, das sind um 12,4 Prozent mehr als im Jahr zuvor. Insgesamt stammt jeder vierte Hartz-IV-Bezieher aus dem Ausland. Die starke Zunahme ausländischer Unterstützungsbezieher ist eine Konsequenz der vielen Flüchtlinge, die 2015 nach Deutschland kamen. Die Zahl der Syrer, die Hartz IV beziehen, stieg binnen eines Jahres um 195,1 Prozent auf mehr als 242.000, jene der Eritreer um 229 Prozent auf 16.700. Insgesamt verringerte sich die Zahl der Bezieher von 2015 auf 2016 um 70.900 Personen oder 1,2 Prozent, was vor allem auf die sinkende Zahl der deutschen Bezieher zurückzuführen ist (zu Ausländern und Arbeit siehe Kap. 3).

In Österreich zahlten Ausländer 2015 ungefähr 5,3 Milliarden Euro an Sozialbeiträgen ein, haben aber nur Sozialversicherungsleistungen in der Höhe von 3,7 Milliarden bezogen. Im Gegensatz dazu zahlten österreichische Staatsbürger 50,5 Milliarden Euro ein, erhielten aber 57,6 Milliarden Euro an Sozialversicherungsleistungen. Pro Kopf bekamen Österreicher um 970 Euro mehr, als sie einzahlten, Ausländer um 1.490 Euro weniger. Zu diesem Ergebnis kamen Experten des Europäischen Zentrums für Wohlfahrtspolitik und des österreichischen Sozialministeriums.[9]

Bei der Arbeitslosenversicherung und bei Familienleistungen profitierten hingegen Ausländer mehr als Inländer. Sie zahlten 600 Millionen Euro in die Arbeitslosenversicherung ein, bekamen aber 800 Millionen ausbezahlt. Bei den Familienleistungen bekamen sie eine Milliarde heraus, zahlten aber nur 600 Millionen ein.

Anders ist das Bild bei den Pensionen. 2015 zahlten Ausländer 2,8 Milliarden als Altersvorsorge ein, bezogen aber nur 1,1 Milliarden Euro.

Dass Ausländer mehr Sozialversicherungsbeiträge einzahlen, als sie erhalten, liegt vor allem daran, dass sie durchschnittlich um einiges jünger sind als die inländische Bevölkerung. Nichts kommt den Staat günstiger als Arbeitskräfte, für deren teure akademische Ausbildung ein anderer Staat zahlen musste, die frisch auf seinen eigenen Arbeitsmarkt kommen und noch weit vom Pensionsalter entfernt sind. Falls ihr Potenzial genutzt wird. Denn der ausländische Herr Doktor, der Taxi fährt, oder die Biochemikerin, die als Putzfrau arbeitet, sind zwar traurige Realität, aber vergeudetes Potenzial.

In Deutschland hat das Zentrum für Europäische Wirtschaftsforschung (ZEW) im Auftrag der Bertelsmann Stiftung im November 2014 eine Untersuchung vorgelegt. Darin wird berechnet, welche Sozialleistungen Ausländer im Jahr 2012 inklusive der Ausgaben für Bildung erhalten und wie viele Steuern und Abgaben sie im gleichen Jahr dem Staat überwiesen haben. Das Ergebnis: Pro Ausländer bleiben dem deutschen Staat jedes Jahr 3.300 Euro mehr im Steuertopf, als er den Staat kostet. 2012 zahlten alle Ausländer in Deutschland insgesamt 22 Milliarden Euro an Steuern und Abgaben.

Diese Berechnungen erfolgten sehr vorsichtig. Es wurden nur Beiträge von Menschen einbezogen, die nicht deutsche Staatsbürger sind. »Nähme man noch jene ausländischen Mitbürger hinzu, die die deutsche Staatsangehörigkeit angenommen haben, würde der fiskalische Nutzen mit großer Wahrscheinlichkeit noch höher ausfallen, da dieser Personenkreis im Durchschnitt ökonomisch erfolgreicher ist als die Gruppe der Ausländer«, schreibt der Studienautor.[10]

Würde mehr in die Bildung von Migranten investiert, würde dieser Wert noch weiter steigen. Denn wer besser qualifiziert ist, bekommt meist besser bezahlte Jobs und zahlt dadurch auch mehr Steuern. Der durchschnittliche Deutsche bringt dem Staat durchschnittlich jährlich übrigens etwa 4.000 Euro Gewinn – nicht zuletzt aufgrund der besseren Qualifikation.

Es gibt aber auch andere Stimmen: Der deutsche Ökonom Hans-Werner Sinn kommt anhand derselben Daten zu einem ganz anderen Ergebnis. Er kritisiert, dass in dieser Berechnung nur die allgemeinen Ausgaben des Staates auf den einzelnen Bürger umgelegt und abgezogen werden. In seiner Berechnung, die auch Kosten für Straßenbau und Landesverteidigung einbezieht, fällt der »Wert« eines Ausländers von einem Plus von 3.300 Euro auf ein Minus von 1.800 Euro. Aber Straßen müsste Deutschland auch ohne Ausländer bauen. Und die Landesverteidigung wäre ohne Migranten auch nicht billiger – die deutsche Grenze bleibt schließlich gleich lang, egal wie viele Ausländer sich im Landesinneren befinden.

Auch was den Bezug von Sozialleistungen betrifft, findet sich kein eindeutiges Ergebnis zugunsten oder zulasten von Ausländern. Eine Studie des österreichischen Wirtschaftsforschungsinstituts anhand von Daten aus dem Jahr 2009 stellt zwar fest, dass ausländische Haushalte in Österreich pro Jahr durchschnittlich um 2.391 Euro weniger aus der Kranken-, Pensions- und Arbeitslosenversicherung erhalten als inländische Haushalte. Bei Kindergeld und Sozialhilfe würden sie hingegen im Durchschnitt um 319 Euro mehr kassieren. In Deutschland ist die Situation wieder anders: Dort würden, so das Ergebnis der Studie, Migrantenhaushalte im Durchschnitt gar um 7.194 Euro mehr an staatlichen Leistungen pro Jahr erhalten als inländische Haushalte.

Was kosten uns die Flüchtlinge?

Im Jahr 2016 musste Deutschland für die vielen neu ins Land gekommenen Flüchtlinge 21,7 Milliarden Euro aufwenden. Für 2017 sind 21,3 Milliarden Euro prognostiziert. In Österreich fielen nach Angaben des Finanzministeriums in den Jahren 2015 und 2016 Mehrkosten von 1,4 Milliarden Euro an. Der Budgetentwurf für 2017 plant 2,055 Milliarden Euro für Asyl, Flüchtlinge und Integration ein.

Ziemlich viel Geld. Flüchtlinge werden den Staat auch noch länger mehr kosten als an Geld einbringen. Das Finanzwissenschaftliche Forschungsinstitut an der Universität zu Köln hat im Februar 2016 eine Studie über die Finanzierung der Flüchtlingspolitik veröffentlicht, in der nicht nur die kurzfristigen Kosten während des Asylverfahrens berechnet wurden, sondern auch die langfristigen Kosten für Integration. Das Ergebnis: Für jeden Flüchtling, der in Deutschland bleiben darf, muss der Staat Mehrkosten von etwa 12.000 Euro pro Jahr kalkulieren.

Allerdings kosten Flüchtlinge nicht nur, sie bringen auch Geld in die Staatskassen. Nach Berechnungen des arbeitgebernahen Instituts der deutschen Wirtschaft Köln kann das deutsche Bruttoinlandsprodukt durch den Zustrom Hunderttausender Menschen bis 2020 um insgesamt rund 90 Milliarden Euro steigen.

Aufgrund der vielen Flüchtlinge, die ins Land kamen, schätzen die

Forscher, dass die Zahl der Erwerbslosen in Deutschland im Jahr 2020 um 1 Prozent höher sein wird, als dies ohne die Aufnahme der Flüchtlinge der Fall gewesen wäre. Gleichzeitig prognostizieren sie, dass die gesamtwirtschaftliche Leistung im Jahr 2020 um 1 Prozent oder 30 Milliarden Euro höher sein wird als ohne die Aufnahme und Integration der Flüchtlinge.

In Österreich kostet ein Asylwerber den Staat pro Jahr durchschnittlich 10.724 Euro. Das hat die Forschungsgesellschaft Joanneum Research im Auftrag von Caritas und Rotem Kreuz in einer Studie über die ökonomischen Effekte von Asylberechtigten in Österreich berechnet. Allerdings zeigt sich über die Jahre (die Studie hat die Erwerbssituation von 65.000 Flüchtlingen, die zwischen 2000 und 2015 nach Österreich kamen, analysiert), dass anerkannte Flüchtlinge durchschnittlich pro Jahr um 3.050 Euro mehr an Steuern ins Sozialsystem einzahlen, als sie herausbekommen. Dieser Berechnung liegt die Annahme zugrunde, dass Flüchtlinge so viel verdienen wie die untersten 10 Prozent der Gesellschaft, weil sie häufig in Sparten mit niedrigen Löhnen wie Gastronomie oder Reinigung beschäftigt sind. Sozialleistungen wie Familienbeihilfe wurden in die Berechnung einbezogen, aber nicht zum Beispiel Infrastrukturkosten, etwa wenn für Flüchtlingskinder zusätzliche Schulklassen aufgemacht wurden.

Damit diese Bilanz positiv bleibe, müsse der Staat in die Weiterbildung von Flüchtlingen investieren, und dies schon beginnend bei der Sprachförderung im Kindergarten. Vor allem die Jugendarbeitslosigkeit sei bedenklich, schreiben die Studienautoren. Hier müsse der Staat vermehrt Aus- und Weiterbildungsangebote machen.

Zahlen aus der Vergangenheit geben aber Hoffnung: Im Jahr 1992 prognostizierten Wirtschaftsforscher in Österreich ein Wachstum von nur 0,5 Prozent. Ab April kamen viele Tausende Bosnier als Kriegsflüchtlinge ins Land, denen es an allem fehlte. Der Konsum sprang an, Ende 1992 war die Wirtschaft um 1,5 Prozent gewachsen.

Es gibt keine einfachen Antworten auf die Frage nach den Kosten und dem Nutzen von Ausländern auf die Staatskasse. Je nachdem, welche der zahlreichen Parameter man verwendet, wird das Ergebnis unterschiedlich ausfallen. So kann die »Wahrheit« je nach politischer Einstellung auch schnell in die eine oder in die andere Richtung gebogen werden.

Die Mehrzahl der zur Verfügung stehenden Untersuchungen kommt aber zu dem Schluss, dass Migranten den Staatshaushalt nicht ruinieren, sondern mehr einzahlen, als sie herausnehmen.[11] Abgesehen davon tragen arbeitende Ausländer durch ihre Arbeit und alle Ausländer durch ihren Konsum im Inland auch zum Wirtschaftswachstum bei.

Die gerade zu diesem Thema besonders verschiedenen, einander zum Teil widersprechenden Zahlen zeigen eines ganz klar: Es ist immer gut, gegenüber simplen Rechnungen misstrauisch zu bleiben.

3. Ausländer nehmen uns die Arbeitsplätze weg

Ausländer nehmen keine Arbeitsplätze weg. Sie haben in der Vergangenheit Jobs übernommen, für die keine einheimischen Arbeitskräfte gefunden wurden. Sie trugen dadurch zur Schaffung und Vermehrung unseres Wohlstands bei. In wirtschaftlich schlechten Zeiten sind Zuwanderer die Ersten, die um ihren Arbeitsplatz fürchten müssen.

Es ist eine einfache Rechnung: Schmeißt man so viele Ausländer aus dem Land, wie es Arbeitslose gibt, hätten alle Inländer einen Job und die Arbeitslosigkeit wäre besiegt. Aber stimmt diese Rechnung?

Würden Ausländer uns die Arbeitsplätze wegnehmen, müsste Deutschland das Land mit der höchsten Arbeitslosigkeit sein.

2015 war schließlich ein Rekordjahr, was die Bevölkerung mit Migrationshintergrund betrifft. 17,1 Millionen Menschen mit ausländischer Herkunft wurden in Deutschland gezählt. 2016 kamen noch einmal 280.000 Asylsuchende dazu. Nähmen Ausländer den Inländern die Arbeitsplätze weg, müssten bei so einem Zuzug die Arbeitslosenzahlen ordentlich in die Höhe schnellen.

Tatsächlich waren aber im Jahr 2016 in Deutschland so viele Menschen berufstätig wie nie zuvor. Die Zahl der erwerbstätigen Personen stieg von 42,6 Millionen im Jahr 2014 auf 43,4 Millionen im Jahr 2016. Die Arbeitslosigkeit sank um 0,3 Prozent auf 6,3 Prozent.

In Österreich ist die Arbeitslosigkeit zuletzt ebenfalls um 0,9 Prozent gesunken. Sie lag Ende 2016 bei 10,3 Prozent (das sind 424.523 Arbeitslose). Gleichzeitig gab es Ende 2016 viele unbesetzte Arbeitsplätze, für die die Arbeitgeber keine Interessenten finden konnten.

Wer kriegt bei uns die Jobs?

Meldet ein Unternehmen eine Arbeitsstelle als frei, wird diese als Erstes an Inländer oder gleichgestellte EU-Bürger vermittelt, die Arbeitslosenunterstützung beziehen. Erst wenn kein Inländer oder gleichgestellter EU-Bürger den Job annehmen will, bekommt ihn ein Ausländer von außerhalb der EU angeboten, der ebenfalls Arbeitslosengeld bezieht. Nimmt auch der den Job nicht an, dann erst kann ein anderer Ausländer diese Stelle besetzen.

Um Arbeitslosengeld beziehen zu dürfen, muss man nach deutschem Recht zumindest ein Jahr in Deutschland gearbeitet haben, nach österreichischem Recht zumindest 52 Wochen innerhalb von zwei Jahren.

In Österreich gab es Ende 2016 etwa 50.000 offene Stellen und fast 14.000 unbesetzte Lehrstellen. In Deutschland hatten die Arbeitgeber Ende 2016 den Arbeitsagenturen sogar 658.000 zu besetzende Stellen gemeldet, auf 148.000 Lehrstellensuchende in Deutschland 2016 kamen 172.200 Ausbildungsplätze. Das EU-weite Arbeitsplatzportal Eures listet Anfang 2017 sogar mehr als 1,2 Millionen freie Jobs in den Staaten der EU auf.

OFFENE STELLEN IN DEUTSCHLAND, DEZEMBER 2016 (AUSWAHL)	
45.557	Verkauf
43.400	Metallerzeugung, Metallberufe
27.449	Tourismus, Gastgewerbe
15.956	Reinigungsberufe

OFFENE STELLEN IN ÖSTERREICH, DURCHSCHNITT 2015 (AUSWAHL)	
6.690	Dienstleistungsbereich
4.699	Hotel, Gastgewerbe
3.762	Handel
1.748	Bauberufe

Aber wieso gibt es überhaupt Arbeitslose, wenn so viele Jobs vorhanden sind?

Das liegt vor allem daran, dass ein großer Teil der Arbeitslosen keine oder nur eine schlechte Ausbildung hat. Von den Menschen in Deutschland, die keinen Berufsabschluss haben, war 2015 jeder Fünfte arbeitslos (20,3 Prozent). Mit Berufsabschluss liegt die Arbeitslosenquote bei 4,6 Prozent, unter Akademikern bei nur 2,4 Prozent.

Einwanderer schaffen Jobs
Zwischen 2005 und 2014 ist die Zahl der Arbeitsplätze, die in Deutschland von Selbstständigen mit Migrationshintergrund geschaffen wurden, von 947.000 auf 1,3 Millionen gestiegen. Auch in Österreich schaffen Migranten Jobs: Fast jeder dritte Unternehmensgründer wurde im Ausland geboren.

Es sind also nicht die Ausländer, die Jobs wegnehmen. Offene Stellen gibt es viele – allerdings fehlt einem großen Teil der Arbeitslosen die Qualifikation für diese Stellen. Es wird immer schwieriger, Jobs zu finden, für die man keine gute Ausbildung braucht. In diesem Segment kommt es tatsächlich zur Konkurrenz zwischen Inländern und Ausländern. Denn die Zahl der Hilfsjobs ohne besondere Qualifikationserfordernisse sinkt ständig. Allerdings stehen Arbeitsmigranten in diesem Segment weniger mit Einheimischen im Wettstreit um Arbeitsplätze als mit anderen Ausländern.

AUSLÄNDERANTEIL IN AUSGEWÄHLTEN BERUFEN DEUTSCHLAND (JUNI 2015)	
Reinigungsberufe	27,3 %
Tourismus, Hotel, Gastgewerbe	22,9 %
Hoch- und Tiefbau	18,2 %
Angehörige der regulären Streitkräfte	16 %
Ausländeranteil am Arbeitsmarkt insgesamt	9,2 %
Medizin und Gesundheitsberufe	5,5 %

Warum sind eigentlich so viele Ausländer nach Österreich und Deutschland gekommen?

In den 1960er- und 1970er-Jahren haben Deutschland und Österreich Menschen aus Ländern wie der Türkei oder dem damaligen Jugoslawien aktiv angeworben, weil es bei uns nicht mehr möglich war, in bestimmten Branchen die Arbeitsplätze mit Einheimischen zu besetzen. Wären keine Ausländer gekommen, dann hätten die Unternehmen zu wenige Arbeiter gehabt und Aufträge ablehnen müssen. Durch die sogenannten Gastarbeiter konnten Aufträge ungebremst erfüllt werden. Das machte das »Wirtschaftswunder« der Nachkriegszeit mit Vollbeschäftigung und steigendem Wohlstand in der Bevölkerung überhaupt erst möglich. Während niedrig qualifizierte Arbeitskräfte aus dem Ausland – vor allem aus der Türkei, den Ländern des ehemaligen Jugoslawien oder aus Spanien – geholt wurden, um bei uns die einfachen, schlecht bezahlten Jobs zu erledigen, stiegen die hier Geborenen in der Hierarchie des Arbeitsmarktes auf.

Die Anwerbeabkommen

Während der 1950er- und 1960er-Jahre suchten Deutschland und Österreich gezielt nach ausländischen Arbeitskräften, um den Arbeitskräftemangel während der Hochkonjunktur zu beheben und das »Wirtschaftswunder« nicht zu bremsen. Deutschland schloss sogenannte Anwerbeabkommen mit Italien (1955), Spanien (1960), Griechenland (1960), der Türkei (1961), Portugal (1964) und dem damaligen Jugoslawien (1968). Österreich unterzeichnete Anwerbeabkommen mit Spanien (1962), der Türkei (1964) und dem damaligen Jugoslawien (1966).

In den großen Städten wurden eigene »Anwerbestellen« eingerichtet, und als die vor allem männlichen Arbeiter mit Zügen nach Deutschland und Österreich kamen, wurden sie bereits an den Bahnhöfen in provisorischen »Arbeitsämtern« an interessierte Unternehmen vermittelt.

An eine Integration dieser Menschen dachte niemand. »Der nicht integrierte, auf sehr niedrigem Lebensstandard vegetierende Gastarbeiter verursacht relativ geringe Kosten«, schrieb das *Handelsblatt* zu Beginn der 1970er-Jahre.[12]

Die allermeisten Gastarbeiter wollten ursprünglich nur wenige Jahre bleiben. Sie wurden aber von der Wirtschaft für viele Jahre gebraucht und deshalb länger als zunächst geplant bei uns behalten. Klar holten diese Arbeiter dann auch ihre Familien zu sich ins neue Heimatland.

Ausländer machen also nicht arbeitslos. Aber sie sind meist die Ersten, die ihre Jobs verlieren, sobald es mit der Wirtschaft bergab geht. Das zeigt sich etwa in Italien. Dort hat zwischen 2008, als die Wirtschaftskrise in Europa ausbrach, und 2012 etwa eine Million Ausländer das Land wieder verlassen.

Wie mobil eine Krise die Arbeitnehmer macht, sehen wir auch in Deutschland: Hier stammten fast 80 Prozent aller Migranten, die zwischen 2006 und 2011 ins Land kamen, aus europäischen Krisenstaaten. Migranten gehen tendenziell dorthin, wo es Arbeitsplätze gibt und füllen Lücken auf dem Arbeitsmarkt.

Die Organisation für wirtschaftliche Zusammenarbeit und Entwicklung (OECD) berechnete, dass sich die Arbeitslosenquote der im Ausland Geborenen in allen 34 OECD-Ländern zwischen den ersten drei Quartalen des Krisenjahrs 2008 und 2009 merklich erhöhte.

Wieso sind Migranten stärker von Arbeitslosigkeit betroffen?

Es gibt mehrere Gründe, weshalb Migranten eher arbeitslos sind. Das kann an mangelnden Sprachkenntnissen liegen. Auch haben Migranten durchschnittlich niedrigere Bildungsabschlüsse. Zumindest das ändert sich aber gerade. Denn mittlerweile ist der Prozentsatz der Akademiker unter Migranten höher als unter der inländischen Bevölkerung (siehe Kap. 6).

Was kaum bekannt ist: Die Migrationsbevölkerung ist im Gegensatz zur »einheimischen« Bevölkerung in Deutschland und Österreich sehr jung. Die zweite Generation der Migranten ist im Durchschnitt etwa 30 Jahre alt. Die übrige Bevölkerung ist älter. Das Schwergewicht liegt dort bei etwa 40 Jahren. Und mit 40 Jahren ist die Wahrscheinlichkeit, beschäftigt zu sein, statistisch gesehen am größten.

Wer als Migrant in Deutschland oder Österreich arbeitet, bekommt auch oft Jobs, die unter seiner Qualifikation liegen und schlechter bezahlt sind als Jobs von Einheimischen. Für manche Jobs, etwa die 24-Stunden-Betreuung pflegebedürftiger Menschen, finden sich überhaupt nur Arbeitsmigranten, weil Österreicher und Deutsche nicht bereit sind, unter derartigen Bedingungen zu arbeiten.

23,5 Prozent der nicht-österreichischen Beschäftigten waren 2014 für ihren Job überqualifiziert (28 Prozent der Frauen und 19,3 Prozent der Männer). Unter den österreichischen Beschäftigten waren es 8,8 Prozent (10,7 Prozent der Frauen und 7,1 Prozent der Männer). Besonders gravierend ist die Überqualifikation von Frauen, die aus den EU-Beitrittsländern ab 2004 stammen. Von ihnen hatten 38,3 Prozent einen Job, für den sie überqualifiziert waren.

Jobmotor Flüchtlinge

Zwischen November 2015 und 2016 fanden in Deutschland 34.000 Menschen aus den Asyl-Herkunftsländern einen Job. Trotzdem war die Arbeitslosigkeit in Deutschland 2016 so niedrig wie in den vergangenen 25 Jahren nicht. In Österreich konnten 2016 15,2 Prozent aller 2015 nach Österreich Geflüchteten einen Job finden. Im Bundesland Vorarlberg waren es sogar 30 Prozent. Trotzdem stieg die Arbeitslosigkeit unter den Inländern in Vorarlberg nicht, im Gegenteil: 2016 ging die Zahl der Arbeitslosen im Vergleich zum Vorjahr um 3,3 Prozent zurück.

Auch der Flüchtlingszuzug selbst sorgte 2015 für Jobs: 50.000 Deutsche fanden aufgrund der vielen Flüchtlinge eine Arbeit. Besonders in den Sparten Bauwirtschaft, Sozialarbeit, Sprachausbildung, Sicherheitsdienstleistungen und in der öffentlichen Verwaltung sowie bei Erziehern gab es einen Zuwachs an Arbeitsplätzen.

Schließlich klagen zahlreiche Migranten und auch die Nachkommen einstiger »Gastarbeiter« darüber, auf dem Arbeitsmarkt aufgrund ihrer Herkunft diskriminiert zu werden. Zum Beispiel werden Jugendliche mit Migrationshintergrund in Deutschland seltener zu Bewerbungsgesprächen eingeladen. Jugendliche ohne Migrationshintergrund haben eine 59-prozentige Chance, nach einer Bewerbung zum Gespräch geladen zu werden, bei Jugendlichen mit Migrationshintergrund bekommen hingegen nur 49 Prozent eine solche Einladung.

Um Diskriminierungen auf dem Arbeitsmarkt zu minimieren, betreibt die deutsche Stadt Celle seit dem Jahr 2014 ein interessantes Projekt: Öffentliche Stellen werden nach einem anonymisierten Bewerbungsverfahren vergeben. Dafür werden Fotos sowie Namensangaben und weitere personenbezogene Informationen wie Geschlecht, Alter oder Herkunft aus den Bewerbungsunterlagen entfernt. Dadurch soll die Stelle ausschließlich nach dem Kriterium der Qualifikation vergeben werden. Seit es dieses Auswahlverfahren gibt, hat sich die Zahl der Migranten im öffentlichen Dienst messbar erhöht. »Man konzentriert sich darauf: Was hat die Person gemacht, welche Qualifikation bringt sie mit. Da leuchtet jemand, der mehrere Sprachen beherrscht, in einem ganz anderen Licht, wenn man nicht sehen kann, ob das jemand mit einem deutschen oder einem türkischen Hintergrund ist«, erklärte der Oberbürgermeister von Celle zu diesem Auswahlverfahren.[13]

4. Ausländische Sozialtouristen nutzen unseren Staat aus

Sozialtourismus ist weit weniger verbreitet als oft behauptet. Wer bei uns Sozialleistungen beziehen will, muss einen rechtmäßigen Wohnsitz im Land haben. Um einen solchen Wohnsitz in einem anderen EU-Land zu bekommen, muss man dort einen fixen Job oder ausreichende finanzielle Mittel nachweisen können. Genau das können arme Menschen nicht. Ausländer, die in Deutschland oder Österreich arbeiten, finanzieren übrigens unser Sozialsystem durch ihre Arbeit, Steuern und Abgaben mit.

Sie sind gekommen, um zu nehmen: Migranten, speziell aus den ärmeren EU-Ländern, bedienen sich aus unseren Sozialtöpfen. Wir dürfen dann die Zeche zahlen. Gibt es sie wirklich, die sogenannten Sozialtouristen?

Grundsätzlich muss ein EU-Bürger in einem anderen EU-Land arbeiten oder seinen dauerhaften Wohnort haben, um dort Sozialhilfe beziehen zu können. Einen dauerhaften Wohnsitz kann aber nur begründen, wer über ausreichende finanzielle Eigenmittel verfügt und das den Behörden nachweisen kann. Wer arm ist wie eine Kirchenmaus, kann es sich also nicht einfach so in einem wohlhabenderen EU-Land gemütlich machen.

Wie finanziert sich der Sozialstaat?
Sozialleistungen werden durch Steuern und Abgaben sowie durch die Beiträge finanziert, die Arbeitnehmer und Arbeitgeber bezahlen.

In Österreich müssen EU-Ausländer nach drei Monaten Aufenthalt eine »Anmeldebescheinigung« vorlegen. Diese belegt, dass man sich legal im Inland aufhält. Wer keine Anmeldebescheinigung hat, kann ausgewiesen werden, obwohl er Unionsbürger ist. Denn Arbeitnehmerfreizügigkeit und Niederlassungsfreiheit sind zwar Grundpfeiler des europäischen Binnenmarkts. Allerdings gelten die durch diese Grundfreiheiten gewährten Rechte auch für EU-Bürger nicht uneingeschränkt.

Für drei Monate kann jeder EU-Bürger problemlos in ein anderes EU-Land ziehen. In diesen ersten drei Monaten ist ein EU-Aufnahmeland nicht verpflichtet, einem fremden Unionsbürger Sozialhilfe zu bezahlen, danach besteht diese Verpflichtung nur, wenn der Unionsbürger in diesem EU-Staat einen ordentlichen Wohnsitz hat. Nur Unionsbürger, die fünf Jahre lang legal in einem anderen EU-Land leben, haben denselben Anspruch auf Sozialhilfe wie jeder andere Bürger dieses Landes. Schnell einmal die ganze Familie in den VW-Bus packen und von Rumänien oder Bulgarien zum deutschen oder österreichischen Arbeitsamt tuckern, um sich Geld abzuholen, geht also nicht.

Zwar hat das deutsche Bundessozialgericht in Kassel Ende 2015 entschieden, dass Unionsbürger spätestens nach sechs Monaten Aufenthalt in Deutschland Anspruch auf Sozialhilfe haben. Die deutsche Bundesregierung hat aber die Anspruchsvoraussetzungen daraufhin neu geregelt. Erst wer fünf Jahre legal im Land lebt, gearbeitet und Beiträge ins Sozialsystem eingezahlt hat und dadurch einen »verfestigten Aufenthalt« habe, dürfe Sozialhilfe beziehen. Für alle anderen gibt es höchstens einen Monat Überbrückungshilfe bis zur Ausreise.

Signalwirkung für ganz Europa hatte 2013 die Entscheidung des Europäischen Gerichtshofs im »Fall Dano«: Eine Rumänin lebte mit ihrem in Deutschland geborenen Sohn bei ihrer Schwester in Leipzig. Sie hatte keinen Schulabschluss, sprach kaum Deutsch und hatte weder in Deutschland noch in Rumänien jemals gearbeitet. Während ihres Aufenthalts in Deutschland hatte sie sich nie um eine Arbeit bemüht. Sie beantragte Hartz IV, doch das Jobcenter Leipzig lehnte ihren Antrag ab. Daraufhin klagte die Rumänin, der Fall ging bis zum Höchstgericht. Schlussendlich bestätigte der Europäische Gerichtshof die Entscheidung des Jobcenters:
»Nicht erwerbstätige Unionsbürger, die sich allein mit dem Ziel, in den Genuss von Sozialhilfe zu kommen, in einen anderen Mitgliedstaat begeben, können von bestimmten Sozialleistungen ausgeschlossen werden.«[14]

Genauso wenig kann die gesamte Großfamilie bei uns Sozialleistungen kassieren, bloß weil ein Familienmitglied hier arbeitet. Denn nur Arbeitnehmer und Selbstständige sowie ihre direkten Familienangehörigen (Ehefrau, Ehemann oder Kinder) sind in einem anderen EU-Land zu denselben Bedingungen sozialversichert wie die einheimische Bevölkerung. Das ist auch fair, immerhin zahlen arbeitende oder selbstständige EU-Migranten durch ihre Arbeit in diesem EU-Staat dieselben Beiträge und Steuern wie Inländer.

Geld für Kinder im Ausland

Deutschland zahlt Kindergeld für etwa 185.000 ausländische Kinder, die sich zwar selbst im Ausland aufhalten, deren Eltern aber legal in Deutschland leben. 2016 kostete das etwa 470 Millionen Euro (von insgesamt 32 Milliarden Euro Kindergeld).
In Österreich werden laut Familienministerium pro Jahr etwa 250 Millionen Euro Familienbeihilfe an ungefähr 122.000 im Ausland lebende ausländische Kinder überwiesen.
Kindergeld bzw. Familienbeihilfe erhält auch, wer nicht arbeitet. Sozialdemokraten und Konservative in Österreich sowie ihre sozialdemokratischen Kollegen in Deutschland forderten 2016, diese Leistungen an das Preisniveau jener Länder, in denen die Kinder leben, anzupassen.
Die EU-Kommission erteilte diesen Wünschen eine Abfuhr. Die Forderung von Österreich und Deutschland betreffe EU-weit weniger als 1 Prozent aller Kinder, die Zuschüsse aus dem Ausland erhalten. Eine Indexierung würde einen erheblichen bürokratischen Aufwand bedeuten, da sich die Lebenshaltungskosten in den einzelnen Ländern ändern und daher regelmäßig neu berechnet werden müssten.
Laut Experten könnte eine derartige Kürzung auch ungewollte Folgen haben. Die Migrationsexpertin Gudrun Biffl warnt davor, dass dann viele Betroffene ihre Kinder zu sich ins Land holen würden. Das sei in Österreich schon einmal der Fall gewesen. Als Österreich Ende der 1970er-Jahre sogenannten »Gastarbeitern« die Familienbeihilfe kürzte, stieg die Zahl der Schüler aus Ex-Jugoslawien zwischen 1978 und 1980/81 von 6.681 auf 9.745, jene der türkischen Schüler von 2.679 auf 6.477.

Im Juni 2016 bezogen etwa 450.000 Ausländer das deutsche Arbeitslosengeld Hartz IV. Die Zahl der Hartz-IV-Bezieher aus Rumänien oder Bulgarien war zwischen 2011 und Juni 2016 von knapp

38.000 auf 135.000 massiv angestiegen. Stimmt es also doch, das Vorurteil von den faulen und arbeitsscheuen Osteuropäern, die sich auf unsere Kosten die Bäuche vollstopfen? Nicht ganz. Denn von diesen Hartz-IV-Beziehern waren 43,3 Prozent erwerbstätig. Das heißt, sie gehen arbeiten, verdienen aber so schlecht, dass der Staat ihnen etwas draufzahlen muss, damit sie zumindest das Existenzminimum erreichen. Bei den übrigen arbeitslosen Ausländern in Hartz IV gab es nur 26,9 Prozent erwerbstätige Aufstocker.

Außerdem beziehen insgesamt mehr als sechs Millionen Menschen in Deutschland Hartz IV. Der Anteil von Rumänen und Bulgaren an allen Hartz-IV-Beziehern Deutschlands beträgt also lediglich 0,6 Prozent.

In Österreich können Ausländer erst Arbeitslosengeld beantragen, wenn sie zumindest 52 Wochen in Österreich berufstätig waren und ihr Einkommen über der Geringfügigkeitsgrenze (derzeit 425,70 Euro) liegt. Wer noch nie in die Arbeitslosenversicherung einbezahlt hat, kann auch kein Arbeitslosengeld beziehen.

Ausländern wird auch gerne Sozialbetrug vorgeworfen, etwa dass sie sich Sozialleistungen erschwindeln.

Was ist Sozialbetrug?
Sozialbetrug begeht, wer staatliche Sozialleistungen bezieht, ohne einen Anspruch darauf zu haben. Sozialbetrug wäre zum Beispiel, Arbeitslosengeld zu beziehen, obwohl man einen Job hat, Krankengeld für eine vorgetäuschte Krankheit oder Familienbeihilfe für erfundene Kinder zu beziehen oder Bedürftigkeit vorzutäuschen, um Wohnbeihilfe beziehen zu können.

Obwohl sich 2015 mehr als 1,1 Millionen Ausländer in Deutschland niedergelassen haben, sind die Fälle von Sozialleistungsbetrug um 19,3 Prozent zurückgegangen. Nach Österreich zogen 2015 etwa 113.000 Ausländer neu zu. Der Kriminalitätsbericht 2015 hält dazu fest, dass 2015 zwar Steigerungen vor allem bei den Sozialbetrugsdelikten erkennbar gewesen seien. Allerdings seien diese Delikte zahlenmäßig auch 2015 auf einem nach wie vor geringen Niveau geblieben.

Das Sozialamt der deutschen Stadt Dresden hat die Zahl der Sozialbetrüger unter den Asylwerbern untersucht. 2015 und 2016 wurden dem Land etwa 6.000 Asylwerber zugewiesen. Acht von ihnen wurden als Sozialbetrüger ausfindig gemacht. Das entspricht 0,13 Prozent aller Asylwerber.

Aber natürlich nutzen auch Ausländer unser Sozialsystem in krimineller Weise aus. In Deutschland wurden Fälle bekannt, in denen sich Asylwerber mehr als einmal anstellten, um Taschengeld zu beziehen. Allein in Braunschweig bearbeitet eine Sonderkommission mehr als 300 derartige Verdachtsfälle. In Bremen ermittelt die Polizei derzeit gegen zwei Vereine, die im Verdacht stehen, in großem Umfang Arbeitsverhältnisse mit bulgarischen Arbeitnehmern vorgetäuscht zu haben, sodass diese staatliche Hilfen beantragen konnten.

Dürfen Flüchtlinge auf Staatskosten ins Bordell?

Das bayrische Sozialamt schenkt Flüchtlingen Freikarten für einen einmaligen kostenlosen Bordellbesuch; eine syrische Großfamilie kassiert monatlich 30.000 Euro vom Staat; Asylwerber, die jeden Tag um 16 Euro speisen dürfen, während der deutsche Hartz-IV-Empfänger vom Staat bloß 4,72 Euro am Tag für Lebensmittel bekommt. Zahlreiche derartige Behauptungen kursieren in sozialen Medien, meist garniert mit Bildern, die diese eklatante Bevorzugung von Fremden durch unsere Sozialämter beweisen sollen.

Weder dürfen Flüchtlinge gratis ins Bordell, noch schenkt ihnen der Staat eine Stange Geld. Alles Fake-News, wie die Online-Initiative mimikama.at nachweisen konnte. Mimikama überprüft Behauptungen in sozialen Medien auf ihren Wahrheitsgehalt. Zum Beispiel auch die Meldung, dass Asylwerber im Allgemeinen Krankenhaus in Wien bei Operationsterminen bevorzugt wurden. Diese Meldung, die im September 2016 in sozialen Medien vielfach geteilt wurde, war schlicht erfunden. Nicht ohne Grund lautet das Motto von mimikama.at im Internet: »Zuerst denken, dann klicken!«

Sozialbetrug ist aber kein exklusiv ausländisches Phänomen. Auch ein Mitbegründer der islam- und fremdenfeindlichen Bewegung Pegida stand deshalb 2016 vor Gericht. Er hatte Arbeitslosengeld kassiert und gleichzeitig als Glühweinverkäufer gearbeitet, ohne diese Beschäftigung zu melden. Der Versuch, sich auf Kosten anderer ein besseres Leben zu erschleichen, den Staat zu betrügen, um selbst mehr in der Tasche zu haben, verbindet durchaus Menschen verschiedenster Kultur und Herkunft.

Für Österreich hat der Wissenschaftler Friedrich Schneider das Phänomen Sozialbetrug vor einigen Jahren eingehend untersucht. Das Ergebnis seiner Untersuchungen überrascht: In Österreich betrug das durchschnittliche Ausmaß des Sozialbetrugs im Jahr 2012 etwa 1,1 Milliarden Euro, bei der Schwarzarbeit beträgt der Schaden sogar 19,6 Milliarden Euro. Allerdings sind die Täter zu zwei Dritteln Inländer. Sie kennen das österreichische Sozialsystem besser und wissen, wo es etwas zu holen gibt. Bei den ausländischen Sozialbetrügern in Österreich stehen die Deutschen ganz weit vorne, weil diese gegenüber anderen Ausländern einen Sprachvorteil haben und von ihrem Heimatland ein ähnliches System kennen. Dieser Wissensvorsprung hilft den Tätern bei der Umsetzung ihrer Betrugsabsichten.

Trotzdem hält sich der Mythos vom Ausländer, der in krimineller Weise unsere Sozialleistungen abräumt: So wollte etwa die Freiheitliche Partei in Österreich im Januar 2014 eine Rumänin entdeckt haben, die angeblich für 13 Kinder Familienbeihilfe kassierte. Bei Nachforschungen durch das Familienministerium stellte sich allerdings heraus, dass nur in einem einzigen Fall in Österreich Familienbeihilfe für 13 Kinder gewährt wird – und zwar einer Österreicherin für deren eigene Kinder.

Wohl nicht zuletzt aufgrund dieser und ähnlicher haarsträubender Geschichten, denen jegliche reale Grundlage fehlt, wurde das Wort »Sozialtourismus« in Deutschland im Jahr 2013 zum »Unwort des Jahres« gewählt.

5. Ausländer kriegen viel mehr Kinder als wir

Es stimmt: Ausländer, die bei uns leben, bekommen durchschnittlich mehr Kinder. Aber schon in der zweiten Generation gleicht sich die Geburtenrate an jene des neuen Heimatlands an. Neben der Herkunft sind vor allem der Bildungsgrad der Mutter, das Angebot an Kinderbetreuungsplätzen und die wirtschaftliche Situation im Land entscheidend dafür, wie viele Kinder zur Welt kommen.

Deutschland im Babyglück! 2015 stieg die Fertilitätsrate erstmals seit Langem wieder und lag bei 1,5 Prozent. So viele Babys gab es seit 33 Jahren nicht mehr. Österreich lag knapp dahinter. Hier hat sich die Fertilitätsrate 2015 auf 1,49 Prozent erhöht. Ist also doch nichts dran am angeblichen Aussterben der Deutschen und Österreicher?

Tatsächlich lag der Anstieg der Geburtenzahlen vor allem an den vielen Ausländerinnen, die bei uns Kinder zur Welt brachten. Denn bei den Migrantinnen in Deutschland stieg die Babyrate von 1,86 auf 1,95 Kinder pro Frau. In Österreich geborene Frauen bekamen im Schnitt 1,38 Kinder, ausländische Frauen hingegen 1,92 und Frauen mit türkischem Reisepass, die in Österreich leben, sogar 2,44 Kinder. Das ist mehr als Frauen in der Türkei, die durchschnittlich 2,1 Kinder bekommen. Überrollt er uns also doch, der Migranten-Babyboom?

Die meisten Babys kommen in afrikanischen Staaten zur Welt. Der Niger (7,6 Geburten pro Frau im gebärfähigen Alter), Somalia (6,46) und Mali (6,23) sind nicht nur jene Staaten mit den höchsten Fertilitätsraten, sondern führen auch die Liste der ärmsten Staaten der Welt an. Kein Wunder, schließlich sind Kinder in extrem armen Staaten eine Art Pensionsversicherung. Wenn der Staat seinen Bürgern keine Jobs und keine Pensionsvorsorge bietet, müssen die Kinder die soziale Absicherung der Eltern im Alter übernehmen. Wer viele Kinder hat, ist dann im Alter besser abgesichert.

Ebenfalls höher als bei uns sind die Geburtenraten in Ländern, aus denen der Großteil der Flüchtlinge und Migranten in Deutschland und Österreich stammt. In Afghanistan lag die Geburtenrate zuletzt bei 5,3, im Irak bei 4,2, in Syrien bei 2,7 und im Kosovo bei 2,3. In der westlichen Welt führt Israel mit im Durchschnitt 3,1 Babys pro Frau.

Da müsste es doch logisch sein, dass die Ausländer nicht nur in ihren Herkunftsländern, sondern auch bei uns mehr Kinder kriegen. Werden deshalb in einiger Zeit fast nur mehr Migrantenbabys zur Welt kommen?

So einfach ist die Rechnung dann doch nicht. Denn bereits in der zweiten Generation, also wenn die Kinder der Einwanderer erwachsen sind, gleicht sich die Kinderzahl an das neue Heimatland an. Das bedeutet konkret: Durchschnittlich 18,5 Prozent der deutschen Frauen, die älter sind als 35 Jahre, haben drei oder mehr Kinder. Bei Frauen, die in Deutschland geboren sind, deren Eltern aber aus dem ehemaligen Jugoslawien eingewandert sind, trifft das nur auf 15,4 Prozent zu, bei Frauen der zweiten Generation mit griechischen Eltern sind es überhaupt nur 15 Prozent. Höher liegt diese Rate allerdings bei in Deutschland geborenen Frauen mit türkischen Eltern: Unter ihnen bekommen 34,2 Prozent drei oder mehr Kinder. Aber auch hier ist ein klarer Abwärtstrend erkennbar: Ihre Mütter, die in der Türkei zur Welt kamen und später als Migrantinnen der ersten Generation nach Deutschland zogen, hatten noch zu 58,8 Prozent drei oder mehr Kinder. Also bekommen auch Frauen mit türkischem Migrationshintergrund umso weniger Kinder, je länger ihre Familien schon bei uns sind.

Migrantinnen passen sich ihrem neuen Heimatland an. Das zeigen die unterschiedlichen Fertilitätsraten von Einwanderinnen aus der Türkei in verschiedenen europäischen Ländern. Bei einer Befragung von über 35-jährigen Frauen der zweiten Einwanderergeneration zeigte sich, dass diejenigen, die in Frankreich und den Niederlanden zur Welt gekommen sind, durchschnittlich zwei Kinder haben. Damit haben sie sich den dortigen Fertilitätsraten von 2,1 Kindern pro Frau in Frankreich und 1,72 Kindern pro Frau in den Niederlanden (2013) angepasst. Türkische Migrantinnen der zweiten Generation, die in Deutschland oder der Schweiz zur Welt gekommen sind, haben hingegen durchschnittlich nur 1,3 Kinder pro Frau, was sogar unter dem Wert von Deutschland (1,41) und der Schweiz (1,52) liegt.

Auch in Österreich zeigt sich dieser rasche Anpassungseffekt: Haben ausländische Frauen in Österreich noch eine Geburtenrate von 1,92, so kriegen aus dem Ausland stammende Frauen, die die österreichische Staatsbürgerschaft angenommen haben, im Durchschnitt nur mehr 1,63 Kinder.

Mia und Jonas gegen Elif und Muhammed

Mia und Emma für Mädchen, Jonas und Maximilian für Buben – die beliebtesten Erstnamen in Deutschland klangen auch 2015 noch sehr deutsch. In Österreich sieht es nicht anders aus. Dort lauten die beliebtesten Vornamen 2015 Anna, Sophie und Maria sowie Lukas, David und Jakob.

Das Standesamt im Bezirk Neukölln in Berlin, wo im Jahr 2015 70 Prozent der Kinder einen familiären Migrationshintergrund hatten, verzeichnete seit dem Jahr 2012 Ali auf Platz 1 der Vornamen-Bestenliste und Hamza ex aequo mit Muhammed auf Platz 15. Bei den Mädchen liegt Elif auf dem 5. Platz und Nur auf Platz 18. Deutschlandweit bekam 2015 jedes 41. Neugeborene den Namen Muhammed, jeder 73. ist ein kleiner Ali, jedes 64. neugeborene Mädchen heißt Elif und Leyla kam 2015 auf Platz 75. In Österreich kam Muhammed 2015 auf den 64. Platz, Elif war mit Platz 50 recht weit vorne.

Eine angebliche Islamisierung des Landes über die Babykrippen gehört trotzdem ins Reich der Mythen. Wie das Pew Research Center hochgerechnet hat, wird sich der Anteil der Musliminnen und Muslime an der Bevölkerung bis 2030 in Österreich auf 9,3 Prozent erhöhen und in Deutschland auf 7,1 Prozent.

Wie viele Kinder eine Frau durchschnittlich bekommt, hängt nicht nur davon ab, in welchem Land sie (oder ihre Eltern) geboren ist, sondern von vielen verschiedenen Faktoren. Einer davon ist die Schulbildung. Frauen mit Hochschulausbildung bekommen statistisch gesehen später und weniger Kinder als Frauen, die nur über einen Grundschulabschluss verfügen.

Eine neue Studie zeigt aber, dass die gesellschaftlichen und die ökonomischen Bedingungen einen stärkeren Einfluss haben als die Ausbildung der Frauen. Vor etwa 100 Jahren, zur Zeit der beiden Weltkriege und der Wirtschaftsdepression, war die Kinderlosigkeit in Europa auffallend hoch. Von den Frauen, die zwischen 1916 und 1920 geboren worden waren, blieben 16 Prozent der

Pflichtschulabsolventinnen, 23 Prozent der Maturantinnen und 37 Prozent der Akademikerinnen kinderlos.

Geburtenraten sind ganz besonders stark von den ökonomischen und gesellschaftlichen Bedingungen abhängig. In der ehemaligen DDR war die Kinderzahl pro Frau bis 1989 höher als in Westdeutschland. Aufgrund der großen politischen, wirtschaftlichen und sozialen Umbrüche zwischen 1989 und 1994 sank sie rapide von 1,57 Kindern pro Frau auf 0,77. Damals lag die Geburtenrate in den ehemals ostdeutschen Bundesländern also weit unter jener der westdeutschen Bundesländer. Mit der Stabilisierung der politischen, wirtschaftlichen und sozialen Verhältnisse stieg seit 1995 auch die Geburtenrate in den Ländern der ehemaligen DDR wieder. 2015 lag sie mit 1,56 wieder vor jener in den alten Bundesländern.

GEBURTENRATE (KINDER PRO FRAU) IN AUSGEWÄHLTEN LÄNDERN (2015)	
Kosovo:	2,3
Türkei:	2,1
Serbien:	1,5
Bosnien und Herzegowina:	1,3
Rumänien:	1,2
Frankreich:	1,9
Schweden:	1,8
USA:	1,8
Österreich:	1,49
Deutschland:	1,5
Niger:	7,6
Somalia:	6,46

Welchen Einfluss die ökonomische Situation auf die Babyzahlen hat, zeigt sich auch in der derzeitigen Wirtschaftskrise: In den Krisenstaaten Griechenland, Spanien und Italien verringerte sich die Zahl der Babys seit Ausbruch der Krise massiv. In Griechenland gab es 2009 noch 10,6 Geburten auf 1.000 Einwohner, 2015 waren es nur 8,5. In Spanien sank die Zahl von 10,6 auf 9. In Italien fehlen so viele

Bambini, dass die Regierung eine Geburtenkampagne mit Slogans wie »Warte nicht auf den Klapperstorch!« gestartet hat. Die Kombination aus Wirtschaftskrise und politischer Krise lässt die junge Generation wenig hoffnungsvoll in die Zukunft blicken. 2015 sank die Geburtenrate um 2 Prozent. Im ersten Halbjahr 2016 gab es einen weiteren Rückgang um 6 Prozent.

Bei Migrantinnen aus Ländern wie der Türkei oder dem ehemaligen Jugoslawien fällt auf, dass sie durchschnittlich zwei Jahre früher als Deutsche und Österreicher eine Familie gründen und dass sie tendenziell ein konservativeres Familienbild haben als Deutsche ohne Migrationshintergrund. 65,9 Prozent der Migranten, aber nur 44,5 Prozent der Einheimischen ohne Migrationshintergrund leben in einer klassischen Eltern-Kind-Familie. Eine Studie aus Österreich belegt auch, dass Migrantinnen aus der Türkei und dem ehemaligen Jugoslawien viel seltener uneheliche Kinder bekommen. 2015 kam jedes zweite Kind von in Österreich geborenen Müttern, aber nur jedes vierte Kind einer im Ausland geborenen Mutter unehelich zur Welt. Mütter mit türkischem Migrationshintergrund brachten zu 95 Prozent ihre Kinder in einer Ehe zur Welt.

Aber wenn es nicht die Migrantinnen sind – welche Personengruppe kriegt denn wirklich die meisten Kinder? Für Deutschland fehlt eine derartige Studie. In Österreich zeigt zuletzt eine wissenschaftliche Publikation aus dem Jahr 2010, dass eine Personengruppe bei der Größe der Kinderschar zumindest damals ganz klar vorne lag: die Bäuerinnen. Sie kriegen mit durchschnittlich 2,5 Kindern pro Frau (Zahl aus dem Jahr 2008) zwar weniger Nachwuchs als noch im Jahr 1996, als jede Bäuerin durchschnittlich drei Kinder hatte. Mit 2,5 Kindern lagen sie aber weit über dem Durchschnitt und hatten eine höhere Fertilitätsrate als zum Beispiel Türkinnen, die in Österreich leben.

Zuletzt sind die Babyzahlen weltweit in zahlreichen Metropolen im Vergleich zu ländlichen Regionen auffällig gestiegen, was vor allem an einer besseren Verfügbarkeit von Kinderbetreuungseinrichtungen liegt. Experten sprechen sogar schon von einem »Brangelina-Effekt«. Und es könnte durchaus möglich sein, dass die Städter die ländliche Bevölkerung beim Babykriegen bald überholen.

6. Ausländer sind viel weniger gebildet als wir

Es stimmt, dass Jugendliche mit Migrationshintergrund in der Schule durchschnittlich schlechter abschneiden als Kinder ohne Migrationshintergrund. Schlechte Schulnoten können aber nicht auf die ethnische Herkunft reduziert werden. Sie sind Folge verschiedener Faktoren, sprachlicher wie auch sozialer. Die eigenen Bildungschancen hängen auch stark davon ab, welche Bildung die Eltern haben. Auch Kinder ohne Migrationshintergrund, deren Eltern höchstens einen Pflichtschulabschluss haben, haben durchschnittlich schlechtere Noten als Akademikerkinder. Das Bildungsniveau bei Migranten steigt anhaltend. Mittlerweile gibt es unter Menschen, die zugezogen sind, sogar eine höhere Akademikerquote als unter der einheimischen Bevölkerung.

Es kommen einfach die falschen Ausländer zu uns. Nämlich die ungebildeten. Und deren Kinder erst! Ausländerkinder sind viel schlechter als unsere Schulkinder und machen die Schulen kaputt, hört man immer wieder. Wie gebildet sind Migranten und ihr Nachwuchs tatsächlich?

Was den Bildungsstand von Migranten betrifft, lassen sich Deutschland und Österreich gut vergleichen. Beide haben ähnliche Zuwanderer und auch das Bildungssystem ähnelt sich. In beiden Ländern gilt: Schülerinnen und Schüler mit Migrationshintergrund haben seit dem Jahr 2000 einen Bildungsturbo gezündet. Das zeigen auch die Ergebnisse des PISA-Tests, einer regelmäßigen Testreihe, in der Schülern in den OECD-Staaten am Ende der Pflichtschulzeit in Mathematik, Naturwissenschaften und Lesen auf den Zahn gefühlt wird.

In Österreich konnten Schüler mit Migrationshintergrund zwischen 2000 und 2012 den Abstand zu den Schülern ohne Migrationshintergrund in den Naturwissenschaften von 90 auf 70 Punkte reduzieren, in der Lesekompetenz sogar von 93 auf 51 Punkte. In Deutschland sieht es ähnlich aus. Von 2006 bis 2012 war der Abstand bei den Leistungen zwischen Schülern mit und ohne Migrationshintergrund geringer geworden.

Allerdings ist der Motor zwischen 2012 und 2015 ins Stottern geraten. In den Naturwissenschaften gab es in Österreich gar keine Verbesserung, beim Lesen hat sich die Differenz zwischen Schülern mit und ohne Migrationshintergrund sogar wieder um 13 Punkte auf 64 Punkte vergrößert. Beim PISA-Test 2015 hatte Österreich unter allen 25 getesteten Ländern die größte Differenz in der Leseleistung von Schülern mit und ohne Migrationshintergrund. Auch in Deutschland ist die Kluft zwischen Schülern mit und ohne Migrationshintergrund nicht kleiner geworden. Der Abstand betrug 2015 durchschnittlich 72 Punkte. Rechnet man den schlechteren sozialen Status und die Tatsache heraus, dass diese Schüler zu Hause nicht Deutsch reden, bleibt immer noch eine Differenz von 28 Punkten.

Verderben Flüchtlinge unser PISA-Ergebnis?
Dass Österreich und Deutschland 2015 bei PISA schlechter abgeschnitten haben als bei der vorigen Testung, liegt nicht daran, dass 2015 so viele Flüchtlinge ohne Deutschkenntnisse ins Land kamen. Denn diese Tests wurden bereits im Herbst 2014 durchgeführt. Außerdem sind Schüler mit nichtdeutscher Muttersprache, die weniger als ein Jahr ordentliche Schüler sind, von PISA ausgeschlossen (Zahlen und Fakten zum Bildungsstand von Flüchtlingen siehe Kap. 12).

Obwohl die PISA-Ergebnisse nicht optimistisch stimmen: Insgesamt haben die Kinder und Enkel von Migranten stark aufgeholt. Haben etwa in Deutschland in der ersten Generation 13,6 Prozent als höchste Ausbildung nur die Grundschule, sind es in der zweiten Generation nur mehr 8,2 Prozent. Bei Migranten der zweiten Generation, die selbst kleine Kinder haben (also noch jünger sind), sind es sogar nur 6 Prozent. Das ist zwar immer noch viel mehr als unter der Bevölkerung ohne Migrationshintergrund (nur 1 Prozent lediglich mit Grundschulabschluss), es ist aber ein klarer Bildungszuwachs binnen nur einer Generation.

Kinder aus osteuropäischen EU-Staaten, die in Deutschland zur Schule gehen sowie der Nachwuchs von Spätaussiedlern (deutsche Volkszugehörige aus den Nachfolgestaaten der ehemaligen Sowjetunion), deren Väter nur Hauptschulabschluss haben, machen inzwischen sogar häufiger Abitur als Gleichaltrige ohne Migrationshintergrund, deren Väter ebenfalls nur in der Hauptschule waren.

In Österreich ist das nicht anders. Haben hier 27 Prozent der Migranten nur einen Pflichtschulabschluss, trifft das in der zweiten Generation nur mehr auf 18 Prozent zu. Auch das liegt weit über den Österreichern ohne Migrationshintergrund (4 Prozent), zeigt aber eine klare Tendenz in die richtige Richtung. Die Akademikerquote liegt bei Migranten sogar über jener der einheimischen Bevölkerung.

AKADEMIKERQUOTE IN ÖSTERREICH (UNIVERSITÄTEN UND FACHHOCHSCHULEN, 2015)	
Ohne Migrationshintergrund	17 %
Mit Migrationshintergrund	20 %
AKADEMIKERQUOTE IN DEUTSCHLAND (2014)	
Neuzuwanderer	37 %
Durchschnittsbevölkerung	21 %
Allerdings: kein berufsqualifizierender Abschluss:	
Neuzuwanderer	34 %
Durchschnittsbevölkerung	9 %

Trotzdem: Wer Eltern hat, die beide im Ausland geboren sind, ist statistisch gesehen in der Grundschule beim Lernerfolg ein Jahr hinter Kindern, deren Eltern in Deutschland geboren wurden. Und auch die hohen Akademikerquoten dürfen nicht darüber hinwegtäuschen, dass es sehr große Unterschiede zwischen den unterschiedlichen Migrantengruppen gibt. So haben zum Beispiel etwa 30 Prozent aller aus EU-Staaten nach Österreich Zugewanderten, aber nur 4 Prozent aller türkischstämmigen Zuwanderer einen Uniabschluss. Auch brechen viel mehr ausländische als inländische Jugendliche die Schule oder Berufsausbildung ab.

SCHULABBRECHER 2014 (KEIN HAUPTSCHULABSCHLUSS)	
Deutschland:	
Ausländer:	12,7 %
Deutsche:	5,1 %
Österreich:	
Fremdsprachige:	7,8 %
Deutschsprachige:	2,5 %

Kinder und Jugendliche mit Migrationshintergrund haben im Durchschnitt also eine schlechtere Schulausbildung und weniger oft einen Berufsabschluss. So besuchten im Schuljahr 2014/15 in

Deutschland 48,6 Prozent der Schüler mit deutscher Staatsbürgerschaft, aber nur 25,1 Prozent der ausländischen Schüler das Gymnasium. In die Hauptschule gingen hingegen nur 9 Prozent der deutschen, aber 26,1 Prozent aller ausländischen Schüler.

Migranten sind bei den leistungsschwachen Schülern stark überrepräsentiert. In Österreich stellten Migranten zuletzt 19 Prozent aller Schüler, aber 39 Prozent der Schüler mit Leistungsschwächen. Man sollte aber auch nicht übersehen, dass immer noch zwei Drittel der leistungsschwachen Schüler keinen Migrationshintergrund haben.

Gerade im Bildungsbereich ist es aber Unsinn, von »den« Ausländern zu sprechen. So berichtete die Tageszeitung *Die Welt* im Jahr 2011, dass die besten deutschen Schüler aus Vietnam stammen. Auch Migranten aus Polen oder Russland haben oft ein sehr hohes Bildungsniveau. Schlusslicht sind bis heute Kinder und Jugendliche, deren Eltern aus der Türkei eingewandert sind. Und das, obwohl die ersten Gastarbeiter aus der Türkei schon vor mehr als 50 Jahren zu uns gekommen sind und die Enkelkinder dieser ersten Migranten zum Teil schon selbst Kinder haben.

»Ich geh Schule« – Machen Ausländerkinder unser Deutsch kaputt?

Sätze wie »Was guckst du« oder »Gehst du Bus oder bist du mit Fahrrad?« hört man immer wieder, wenn sich Migrantenkids auf Deutsch unterhalten. Die Wissenschaft nennt so etwas »Ethnolekt«, was einen bestimmten Sprechstil einer ethnischen Gruppe beschreibt. Bekannte Bezeichnungen sind »Türkendeutsch«, »Ghettoslang«, »Kiezdeutsch« (»Kiez« bezeichnet in Städten wie Berlin einzelne Stadtviertel, im Wienerischen wäre eine ähnliche Bezeichnung »Grätzeldeutsch«) oder »Kanak Sprak«, wie der türkischstämmige deutsche Schriftsteller Feridun Zaimoğlu seine 1995 erschienene Erzählung nannte. Der Begriff »Kanak Sprak« bezieht sich auf die rassistisch gemeinte Bezeichnung »Kanaken« für türkischstämmige Migranten. Heute steht er für ein rudimentäres, mit türkischen Wörtern und Satzstücken durchsetztes Deutsch mit einer vereinfachten Grammatik,

eben »Gehst du Schule?« oder »Kommst du mit Klo?«. Aber hebeln Migranten mit bruchstückhaftem Deutsch tatsächlich die Regeln der deutschen Grammatik aus?
Die Sprachwissenschaftlerin Diana Marossek hat das Sprachverhalten von Schülern in Berlin untersucht. Ihr Ergebnis: Die neudeutsche Jugendsprache ist zwar durch den Einfluss migrantischer Jugendlicher entstanden und zeichnet sich dadurch aus, dass sie ähnlich wie die türkische Grammatik auf Artikel und Präpositionen verzichtet. Gesprochen wird sie aber quer durch die Stadt – auch in Schulen, die nicht von Migranten besucht werden. Schüler ohne Migrationshintergrund wenden diese Jugendsprache an, weil sie als cool gilt. Selbst im Lehrerzimmer hörte die Sprachwissenschaftlerin Sätze wie »Ich geh Kopierer«. Allerdings falle es Jugendlichen mit niedrigem Bildungsgrad schwerer als anderen, vom Ethnolekt auf Hochsprache umzustellen. Und das betrifft wiederum vor allem Migrantenkinder.
Mittlerweile hat der Ethnolekt den Schritt aus dem Jugendzimmer in den Mainstream geschafft. So warb etwa die Elektrowarenkette Saturn 2012 mit dem Slogan »So muss Technik«. Der Schriftsteller und Kanak-Sprak-Namensgeber Zaimoğlu erhielt übrigens 2016 den Berliner Literaturpreis und wurde von Schleswig-Holstein wegen seiner »Verdienste um die deutsche Gegenwartsliteratur« zum Ehrenprofessor ernannt. »Kanak Sprak« kann also durchaus zum Erfolg führen.

Dass Kinder mit türkischem Migrationshintergrund sich in der Schule schwerer tun, ist aber nicht genetisch bedingt. In Schweden lässt sich nämlich das genaue Gegenteil beobachten. Auch dort hatte die erste Generation der »Gastarbeiter« zu 29 Prozent einen Mittelschulabschluss und zu 48 Prozent nur einen Volksschulabschluss. Schweden hat seine Migranten aber schon vor 40 Jahren während der Arbeitszeit in kostenlose Sprachkurse geschickt. Das Ergebnis: Die Nachkommen dieser Migranten sind besser gebildet und haben den sozialen Aufstieg weit besser geschafft, als dies in Deutschland und Österreich der Fall ist.

Wieso scheitern Kinder und Jugendliche mit Migrationshintergrund leichter am Bildungssystem als andere? Dafür gibt es verschiedene Gründe. Zum Beispiel diese:

1. Die Sprache

In Deutschland zeigten Studien, dass Kinder der zweiten Migrantengeneration mit fünf Jahren eine geringere Wortschatzkompetenz aufweisen als Kinder ohne Migrationshintergrund. Wer mit fünf Jahren schlechter Deutsch kann, versteht weniger und tut sich in der Schule schwerer.

Eine hochwertige frühkindliche Förderung hat einen großen Einfluss auf den weiteren Bildungsverlauf. Deutsche Studien zeigen, dass von türkischsprachigen Kindern, die mehr als drei Jahre lang einen Kindergarten besuchten, nur 19 Prozent in der Schule Sprachförderung benötigten. Von den türkischsprachigen Kindern, die nur ein Jahr im Kindergarten waren, benötigten hingegen 61 Prozent eine solche Förderung.

Österreichweit liegt der Anteil der Kinder mit nichtdeutscher Erstsprache in den Kinderkrippen (unter drei Jahren) bei 33,9 Prozent und in den Kindergärten (drei bis sechs Jahre) bei 27,1 Prozent. Weit höher sind die Zahlen in der Bundeshauptstadt Wien: Dort hatten 61,5 Prozent der Krippenkinder und 62,5 Prozent der Kindergartenkinder eine andere Erstsprache als Deutsch.

In Deutschland sprechen 63 Prozent der vier- bis fünfjährigen Kindergartenkinder mit Migrationshintergrund zu Hause kaum oder gar kein Deutsch. In Berlin sind es sogar 86 Prozent. Deshalb ist der Kindergarten als Ort zum Erlernen der deutschen Sprache für Kinder besonders wichtig. Ohne eine solide Sprachförderung im frühkindlichen Alter haben es Kinder mit Migrationshintergrund in der Schule sonst viel schwerer.

JUGENDLICHE MIT MIGRATIONSHINTERGRUND, DIE ZU HAUSE ÜBERWIEGEND NICHT IN DER LANDESSPRACHE KOMMUNIZIEREN (2015)	
Luxemburg	76,5 %
Österreich	74,3 %
Slowenien	73,6 %

Schweden	68,1 %
USA	66,9 %
Schweiz	65,1 %
Deutschland	54,3 %
Spanien	13,7 %
Kroatien	7,9 %

Auffällig ist auch, dass sich in Österreich im Gegensatz zu Deutschland bei der Verwendung der Landessprache zwischen der ersten und zweiten Migrantengeneration nur wenig ändert. Während in Deutschland in der ersten Generation noch 76,6 Prozent zu Hause überwiegend die Sprache ihres Heimatlandes sprechen, sind es in der zweiten Generation nur mehr 48 Prozent. In Österreich ist die erste Generation mit 76,8 Prozent nahezu gleich wie in Deutschland. Anders als in Deutschland ist in der zweiten Generation mit 72,3 Prozent aber keine signifikante Veränderung erkennbar.

Die Sprachkenntnisse sind aber nur ein Faktor, und auch nicht der entscheidende. Der Sachverständigenrat deutscher Stiftungen für Integration und Migration hat 2016 in einer Metastudie 53 wissenschaftliche Studien zum Thema Bildung und Migration untersucht und kommt zu folgendem Ergebnis: »Die geringen Bildungschancen dieser Kinder und Jugendlichen lassen sich zu einem großen Teil durch die soziale Herkunft erklären, also den Bildungsabschluss der Eltern oder ihren gesellschaftlichen Status.«[15] Mangelnde Sprachkenntnisse allein entscheiden also nicht über den Bildungsweg von Migrantenkindern.

2. Frühe Förderung

Die gute Nachricht ist, dass Kinder mit Migrationshintergrund heute viel häufiger Krippen und Kindergärten besuchen als noch vor einigen Jahren. Bei den Drei- bis Sechsjährigen hat sich die Zahl in Deutschland sogar schon fast angeglichen. Dort besuchten 2015 97 Prozent der Drei- bis Sechsjährigen ohne und 90 Prozent der Kinder mit Migrationshintergrund den Kindergarten. Bei den ganz Kleinen (bis zwei Jahre) hat sich die Prozentzahl der Kinder mit Migrationshintergrund, die eine Krippe besuchen, zwischen 2009 und

2015 sogar von 11 Prozent auf 22 Prozent verdoppelt (bei den Kindern ohne Migrationshintergrund waren es 2009 25 Prozent und 2015 38 Prozent, also immer noch um etwa ein Drittel mehr).

In Österreich wird diese Quote laut Auskunft der Statistik Austria nicht erhoben. Insgesamt besuchten hier etwas weniger Kinder eine Kinderbetreuungseinrichtung (25,5 Prozent der bis zu Zweijährigen und 93 Prozent der Drei- bis Sechsjährigen).

Allerdings besuchen in Westdeutschland 34 Prozent der Kinder mit nichtdeutscher Familiensprache Kindergärten, in denen mehr als die Hälfte der Kinder ebenfalls zu Hause kaum oder gar kein Deutsch spricht. In Ostdeutschland sind es nur 2,9 Prozent. In Ballungszentren wie Berlin, Frankfurt am Main, München, Dortmund oder Stuttgart betrifft dies sogar jedes zweite Kind, bei dem zu Hause nicht Deutsch gesprochen wird. Da Eltern den Kindergarten meist nahe am Wohnort auswählen, sind in österreichischen Ballungszentren, besonders in Wien, ähnliche Phänomene zu beobachten.

Auch informelle Bildungsmöglichkeiten, wie etwa ein Babyschwimmkurs, musikalische Frühförderung, Kindertanzen und Ähnliches, nutzen Eltern mit Migrationshintergrund, mit geringerem Einkommen und niedrigem Bildungsabschluss weniger häufig als andere Eltern. Werden solche Kurse aber vom Kindergarten organisiert, nutzen Eltern das Angebot unabhängig von Migrations- und Bildungshintergrund.

3. Soziale Faktoren

Sag mir, wer deine Eltern sind, und ich sage dir, wie deine Schullaufbahn aussehen wird: Deutschland und Österreich zählen zu jenen Staaten, in denen Bildung bis heute sehr stark vererbt wird. Die Kinder der Putzfrau und des Bauarbeiters haben es viel schwerer, gute Noten zu bekommen, als der Nachwuchs vom Universitätsprofessor und der Ärztin.

Kinder von Akademikereltern erreichen in Österreich bei PISA-Tests um durchschnittlich 100 Punkte mehr als Kinder, deren Eltern maximal einen Pflichtschulabschluss haben. Das entspricht einem Lernunterschied von mehr als zwei Schuljahren.

In Österreich hat mehr als jedes zweite Kind mit türkischen Wurzeln Eltern, die lediglich einen Pflichtschulabschluss haben

(51 Prozent). Nur 20 Prozent haben Matura und 30 Prozent der türkischstämmigen Eltern haben eine niedrige Berufsstellung. Das ist auch nicht verwunderlich, schließlich galt in der Türkei bis 1998 nur eine fünfjährige Schulpflicht.

Bei Eltern, die aus dem ehemaligen Jugoslawien stammen, sieht es etwas besser aus: 17 bis 18 Prozent haben nur einen Pflichtschulabschluss, aber 32 Prozent die Matura. Österreicher ohne Migrationshintergrund haben zu 48 Prozent Matura oder Uniabschluss und nur zu 4 Prozent lediglich die Pflichtschule absolviert. Und nur 3 Prozent haben eine niedrige berufliche Stellung.

Wer schafft es auf die Universität?

28 Prozent aller Studierenden in Österreich haben einen Vater, der selbst Akademiker ist. 17 Prozent der Studierenden stammen überhaupt aus Familien, in denen beide Elternteile ein Studium abgeschlossen haben. Aber nur 3,6 Prozent der Studierenden haben Eltern, die nur die Pflichtschule abgeschlossen haben.

In Deutschland gehen von 100 jungen Erwachsenen aus Akademikerhaushalten 77 später selbst auf die Uni, aber nur 23 von 100, deren Eltern selbst nie auf der Uni waren.

Kann man das ändern?

Wissenschaftler in Deutschland haben 2013 an 27 Schulen in Berliner Migrantenbezirken getestet, ob gezielte Information an diesem Status quo etwas ändert. In Workshops informierten sie angehende Abiturienten während der Schulzeit, welche Stipendien sie als Studierende beziehen können und auch darüber, dass Akademiker seltener arbeitslos sind und durchschnittlich 1,8-mal mehr verdienen als Menschen ohne Uniabschluss. Bei einer weiteren Befragung zwei, drei Monate nach dem Workshop zeigte sich, dass die Studienwünsche von Abiturienten, die diesen Workshop besucht hatten, um 8 bis 12 Prozentpunkte höher waren als in der Vergleichsgruppe, die den Workshop nicht besucht hatte.

3. Zeit und Geld

Das Schulsystem in Deutschland und Österreich baut darauf auf, dass die Eltern mitarbeiten. Eltern mit Migrationshintergrund und niedriger Bildung fehlen dazu aber die sprachlichen und finanziellen Möglichkeiten. Sie kennen sich im Bildungssystem nicht so gut aus und können viel weniger bei den Hausübungen helfen als Eltern deutscher Muttersprache. Zusätzlich verdienen sie durchschnittlich weniger und können sich deshalb schwerer Nachhilfe für ihre Kinder leisten.

Während Österreicher über ein durchschnittliches Jahres-Netto-Einkommen von 24.186 Euro verfügen, verdienen Ausländer nur 19.143 Euro und Türken in Österreich überhaupt nur 18.913 Euro. Dadurch sind Kinder türkischstämmiger Eltern auch besonders häufig von Armut bedroht, was wiederum einen negativen Einfluss auf ihre Schulnoten hat.

4. Eine Frage der Gerechtigkeit

Noten sind nicht immer gerecht: In Deutschland hatten Kinder von Akademikern im Jahr 2011 eine 3,4-mal höhere Chance, von ihrem Lehrer eine Empfehlung für das Gymnasium zu erhalten als Kinder von Arbeitern – selbst bei gleich guten Noten. In Österreich bekamen laut einer Studie aus dem Jahr 2011 Kinder aus Akademikerhaushalten bei gleicher Lesekompetenz doppelt so oft ein Sehr gut in Deutsch wie Kinder von Pflichtschulabsolventen.

Bei einer Schulabschlussnote von 2 gehen in Deutschland mehr als 90 Prozent der Akademikerkinder ohne Migrationshintergrund sehr sicher auf die Universität, aber weniger als 80 Prozent der Kinder mit Migrationshintergrund und ohne akademische Eltern. Bei einer Schulabschlussnote von 3,5 liegt die Wahrscheinlichkeit, dass Kinder aus Akademikerhaushalten ohne Migrationshintergrund auf die Uni gehen, immer noch bei fast 65 Prozent, unter den Migrantenkindern ohne akademisch gebildete Eltern hingegen bei nur 40 Prozent.

Allerdings gibt es beim Übertritt ins Gymnasium eine Entwicklung, die überrascht: Zahlen aus Deutschland zeigen, dass Kinder mit Migrationshintergrund und sehr niedrigem sozialen Status (schlecht ausgebildete Eltern, geringes Familieneinkommen, hohe Armutsgefährdung) eine größere Chance haben, ins Gymnasium zu kommen als Kinder deutscher Eltern, die unter genauso schlechten Bedingungen aufwachsen. In Deutschland wechseln 64,3 Prozent der Kinder ohne Migrationshintergrund und mit hohem sozialen Status ins Gymnasium und 60,9 Prozent, also knapp weniger Kinder, mit Migrationshintergrund und hohem sozialen Status. Dafür schaffen es 27,8 Prozent der Migrantenkinder mit niedrigem sozialen Status ins Gymnasium, aber nur 16,6 Prozent der Kinder aus deutschen Familien und mit niedrigem sozialen Status.

5. Eine Frage des Umfelds

Der deutsche Integrationsbericht 2014 zeigt auf, dass Eltern, die selbst eine gute Ausbildung haben, bei ihren Kindern Schulen meiden, die vor allem von Kindern mit Migrationshintergrund und von Kindern aus sozial schwachen Familien besucht werden. Dadurch besuchen in Deutschland 40 Prozent aller Grundschüler mit Migrationshintergrund leistungsschwache Schulklassen. Unter den Grundschülern ohne Migrationshintergrund sind es nur 5,7 Prozent.

Kinder mit Migrationshintergrund holen im Bildungssystem auf. Das sieht man besonders gut, wenn man ihren Bildungserfolg mit jenem ihrer Eltern vergleicht. Eines ist aber gleich geblieben: Wer das Pech hat, in eine arme Familie geboren zu werden, hat viel schlechtere Chancen im Bildungssystem. Entscheidender als die Frage, ob der Geburtsort der Eltern Ankara oder Heidelberg heißt, ist die Frage, wie viel Geld die Eltern in ihrer Geldbörse haben.

7. Ausländer sind viel krimineller als wir

Zwar ist der Anteil ausländischer Verurteilter an der Gesamtzahl der verurteilten Straftäter zweimal (Deutschland) bzw. dreimal (Österreich) so hoch wie der Ausländeranteil an der Wohnbevölkerung. Das bedeutet aber nicht, dass Ausländer krimineller sind als Inländer. Denn viele Straftaten werden von Ausländern verübt, die nicht bei uns wohnen. Die ausländische Wohnbevölkerung ist strafrechtlich nicht auffälliger als Inländer. Menschen werden nicht kriminell, weil sie Ausländer sind, sondern weil sie sich in Situationen befinden, die Kriminalität generell fördern (z.B. Arbeitslosigkeit). Ausländer befinden sich besonders häufig in solchen Situationen. Ausländer, die im Inland Wohnung und Arbeit haben, sind sogar rechtstreuer als Inländer. Wer Ausländerkriminalität bekämpfen will, sollte sich also besonders für die Integration von Ausländern einsetzen.

Sie prügeln, stehlen und betrügen: Fast täglich berichten Zeitungen über ausländische Straftäter. Viele Menschen fürchten eine aus dem Ruder laufende Ausländerkriminalität. Sind Migranten wirklich krimineller als Inländer?

Tatsächlich weisen Ausländer in Österreich und Deutschland auf den ersten Blick statistisch eine höhere Kriminalitätsrate auf als Inländer.[16] 2014 waren 26 Prozent aller in Deutschland strafgerichtlich Verurteilten Ausländer.[17] Ihr Anteil an der deutschen Wohnbevölkerung betrug aber nur 9,3 Prozent.[18] Der Ausländeranteil an verurteilten Straftätern war also fast dreimal höher als der Ausländeranteil an der Wohnbevölkerung.

In Österreich sind diese Zahlen ähnlich. 40,4 Prozent aller im Jahr 2015 von österreichischen Strafgerichten verurteilten Personen hatten keine österreichische Staatsbürgerschaft. Aber nur 14,6 Prozent der österreichischen Wohnbevölkerung waren Ausländer.[19]

Sind Zuwanderer tatsächlich dreimal öfter straffällig als Inländer? Auf den ersten Blick scheint diese Logik bestechend. Auch an der Qualität der Daten gibt es keine Zweifel, schließlich stammen sie von den Statistischen Ämtern des Bundes (Deutschland) bzw. von der Statistik Austria, die diese Daten direkt von den Strafverfolgungsbehörden erhalten.

Die Zahlen stimmen also. Aber der aus ihnen gezogene Schluss ist falsch. Er vergleicht eine Gruppe, deren Mitglieder nicht alle bei uns wohnen (die Zahl der Straftäter), mit einer Gruppe, die hier wohnt (dem Ausländeranteil an der Wohnbevölkerung). Das und andere Faktoren verzerren das Ergebnis. »Statistik in dieser Form ist Lüge«, urteilte die *Süddeutsche Zeitung* schon vor 25 Jahren über solche Schnellschüsse.[20]

Nicht jeder Straftäter wohnt bei uns

Ausgangspunkt der Vergleiche zur Ausländerkriminalität ist der Anteil der strafgerichtlich verurteilten Ausländer an der Gesamtzahl der verurteilten Personen. Diese Gruppe setzt sich aus verschiedenen Tätergruppen zusammen. Manche entsprechen dem Bild des kriminellen Ausländers mehr (z.B. Einbrecher, Drogendealer, Terroristen), andere weniger. Wer denkt bei Ausländerkriminalität schon reflexartig an

- betrunkene Ski-Touristen, die beim Après-Ski eine Prügelei anzetteln;
- ausländische Geschäftsreisende, die auf einer Dienstfahrt in Österreich einen Autounfall mit Toten oder Verletzten verursachen;
- einen österreichischen Journalisten, der in einer deutschen Zeitung gegenüber einem Politiker eine strafbare Beleidigung begeht?

Ausländerkriminalität ist vielfältig. Den typischen kriminellen Ausländer gibt es nicht. Die Täter sind manchmal arm, manchmal reich, sie sind arbeitslos, Unternehmer, Asylwerber, Gastprofessoren oder Wissenschaftler. Manche leben hier, andere machen hier Urlaub. Und wieder andere kommen tatsächlich in der Absicht, hier eine Straftat zu begehen. Sie haben nur eine Gemeinsamkeit: Ihnen fehlt die inländische Staatsbürgerschaft.

Die Behauptung der dreimal so kriminellen Ausländer vergleicht diese Gruppe mit dem Ausländeranteil an der Wohnbevölkerung. Aber unsere Gerichte verurteilen auch Straftäter, die hier keinen Wohnsitz haben. Ihre Zuständigkeit bemisst sich nämlich nach dem Ort der Tathandlung. Das bedeutet, dass unsere Gerichte auch ausländische Autofahrer verurteilen, die auf der Durchreise einen Verkehrsunfall verursacht haben. Und das, obwohl diese Autofahrer keinen einzigen Tag bei uns gewohnt haben. Sie vergrößern die Gruppe ausländischer Verurteilter, fallen aber nicht in jene der ausländischen Wohnbevölkerung. Dasselbe gilt für betrunkene Ski-Touristen, randalierende Fußballrowdys aus dem Ausland, Geschäftsreisende oder »Kriminaltouristen«. Wer im Inland verurteilt wird, muss hier keinen Wohnsitz haben, zählt also nicht unbedingt zur ausländischen Wohnbevölkerung. Deshalb lassen sich die Ausländeranteile an verurteilten Straftätern und an der Wohnbevölkerung nicht direkt vergleichen.

Die deutsche polizeiliche Kriminalstatistik zeigt, dass etwa 30 Prozent der ausländischen Tatverdächtigen nicht in Deutschland wohnen. Fast ein Drittel der Ausländerkriminalität geht also auf das Konto von Touristen, Geschäftsreisenden oder reisenden Profi-Kriminellen.[21] Zieht man diese Straftaten von der gesamten Ausländerkriminalität ab (und ermittelt so die von im Inland wohnenden Ausländern begangenen Straftaten), kann man diese Zahl mit dem Ausländeranteil an der Wohnbevölkerung vergleichen. Das Ergebnis: Die ausländische Wohnbevölkerung ist nur unerheblich mehr kriminalitätsbelastet als die Inländer.

In Österreich ist dieser Effekt noch stärker. Hier machen die nicht integrierten Ausländer (Touristen, Asylwerber, Ausländer ohne Beschäftigung und Ausländer ohne rechtmäßigen Aufenthalt) 60 Prozent aller nicht-österreichischen Tatverdächtigen aus. Hingegen beträgt der Anteil integrierter Ausländer (Arbeiter, Selbstständige, Schüler, Studenten sowie Ausländer, die österreichische Familienangehörige haben) lediglich 9,7 Prozent aller Tatverdächtigen (Österreicher und Nicht-Österreicher).[22] Und das bei knapp 10 Prozent Anteil an der Wohnbevölkerung. Die Kriminalität integrierter Ausländer ist also gegenüber jener der Inländer völlig unauffällig.

Wer Ausländer als dreimal krimineller als Inländer bezeichnet und zum »Beweis« auf den im Vergleich zu ihrem Wohnbevölkerungsanteil höheren Anteil an ausländischen Verurteilten anführt, beweist also gar nichts. Er legt bloß seine Unkenntnis in statistischem Grundlagenwissen bloß, indem er Äpfel mit Birnen vergleicht.

Steigt die Ausländerkriminalität?

Auf den ersten Blick steigt die Ausländerkriminalität deutlich. Laut Polizeilicher Kriminalitätsstatistik (PKS) stieg in Deutschland die Zahl der Tatverdächtigen ohne deutsche Staatsangehörigkeit 2015 um fast 50 Prozent. Ein großer Teil dieses Anstiegs ist auf Verstöße gegen das Ausländerrecht zurückzuführen (z.B. die illegale Einreise oder Verstöße gegen die Residenzpflicht für Flüchtlinge). Das sind Straftaten, die erstens nur Ausländer begehen können und die zweitens keine Auswirkungen auf das Sicherheitsempfinden der Bevölkerung haben. Rechnet man diese Verstöße gegen das Ausländerrecht aus der Gesamtstatistik heraus, bleibt für 2015 ein Anstieg »echter« Kriminalität um

0,1 Prozent im Vergleich zum Vorjahr übrig. Und das, obwohl im gleichen Zeitraum über eine Million Ausländer mehr nach Deutschland gekommen sind.[23]
Eindeutig gesunken ist die Ausländerkriminalität in Deutschland 2016. Im Vergleich des ersten und dritten Quartals dieses Jahres ist die Anzahl der erfassten Straftaten um 23 Prozent gesunken. Gleichzeitig ist die Zahl der Asylbegehren um ein Viertel gestiegen. Mehr Asylwerber führen also keineswegs zwangsläufig zu mehr Ausländerkriminalität.[24]

Durchschnittstypen: jung, männlich, arm, urban

Berücksichtigt man, dass nicht alle verurteilten Ausländer auch im Inland wohnen, reduziert das zwar das Missverhältnis zwischen Ausländeranteil an der Wohnbevölkerung und Ausländeranteil an verurteilten Straftätern. Dennoch bleibt die ausländische Wohnbevölkerung zunächst stärker kriminalitätsbelastet als die inländische. Das hat aber wenig mit der Staatsangehörigkeit zu tun als vielmehr mit demografischen, ökonomischen und sozialen Faktoren.

Denn in der Statistik verstecken sich einige andere Faktoren, die ein schlechtes Licht auf Ausländer werfen. Zum Beispiel die unterschiedliche Bevölkerungsstruktur. Ausländer sind im Durchschnitt jünger als Inländer. Auch ihr Männeranteil ist höher.

Warum ist das wichtig? Weil weltweit immer dieselbe Gruppe besonders kriminalitätsbelastet ist: die 20- bis 40-jährigen Männer. Bevölkerungsteile, die besonders viele junge Männer aufweisen, sind schon allein aus diesem Grund mit einer höheren Kriminalitätsquote belastet.

Was zunächst wie eine soziodemografische Spitzfindigkeit klingt, beeinflusst die Statistik zur Ausländerkriminalität stark. Denn fast drei Viertel aller polizeilich erfassten Tatverdächtigen sind männlich.[25] Eine deutsche Studie hat bestätigt: Durch den Geschlechtereffekt (mehr Männer) überhöht sich die Kriminalitätsbelastung der Ausländer gegenüber der deutschen Wohnbevölkerung um 9 Prozent, durch den Alterseffekt (mehr jüngere Menschen) sogar um 33 Prozent.[26]

Auch die soziale Lage verzerrt die Statistik zulasten der Ausländer. Je schlechter jemandes soziale Lage ist, je weniger Geld und

Aufstiegsmöglichkeiten ein Mensch hat, desto eher gerät er mit dem Strafrecht in Konflikt. »Unterschicht« erzeugt Kriminalität. Das gilt für Inländer und Ausländer gleichermaßen. Bloß ist die soziale Lage von Ausländern im Durchschnitt deutlich schlechter als jene von Inländern. Insbesondere der Zugang zu legalem Einkommen hilft bei der Verbesserung der sozialen Lage. Wer keine Möglichkeit hat, legal Geld zu verdienen, wird besonders häufig straffällig. Legale Verdienstmöglichkeiten fehlen insbesondere Fremden mit unsicherem Aufenthaltsstatus (z.B. Asylwerbern) sowie Personen, die nur auf dem Papier als Touristen hier sind (tatsächlich aber Arbeit suchen). Es sind auch vor allem diese Arbeit suchenden »Touristen«, die besonders häufig als Täter von Vermögensdelikten ermittelt werden (Diebstahl, Einbruch), während integrierte Fremde mit legaler Verdienstmöglichkeit bei diesen Delikten kaum eine Rolle spielen.[27]

Auch der Wohnort beeinflusst die Kriminalitätsrate. Wer in der Stadt wohnt, wird statistisch gesehen eher straffällig als Landbewohner. Auch das gilt für Ausländer und Inländer gleichermaßen. Aber wo leben Ausländer in Deutschland und Österreich überwiegend? In Ballungszentren, und zwar fast doppelt so häufig wie Inländer. Das erhöht die Kriminalitätsbelastung von Ausländern um 12 Prozent. Würden Ausländer gleich häufig am Land wohnen wie Inländer, wäre ihre Kriminalitätsrate um 12 Prozent niedriger.[28]

Wer Ausländern vorwirft, dass sie aufgrund ihrer Erziehung oder »kulturellen Prägung« eher kriminell werden als Inländer, muss diese Faktoren berücksichtigen. Denn nur dann kann man die Kriminalitätsraten von Ausländern und Inländern seriös vergleichen. Der Soziologe Rainer Geißler hat genau das untersucht. Das Ergebnis spricht eher für die »kulturelle Prägung« von Ausländern als von Inländern. Denn bei Beachtung des »Faktors Schicht« (also der sozialen Faktoren) zeigt sich, dass ausländische Arbeitsmigranten erheblich gesetzestreuer sind als Deutsche in vergleichbarer Soziallage.[29]

Es gibt also viele Faktoren, die auf die Kriminalitätsanfälligkeit von Menschen Einfluss haben. Dazu zählen Alter, Geschlecht, sozialer Status und Lebensumfeld (bzw. Wohnort). Die Unterscheidung, ob man Inländer oder Ausländer ist, gehört nicht dazu.

Sind Asylwerber besonders kriminell?

In Österreich gerät jeder dritte Asylwerber mit dem Strafrecht in Konflikt. Diese Zahl ist erschreckend hoch. Aber auch hier lohnt genaues Hinsehen.

Die meisten Straftaten von Asylwerbern sind kleine, einmalige Vergehen (z.B. Ladendiebstahl). Das relativiert nicht nur die Bedrohung durch Asylwerber. Es zeigt auch, dass sich Asylwerber oft nur in einer Notlage oder in einer besonders »günstigen« Situation haben hinreißen lassen.

Gerade Asylwerber sind in vielen Belangen besonders schlecht gestellt. Sie sind besonders arm, von fast allen legalen Erwerbsquellen ausgeschlossen und vor allem in Ballungszentren untergebracht. Selbst Analysten des Bundeskriminalamts begründen die hohe Straffälligkeit von Asylwerbern in Österreich mit der Perspektivlosigkeit vieler Flüchtlinge. Diese Lebensumstände würden die Wahrscheinlichkeit einer Straftatbegehung bei jedem Menschen erhöhen – nicht nur bei Asylwerbern.

Verglichen mit der Gesamtkriminalität sind kriminelle Asylwerber jedoch ein vergleichsweise geringes Problem. Der Anteil von Asylwerbern an der Gesamtkriminalität betrug 2014 in Österreich nicht einmal 3 Prozent. Unsere Sicherheit hängt also lediglich zu einem sehr kleinen Teil von der Rechtstreue von Asylwerbern ab. Zwar kann uns niemand versprechen, dass wir nicht Opfer einer von einem Asylwerber verübten Straftat werden. Aber die Wahrscheinlichkeit, Opfer eines Täters zu werden, der kein Asylwerber ist, ist 33-mal höher.

Recht statt Gnade

Noch ein Punkt verzerrt die nackten Zahlen. Die Statistik erfasst nur jene Kriminalität, die für die Behörden »sichtbar« wird. Das geschieht durch Anzeigen. Es werden aber bei Weitem nicht alle Straftaten angezeigt.

Die angezeigten, »sichtbar« gewordenen Straftaten nennt die Kriminalsoziologie »Hellfeld«, während die nicht angezeigten, »im Dunkeln gebliebenen« Straftaten das »Dunkelfeld« bilden. Wie hoch der Anteil der bekannten Straftaten ist (Hellfeld), hängt von zwei Faktoren ab: der Kontrolldichte und dem Anzeigeverhalten.

Bei manchen Delikten unterliegen Ausländer einer höheren Kontrolldichte als Inländer. Bei Ausübung solcher Delikte werden ausländische Täter deshalb eher erwischt als Inländer. Aus diesem Grund ist das Hellfeld in Bezug auf ausländische Täter größer als bei inländischen Tätern. Das hat zur Folge, dass selbst bei einer gleich hohen Kriminalitätsrate von Ausländern und Inländern die Statistik für Ausländer eine höhere Kriminalitätsrate abbilden würde als für Inländer.

Kontrolle wegen Hautfarbe – logisch oder rassistisch?

In Berlin erfolgt der Straßenverkauf von Drogen häufig durch junge Asylwerber afrikanischer Herkunft. Das weiß auch die Polizei, die ihre Aufmerksamkeit deshalb besonders auf Personen mit dunkler Hautfarbe lenkt. Ein auch medial beachteter Brennpunkt der letzten Jahre ist der Görlitzer Park. Wer wird wohl eher die Aufmerksamkeit verdeckter Ermittler wecken: eine Person schwarzer Hautfarbe ohne Deutschkenntnisse oder eine Person weißer Hautfarbe mit hörbarer »Berliner Schnauze«, beide wiederholt und auffällig den Blickkontakt mit Passanten suchend? Die Wahrscheinlichkeit, von Suchtgiftfahndern einer Personenkontrolle unterzogen zu werden, ist für die Person schwarzer Hautfarbe weitaus höher. Dementsprechend höher ist auch die Wahrscheinlichkeit, dass ein Dealer schwarzer Hautfarbe bei seinem »Geschäft« erwischt wird (und in die Kriminalstatistik als »krimineller Ausländer« eingeht), während der inländische Dealer bessere Chancen hat, unentdeckt zu bleiben.[30]

Ähnlich wirkt das Anzeigeverhalten. Je mehr Straftaten angezeigt werden, desto mehr Taten wandern vom Dunkel- ins Hellfeld. Tätergruppen, die besonders oft angezeigt werden, sind deshalb bei gleich häufiger Tatbegehung im Hellfeld häufiger vertreten als

Tätergruppen, bei denen häufiger auf eine Anzeige verzichtet wird. Und eben hier spießt sich der Vergleich von Inländern mit Ausländern. Das Anzeigeverhalten gegenüber Inländern unterscheidet sich nämlich stark von jenem gegenüber Ausländern. Denn Ausländer werden nicht nur häufiger zu Unrecht oder bloß wegen kleiner Delikte angezeigt. Dunkelfeldstudien legen nahe, dass Ausländer auch viel eher angezeigt werden als Inländer in derselben Situation. Besonders hoch ist die Anzeigeneigung bei Straftaten, bei denen das Opfer Inländer und der Tatverdächtige ausländischer Herkunft ist. Während lediglich ein Fünftel aller deutschen Täter angezeigt wird, trifft das auf ein Drittel der Straftaten ausländischer Täter zu.[31] Im Klartext: Ausländische Straftäter werden eineinhalbmal eher angezeigt als inländische. Inländische Straftäter haben also eine weit bessere Chance als ausländische Straftäter, der Strafverfolgung zu entkommen. Von 100 inländischen Straftätern gelangen rund 20 als Straftäter in die Kriminalstatistik, von 100 ausländischen Straftätern jedoch 30. Das wirkt in der Statistik verzerrend zulasten der Ausländer. Ein direkter Vergleich von Kriminalitätsraten von Inländern und Ausländern ist auch aus diesem Grund unredlich.

SELEKTIVES ANZEIGEVERHALTEN		
Täter	**Opfer**	**Anzeigewahrscheinlichkeit**
deutsch	deutsch	19,5 Prozent
ausländisch	deutsch	29,3 Prozent
deutsch	ausländisch	18,9 Prozent

Was passiert mit straffälligen Asylwerbern?
Werden Asylwerber straffällig, können sie ausgewiesen werden. Das gilt in Deutschland und in Österreich gleichermaßen.
Deutschland weist Asylwerber grundsätzlich aus, wenn sie zu mehr als drei Jahren Haft verurteilt werden. Bei Drogendelikten oder Landfriedensbruch reicht schon eine Haftzeit von zwei Jahren. Die Behörden sind aber nicht auf diese

Aberkennungsgründe beschränkt. Sie können auch aus anderen schwerwiegenden Gründen entscheiden, dass ein Asylwerber Deutschland verlassen muss.
Österreich stellt bei der Ausweisung straffälliger Asylwerber nicht auf die tatsächlich verhängte Strafe ab. Ausschlaggebend ist, mit welcher Höchststrafe das begangene Delikt dem Gesetz nach bedroht ist. Ab einem möglichen Strafmaß von drei Jahren (z.B. bei Mord, schwerer Körperverletzung, Vergewaltigung) besteht ein Ausschließungsgrund. Asylwerber, die eine solche Straftat begehen, müssen damit rechnen, kein Asyl zu bekommen. Bereits anerkannten Flüchtlingen wird der Asylstatus wieder aberkannt.
Manchmal ist es nicht möglich, ausgewiesene Asylwerber tatsächlich abzuschieben (z.B., wenn ihnen bei der Rückkehr in ihr Heimatland Folter oder die Todesstrafe drohen). Solche ausgewiesenen Asylwerber werden »geduldet«. Sie dürfen nach Absitzen der Haft bei uns bleiben, erhalten aber kein Aufenthalts- und Arbeitsrecht. Sie sind damit auch von allen staatlichen Sozialleistungen faktisch ausgeschlossen.

»Böse« Inländer – »brave« Ausländer?

Bereinigt man die Statistik um alle Verzerrungsfaktoren, sind Ausländer gar nicht krimineller als Inländer. Trotzdem behaupten viele unter Berufung auf statistische Daten eine einfache Rollenverteilung: »Brave« Inländer werden von »bösen« Ausländern bestohlen, beraubt und bedroht. Studien, die sich vertiefend mit Ausländerkriminalität beschäftigen, kommen zu einem ganz anderen Schluss. Unter gewissen Umständen sind Ausländer sogar rechtstreuer, also »braver« als Inländer.

Der Kriminalsoziologe Arno Pilgram hat die Ausländerkriminalität in Wien eingehend untersucht. Im Ergebnis waren zumindest integrierte Ausländer strafrechtlich unauffälliger als die Durchschnittswiener. Und das, obwohl die Ausländer im Schnitt jünger und sozial schlechter gestellt waren, also anhand üblicher Erfahrungswerte eine höhere Kriminalitätsbelastung hätten aufweisen müssen. Auf nicht integrierte Ausländer hingegen trifft das nicht zu. Pilgram vermutet, dass die Stadt – trotz angeblicher Ausländerghettobildung – günstige Integrationsvoraussetzungen schafft.[32]

Was aber unterscheidet integrierte von nicht integrierten Ausländern? Pilgram trennt die beiden Gruppen anhand zweier einfacher Kriterien: Job und Wohnung. Wer keine Arbeit und kein Zuhause hat, muss sich oft schon aus purer Not auf kriminellem Weg durchs Leben schlagen. Wer beides hat, erliegt krimineller Versuchung gleich selten oder seltener als die Inländer.

Auch für Deutschland gehen Wissenschaftler davon aus, dass Arbeitsmigranten und ihre Familien seltener kriminell werden, als dies ihrem Anteil an der Wohnbevölkerung entsprechen würde.[33] Vergleicht man Arbeitsmigranten und ihre Familien mit der inländischen Erwerbsbevölkerung, zeigt sich nämlich genau das Gegenteil dessen, was das ständige Warnen vor kriminellen Ausländern vermuten lassen würde: Obwohl Arbeitsmigranten einen erheblich höheren Anteil an Un- und Angelernten haben (was ihren sozialen Status drückt und ihre Kriminalitätsbelastung erhöhen müsste), weisen sie keine höhere Kriminalitätsbelastung auf als die inländische Erwerbsbevölkerung.[34] Arbeitsmigranten sind offenbar gesetzestreuer als Inländer mit vergleichbarem Sozialprofil.

Das gilt übrigens auch für die Schweiz[35]: Es wäre »angesichts der durchschnittlich niedrigeren Stellung der ausländischen Wohnbevölkerung eine im Vergleich mit Schweizerinnen und Schweizern höhere Verurteiltenbelastung zu erwarten. Dies ist nicht der Fall; vielmehr scheint die Gruppe der ausländischen Wohnbevölkerung als hoch konform.«[36]

Ausländer sind auch Opfer!

Die öffentliche Diskussion fokussiert oft auf Ausländer als Täter und Inländer als Opfer. Dabei sind Ausländer nicht nur als Täter proportional öfter an Straftaten beteiligt als Inländer. Sie sind auch weitaus öfter Opfer. 2015 waren in Österreich Ausländer zweimal öfter Opfer von Straftaten, als dies ihr Anteil an der Gesamtbevölkerung nahelegen würde.

Klar: Auch Opfer müssen nicht zwangsläufig in Österreich wohnen. Der Vergleich des Ausländeranteils unter den Opfern von Strafdelikten mit dem Bevölkerungsanteil ist deshalb ebenso unscharf wie jener des ausländischen Täteranteils mit dem Ausländeranteil an der Gesamtbevölkerung. Aber er zeigt, dass wir die Diskussion um die Ausländerkriminalität unfair einseitig führen. Wer über den hohen Ausländeranteil unter den Tätern spricht, sollte auch nicht verschweigen, dass Ausländer viel häufiger Opfer von Straftaten werden, als dies auf Inländer zutrifft.

Soziologen haben die Ursache für die besondere Rechtstreue von Arbeitsmigranten gesucht und gefunden. Arbeitsmigranten sind in ihren Ansprüchen bescheidener als Inländer. Deshalb finden sie sich leichter mit systembedingter Benachteiligung ab. Obwohl sie besonders häufig Nacht- und Schichtarbeit sowie gesellschaftlich eher niedrig stehende Arbeiten verrichten, sind Ausländer mit ihrer Arbeit genauso zufrieden wie ihre inländischen Kollegen.[37] Und sie sind häufiger mit einem niedrigeren Lebensstandard zufrieden, sodass sie seltener in Versuchung kommen, unfinanzierbare Begehrlichkeiten durch kriminelle Tätigkeiten zu finanzieren (z.B. durch Diebstahl).

Fremdenhass und Kriminalität
2015 ist die Anzahl von Straftaten, die aus Fremdenhass begangen wurden, stark gestiegen. Leidtragende sind nicht nur Politiker und Behörden, die vermehrt Opfer strafrechtlich relevanter Beleidigungen und Nötigungen geworden sind. Deutschlandweit hat das Bundeskriminalamt 2015 insgesamt 1.027 Straftaten gegen Asylunterkünfte registriert, davon 177 Gewaltdelikte. Das bedeutet eine Vervierfachung dieser Art politisch motivierter Kriminalität in gerade einmal einem Jahr![38]

Diese Zufriedenheit führt zu besonderer Anpassungsfähigkeit an Arbeits- und Lebensbedingungen und zu hoher Integrationswilligkeit. Sie zeichnet vor allem die erste Zuwanderergeneration aus. Es gibt jedoch Hinweise, dass die erste Einwanderergeneration ihre

Zufriedenheit und Rechtstreue nicht vollständig an ihre Kinder weitergeben konnte (insbesondere nicht an ihre Söhne). Und so spielen die Kinder der Arbeitsmigranten in einem Deliktsbereich eine besonders auffällige Rolle. Dazu mehr im nächsten Kapitel.

8. Die Jugend wird immer gewalttätiger

Dass die Jugend immer brutaler wird, ist falsch. Tatsächlich sinkt die Jugendkriminalität sogar. Auffällig ist, dass ausländische Jugendliche öfter Gewaltdelikte begehen als inländische. Das liegt aber nicht daran, dass sie Ausländer sind, sondern unter anderem an ihrem schlechteren durchschnittlichen Bildungsniveau. Steigt der Anteil von Ausländern an höheren Bildungseinrichtungen, sinkt der Anteil ausländischer Jugendgewalttäter.

Immer wieder ist zu hören: Die Jugend wird immer brutaler. Manche Medien bringen sogar Themenschwerpunkte zur »Jugendgewalt«.[39] Jugendkriminalität wirkt auf Erwachsene offenbar besonders beunruhigend. Aber ist das Problem tatsächlich so brennend?

Jugendgewalt: Problem in Partykiezen
(*Berliner Morgenpost*, 16.9.2016)

Kennt Jugendgewalt keine Grenzen mehr?
(*Focus*, 11.1.2014)

Das Leben der Berliner Prügelmädchen
(*Focus*, 12.1.2014)

Jugendgewalt: eine neue Art der Aggressivität
(*Süddeutsche Zeitung*, 17.5.2010)

Jugendgewalt: Mir war egal, ob ich ihn töten würde
(*Die Zeit*, 10.1.2013)

Jugendgewalt: Mord und Totschläger
(*Die Zeit*, 12.5.2011)

Gewalt, Hass und Sex. Bild erklärt die Rap-Vorbilder unserer Kinder
(*Bild*, 11.1.2014)

Jugendgewalt-Prozess im Fall Jonny K. Geschlagen, getreten, gestorben
(*Stern*, 14.5.2013)

Immer mehr Jugendgewalt in Deutschland
(*Bild*, 25.1.2010)

Die Realität ist offenbar ganz anders als das medial vermittelte Bild: Die Jugendkriminalität sinkt sogar. »Deutschlands Jugendliche werden immer friedlicher«, titelte beispielsweise die Tageszeitung *Die Welt* unter Berufung auf eine UNICEF-Studie zum Thema Jugendgewalt.

Die Anzahl jener Jugendlichen, die wegen Jugendstraftaten von deutschen Behörden polizeilich registriert wurden, ist im ersten Jahrzehnt des 21. Jahrhunderts um fast ein Fünftel gesunken.[40] Dieser Trend setzt sich bis heute fort. Zwischen 2007 und 2014 hat die Zahl verurteilter Jugendlicher in Deutschland stark abgenommen:

- Mord und Totschlag: minus 69 Prozent;
- Vergewaltigung und sexuelle Nötigung: minus 60 Prozent;
- Körperverletzung: minus 53 Prozent.

Die Jugendlichen sind heute also viel »braver«, als es ihre Eltern waren. Noch deutlicher ist dieser Trend übrigens bei Eigentumsdelikten, zu denen es auch Langzeitdaten gibt. 1970 wurden in Westdeutschland noch 33.000 Jugendliche wegen Diebstahls oder Unterschlagung verurteilt. 2014 war es nicht einmal mehr ein Drittel.[41]

In Österreich ist das nicht anders: Zwar sind 2015 erstmals wieder etwas mehr Jugendliche verurteilt worden als im Jahr davor (2.149 Jugendliche im Jahr 2015; 2.086 im Jahr 2014). Davor lagen aber viele Jahrzehnte beständigen Rückgangs an Jugendkriminalität. Seit dem Höhepunkt an Verurteilungen im Jahr 1957 (11.768) ist die Zahl verurteilter Jugendlicher um mehr als 80 Prozent zurückgegangen. Allein seit dem Jahr 2000 ist sie um mehr als 40 Prozent gesunken.

Darüber hinaus ist der leichte Anstieg an Jugendkriminalität in Österreich ausschließlich auf die Zunahme von Eigentumsdelikten zurückzuführen. Delikte gegen »Leib und Leben«, also insbesondere Mord oder Körperverletzung, sind hingegen auch 2015 zurückgegangen. Dieser Rückgang an Jugendgewalt hält seit Langem an.

Während im Jahr 2000 noch 846 Jugendliche in Österreich wegen Gewaltdelikten verurteilt wurden, gab es 2015 nur mehr 372 Verurteilungen in diesem Bereich. Das ist ein Rückgang um mehr als die Hälfte in gerade einmal 15 Jahren!

1970 wurden in Österreich noch 2.312 Jugendliche wegen Gewaltdelikten verurteilt. Die aktuellen Verurteilungen betragen gerade einmal 16 Prozent der Zahlen aus den 1970er-Jahren (also jener Zeit, in der die Elterngeneration der heutigen Jugendlichen jung im Sinne des Jugendstrafrechts war).[42]

> Die Jugend achtet das Alter nicht mehr, zeigt bewusst ein ungepflegtes Aussehen, sinnt auf Umsturz, zeigt keine Lernbereitschaft und ist ablehnend gegen übernommene Werte.
>
> Tontafel der Sumerer, ca. 3.000 vor Christus, zitiert nach Gustav Keller, »Die Schülerschelte: Leidensgeschichte einer Generation« (1989)

Der Anteil der Jugendlichen an allen (also auch von Erwachsenen) im Jahr 2015 in Österreich begangenen Straftaten spricht ebenfalls eine klare Sprache: Jugendliche haben gerade einmal 6,1 Prozent aller 2015 in Österreich verurteilten Straftaten verübt. Die restlichen 93,9 Prozent gehen auf das Konto von Erwachsenen.[43] In Deutschland bietet sich ein ähnliches Bild. 2015 waren gerade einmal 9,2 Prozent aller Tatverdächtigen Jugendliche. Den überwiegenden Teil aller Straftaten haben Erwachsene über 21 Jahren verübt.[44] Wer sich vor Gewaltdelikten fürchtet, sollte also zuallererst Gewaltdelikte von Erwachsenen thematisieren.

Aber die Öffentlichkeit hat diesen Rückgang von Jugendgewalt nicht wahrgenommen. Stattdessen glauben 90 Prozent aller deutschen Erwachsenen, dass die Jugendgewalt zunimmt! Mehr als die Hälfte aller befragten Erwachsenen meint sogar, dass Jugendgewalt »viel häufiger geworden« ist! Tatsächlich ist gerade die Zahl jugendlicher Gewalttäter besonders stark zurückgegangen (in Deutschland um ein Fünftel innerhalb von drei Jahren). Die Zunahme von Jugendgewalt findet also ausschließlich in den Köpfen der Erwachsenen statt.

Besonders viel Raum widmen die Medien gern ausländischen jungen Gewalttätern. Verhält es sich hier ähnlich wie mit der Jugendkriminalität an sich? Klafft hier ebenfalls ein Riss zwischen Realität und medial vermitteltem Bild? Oder sind ausländische Jugendliche wirklich besonders gewalttätig?

Roland Koch: »Zu viele junge kriminelle Ausländer«
(*Focus*, 28.12.2007)

Jugendgewalt in Deutschland: Toleranz hat sich verändert
(*taz*, 14.5.2013)

Neue Dimension der Jugendgewalt in Berlin: Ausländer jagen »Scheiß Christen«
(*Berliner Kurier*, 26.8.2008)

Terror an deutschen Schulen: Jetzt spricht die Direktorin der Horror-Schule: »Die Gewalt geht vor allem von libanesischen Schülern aus«
(*Bild*, 22.7.2010)

Untersuchungen in Deutschland zeigen: Ausländische Jugendliche sind tatsächlich häufiger gewalttätig als gleichaltrige Inländer. Je nach Deliktsgruppe kann es bei ausländischen Jugendlichen bis zu doppelt so wahrscheinlich sein, dass sie eine Straftat begehen, als bei inländischen Jugendlichen. Besonders auffällig ist der Unterschied zwischen inländischen und türkischen Jugendlichen. »Junge Türken neigen am meisten zur Gewalt«, fasst die *Frankfurter Allgemeine Zeitung* das Thema in einer Schlagzeile zusammen.

Aber auch hier ist es mit der Wahrheit nicht ganz so einfach. Ausschlaggebend ist nämlich nicht der Umstand, junger Türke zu sein. Der Grund für die höhere Gewaltneigung türkischer Jugendlicher in Deutschland und Österreich liegt anderswo. Denn je besser die Ausbildung junger Türken ist, desto mehr sinkt ihre Gewaltneigung. Darin unterscheiden sie sich nicht von inländischen Jugendlichen. Auch die sind (im Durchschnitt) umso gewalttätiger, je geringer ihre Schulbildung und Ausbildung ist. Es ist also kein allein für junge Türken zutreffendes, sondern ein allgemeingültiges Phänomen, dass schlechter ausgebildete Jugendliche eher zu Gewalt neigen als Jugendliche mit guter Ausbildung.

Im Unterschied zu Inländern verfügen junge Türken aber überdurchschnittlich oft über keinen oder nur über einen sehr niedrigen Schulabschluss (siehe auch Kapitel 6). Im Vergleich zu inländischen Jugendlichen sind nur wenige junge Türken an Realschulen und Gymnasien anzutreffen. Wie sehr das mit der Gewaltneigung junger Menschen zusammenhängt, zeigen folgende Zahlen:

- In Hannover verdoppelte sich von 1998 bis 2006 der Anteil der Gymnasiasten unter jungen Türken. Gleichzeitig sank der Anteil an Gewalttätern unter ihnen um 10 Prozent, jener der Intensivtäter sogar um 50 Prozent.
- In München war der Bildungstrend genau gegenläufig. Der Anteil junger Türken, die ein Gymnasium besuchten, sank um ein Drittel. Zugleich stieg der Anteil der Gewalttäter unter ihnen um fast 3 Prozent, jener der Intensivtäter verdoppelte sich sogar.
- Das Ausbildungsniveau wirkt also auf die Gewaltneigung von Jugendlichen – sowohl im positiven als auch im negativen Sinn. Das gilt für türkischstämmige wie für inländische Jugendliche gleichermaßen. Jugendkriminalität ist also kein »Ausländerthema«, sondern ein »Unterschichtthema«.[45]

9. Wir können nicht alle Flüchtlinge aufnehmen

Deutschland war 2015 weltweit das Land mit den meisten Asylanträgen. In Österreich kamen ebenfalls so viele Flüchtlinge wie seit Langem nicht mehr. Trotzdem sind wir weit entfernt davon, alle Flüchtlinge der Welt aufzunehmen. Weltweit mussten im Jahr 2015 mehr als 65,3 Millionen Menschen aus ihrer Heimat fliehen oder sind vertrieben worden. Die allermeisten Flüchtlinge sind aber weder in Deutschland noch in Österreich, auch nicht in Europa. Mehr als 86 Prozent von ihnen bleiben in Entwicklungsländern.

Natürlich ist es schlimm, was manche Menschen in anderen Weltregionen erleiden müssen. Krieg, Verfolgung, Vertreibung in zahlreichen Staaten der Welt. Diesen Menschen muss geholfen werden – aber bitte nicht bei uns! Wir nehmen ohnehin schon viel zu viele Flüchtlinge auf. Stimmt das denn wirklich?

Derzeit muss alle 2,5 Sekunden irgendwo auf der Welt ein Mensch fliehen. Manche davon kommen auch zu uns. Es stimmt natürlich, dass Länder wie Deutschland oder Österreich nicht alle Flüchtlinge allein aufnehmen können. Das liegt aber nicht daran, dass dort nicht genug Platz für alle Menschen der Welt ist: Die allermeisten Flüchtlinge kommen gar nicht zu uns. Sie bleiben als Vertriebene im eigenen Land oder weichen auf angrenzende Länder in der Krisenregion aus.

Im Jahr 2015 mussten weltweit pro Tag etwa 34.000 Menschen ihre Heimat verlassen. Sie flüchteten, weil sie persönlich verfolgt wurden, etwa aufgrund ihrer Hautfarbe, ihres Glaubens, ihrer Nationalität, ihrer politischen Einstellung, oder weil sie einer bestimmten sozialen Gruppe angehören. Andere verließen ihre Heimat, weil dort Krieg herrscht oder eine Hungersnot ausgebrochen ist und sie Angst um ihr Leben und jenes ihrer Kinder haben.

Wer ist ein Flüchtling?

Die Genfer Flüchtlingskonvention wurde 1951 beschlossen. Sie ist bis heute in 147 Staaten gültig, unter anderem auch in Deutschland und Österreich, und definiert einen Flüchtling als eine Person, die »... aus der begründeten Furcht vor Verfolgung wegen ihrer Rasse, Religion, Nationalität, Zugehörigkeit zu einer bestimmten sozialen Gruppe oder wegen ihrer politischen Überzeugung sich außerhalb des Landes befindet, dessen Staatsangehörigkeit sie besitzt, und den Schutz dieses Landes nicht in Anspruch nehmen kann oder wegen dieser Befürchtungen nicht in Anspruch nehmen will ...«[46]

Es gibt auch noch andere Flüchtlinge: Menschen, die aufgrund der wirtschaftlichen Situation in ihrem Land keine Lebensgrundlage haben und wegen Hunger und Armut in ein anderes Land fliehen. Diese Menschen werden »Wirtschaftsflüchtlinge« genannt. »Umweltflüchtlinge« oder »Klimaflüchtlinge« fliehen, weil sie in ihrer Heimat wegen Umweltverschmutzung oder Klimawandel keine Existenzgrundlage mehr haben. Sie sind gezwungen, ihre Heimat zu verlassen, fallen aber nicht unter den Schutz der Genfer Flüchtlingskonvention. Denn Umweltzerstörung oder Hunger sind keine anerkannten Fluchtgründe.

Ende 2015 zählte das Hochkommissariat für Flüchtlinge der Vereinten Nationen (UNHCR) 65,3 Millionen Asylwerber, Flüchtlinge und Vertriebene auf der ganzen Welt. Zum Vergleich: Ende des Zweiten Weltkriegs (1945) waren etwa 50 Millionen Menschen auf der Flucht. Damit war das Jahr 2015 ein negatives Rekordjahr. Würden alle Flüchtlinge auf der Welt ein eigenes Land gründen, so wäre es das 21-größte Land der Welt. Die Hälfte aller Flüchtlinge weltweit (51 Prozent) waren Kinder und Jugendliche unter 18 Jahren.

Diese 65,3 Millionen Menschen unterteilen sich in 21,3 Millionen Flüchtlinge, 40,8 Millionen Binnenvertriebene und 3,2 Millionen Asylwerber.

Mit 4,9 Millionen Flüchtlingen zählte Syrien 2015 die meisten Menschen auf der Flucht, gefolgt von Afghanistan mit 2,7 Millionen und Somalia mit 1,11 Millionen.

Wer ist der UNHCR?

UNHCR ist die Abkürzung für »United Nations High Commissioner for Refugees« (»Hoher Flüchtlingskommissar der Vereinten Nationen«). Die Aufgabe dieser Unterorganisation der Vereinten Nationen ist, Flüchtlingen auf der ganzen Welt zu helfen – unabhängig von deren Herkunft, Religion, Geschlecht oder politischer Meinung.

Nur ein ganz kleiner Teil der Flüchtlinge auf der Welt schafft es bis nach Europa – oder gar bis nach Deutschland oder Österreich. 86 Prozent aller Flüchtlinge kamen 2015 in sogenannten Entwicklungsländern unter, also in jenen Staaten, in denen der Großteil der Bevölkerung ohnehin bettelarm ist. 2013 waren es erst 80 Prozent. Davon, dass wir in Europa alle Flüchtlinge der Welt aufnehmen müssen, kann also keine Rede sein. Global gesehen kam 2015 sogar ein geringerer Flüchtlingsanteil zu uns als noch 2013.

Aber nicht alle Staaten führen Asylverfahren durch, wie sie bei uns in Europa üblich sind. Viele Entwicklungsländer lassen vor Krieg oder Verfolgung geflohene Menschen ohne förmliches Asylverfahren als Flüchtlinge in ihr Land. Dort haben sie aber meist nicht dieselben Rechte, die Flüchtlingen bei uns durch die Genfer Flüchtlingskonvention garantiert sind.

Bei der Anzahl der neuen Asylanträge, die pro Jahr gestellt werden, liegt Deutschland aber ganz vorne. 2015 stellten weltweit 3,2 Millionen Menschen einen Antrag auf Asyl, so viele wie seit zehn Jahren nicht mehr. In Deutschland kamen im Jahr 2015 890.000 Menschen an, um einen Asylantrag zu stellen. Ein großer Teil der Asylanträge wurde erst 2016 bearbeitet, deshalb scheinen in der offiziellen Statistik 2015 lediglich 441.900 Asylwerber auf. Aber schon diese Zahl bedeutet, dass fast 14 Prozent aller Asylanträge weltweit in Deutschland gestellt wurden. In Österreich waren es im selben Zeitraum 88.340 Anträge. Das waren 2,76 Prozent aller Anträge weltweit.

333.350 Menschen wurden 2015 in den Staaten der EU als Flüchtlinge anerkannt, die Hälfte davon waren Syrer. Seit 2008 und inklusive 2015 gaben die Staaten der EU fast 1,1 Millionen Geflüchteten den Schutzstatus nach der Genfer Flüchtlingskonvention.

WER 2015 DIE MEISTEN FLÜCHTLINGE AUFGENOMMEN HAT	
1	Türkei (2,5 Mio.)
2	Pakistan (1,6 Mio.)
3	Libanon (1,1 Mio.)
4	Iran (979.400)
5	Deutschland (890.000)[47]

6	Äthiopien (736.100)
7	Jordanien (664.100)
8	Kenia (553.900)
9	Uganda (477.200)
10	Demokrat. Republik Kongo (383.100)

Die 28 Staaten der EU haben 2015 gemeinsam 1,3 Millionen Asylwerber zum Asylverfahren zugelassen. Fast die Hälfte davon haben ihren Asylantrag in Deutschland und Schweden gestellt. 333.350 Asylwerber bekamen 2015 in der EU Asyl. Sie stehen somit unter dem Schutz der Genfer Flüchtlingskonvention und dürfen in der EU bleiben. Die Hälfte davon (50 Prozent) waren Syrer, gefolgt von Geflüchteten aus Eritrea (8 Prozent), Irak (7 Prozent) und Afghanistan (5 Prozent).

Sieht man sich an, auf wie viele Einwohner ein Flüchtling kommt, zeigt sich, dass weder Deutschland noch Österreich die Länder mit den meisten Flüchtlingen sind. Kein Land nimmt derzeit so viele Flüchtlinge pro Einwohner auf wie der Libanon. 2015 kamen dort 183 Flüchtlinge auf 1.000 Einwohner. In Jordanien waren es 87 Flüchtlinge auf 1.000 Einwohner, in der Türkei 32. Gemessen an der Einwohnerzahl nahmen Schweden und Malta mit 17 Asylwerbern pro 1.000 Einwohnern von allen EU-Staaten die größte Zahl an Flüchtlingen in der EU auf. In Österreich waren es 10 Asylwerber auf 1.000 Einwohner, in Deutschland 5,4.

Deutschland und Österreich waren nicht immer Zielländer von Flüchtlingen – im Gegenteil: Zur Zeit des Nationalsozialismus (von 1933 bis 1945 in Deutschland bzw. von 1938 bis 1945 auch in Österreich) flohen Hunderttausende Menschen aus den beiden Ländern, da sie ansonsten in Konzentrationslager eingesperrt oder gleich ermordet worden wären. Allein aus Deutschland flohen unter anderem 280.000 Juden, die von den Nazis brutal verfolgt wurden, weitere 130.000 aus Österreich, der damaligen »Ostmark« des Deutschen Reichs. Viele konnten als politische Flüchtlinge in Nord- und Südamerika, in

Großbritannien sowie in Israel, dem damaligen Palästina, ihr Leben retten.

2016 gingen die Asylwerberzahlen in Deutschland und Österreich zurück – allerdings auf hohem Niveau. In Deutschland suchten 2016 etwa 280.000 Menschen Schutz, es gab aber 600.000 Asylanträge. In Österreich waren es 42.073. Das ist viel weniger als 2015, aber verglichen mit den Antragszahlen in den Jahren vor 2015 immer noch viel. Allerdings bedeuten mehr als 600.000 bzw. 42.000 Asylanträge nicht, dass so viele Menschen im Jahr 2016 als Asylwerber zusätzlich neu ins Land gekommen sind. Unter diese Zahlen fallen auch Asylwerber, die bereits 2015 zu uns gekommen sind, deren Asylverfahren von den Behörden aber erst 2016 eröffnet wurde.

TOP-5-HERKUNFTSLÄNDER VON ASYLWERBERN IN ÖSTERREICH 2016	
1	Afghanistan
2	Syrien
3	Irak
4	Iran
5	Pakistan
TOP-5-HERKUNFTSLÄNDER VON ASYLWERBERN IN DEUTSCHLAND 2016	
1	Syrien
2	Afghanistan
3	Irak
4	Iran
5	Eritrea

Auch wenn man angesichts des Flüchtlingsjahres 2015 und der immer noch sehr hohen Zahl an neu zu uns gekommenen Asylwerbern im Jahr 2016 einen anderen Eindruck haben könnte: Es sind bei Weitem nicht die meisten Flüchtlinge bei uns in Europa. Aber es stimmt, dass die vergangenen zwei Jahre eine ganz besondere Herausforderung für Staaten wie Deutschland und Österreich bedeuteten. Das liegt vor allem daran, dass die insgesamt 1.322.825 Asylwerber, die laut EU-Statistikbehörde Eurostat 2015 und 2016 (in den ersten drei Quartalen) in den Staaten der EU einen Antrag auf internationalen Schutz stellten, nicht gleichmäßig auf alle EU-Staaten verteilt wurden. Während Staaten wie Deutschland, Österreich, Schweden oder Dänemark die Hauptlast schultern mussten, verzeichnet Eurostat in Tschechien im Jahr 2015 nur 1.515 Asylwerber bzw. 1.865 in den ersten drei Quartalen 2016 und für die Slowakei überhaupt nur 330 Asylwerber (bzw. 315 in den ersten drei Quartalen 2016).

Sieht man sich an, wie unterschiedlich die Asylpraxis in den verschiedenen Staaten der EU ist, ist nachvollziehbar, wieso so viele Geflüchtete ihren Asylantrag in Staaten wie Deutschland oder Österreich stellen wollen. Im dritten Quartal 2016 (= Juli, August, September) wurden EU-weit 63 Prozent aller Asylverfahren positiv abgeschlossen. Das heißt, die Menschen bekamen entweder Asyl oder subsidiären Schutz oder sie werden aus humanitären Gründen nicht abgeschoben. In Spanien, Lettland und Malta lag diese Quote sogar bei 77 Prozent, in Deutschland bei 73 Prozent, in Österreich bei 70 Prozent. In Ungarn waren es hingegen nur 12 Prozent, in Polen 16. Die Wahrscheinlichkeit, Schutz zu erhalten, ist in Staaten wie Polen oder Ungarn also um ein Vielfaches niedriger.

War Angela Merkel wirklich schuld?

Es war der 31. August 2015, als die deutsche Bundeskanzlerin Angela Merkel in ihrer Sommerpressekonferenz auf die Flüchtlingskrise mit dem Satz »Wir schaffen das!« reagierte. Knapp zehn Tage später machte Merkel auch noch ihr inzwischen berühmtes Selfie mit einem Flüchtling am Budapester Bahnhof Keleti. Und am 5. September 2015 gab Deutschland offiziell bekannt, die in Ungarn festsitzenden Flüchtlinge ins Land zu lassen. Diese dreifache Freundlichkeit der Kanzlerin gegenüber Flüchtlingen habe eine Lawine losgetreten, warfen Kritiker Merkel vor. Erst dadurch hätten sich Hunderttausende aus Syrien, dem Irak und Afghanistan auf den Weg gemacht.

Das Investigativressort der Wochenzeitung *Die Zeit* hat die Entwicklungen des Jahres 2015 penibel recherchiert. Das Ergebnis: Den größten Anstieg von Flüchtlingen, die von der Türkei über das Meer nach Griechenland kamen, gab es von Juli auf August 2015, also lange bevor die deutsche Kanzlerin ihr berühmt gewordenes »Wir schaffen das!« sagte. Damals stieg in Griechenland die Zahl der Flüchtlinge um 97 Prozent von 55.103 auf 108.635 Personen. Danach stiegen die Flüchtlingszahlen zwar weiter, am höchsten war die Zahl im Oktober 2016 mit 212.163 Personen. Aber die Wachstumsrate stieg nicht weiter an. In Ungarn wurde der höchste Anstieg zwischen August und September 2015 gemessen. Damals befanden sich 212.163 Flüchtlinge im Land. Die Fluchtroute war 3.000 Kilometer lang und führte von der Türkei über das Meer nach Griechenland und weiter über den Landweg durch Mazedonien, Serbien und Ungarn bis nach Österreich, Deutschland oder weiter nach Dänemark oder Schweden.

Als Angela Merkel ihre historischen Worte sprach, waren diese Menschen also schon längst auf der Flucht. Das wusste auch die deutsche Regierung. Am 19. August 2015, fast zwei Wochen vor Merkels berühmten Worten, erklärte der deutsche Innenminister Thomas de Maizière, dass im Jahr 2015 »bis zu 800.000 Menschen als Asylbewerber oder Flüchtlinge zu uns nach Deutschland kommen werden«.[48] Der Innenminister lag mit dieser Prognose nur um etwa 11 Prozent daneben. Die tatsächlichen Zahlen waren also schon früh abschätzbar – ganz ohne Merkels angeblicher »Einladung«.

Mag sein, dass Merkels wohlwollendes Auftreten den einen oder anderen überzeugte, seinen Asylantrag in Deutschland zu stellen. Aber die Kanzlerin ist definitiv nicht schuld an der großen Fluchtbewegung des Jahres 2015.

Wenn es nicht Angela Merkel war, was sind dann die Gründe dafür, dass ausgerechnet 2015 so viele Flüchtlinge nach Europa kamen?

Dafür gab es verschiedene Ursachen. Im Sommer 2015 eskalierte der Krieg in Syrien. Das Assad-Regime führte seine bis dahin schlimmsten Angriffe auf damals von

Oppositionsgruppen kontrollierte Gebiete wie die Stadt Aleppo aus. Zahlreiche Syrer, die noch im Land geblieben waren, verloren den Glauben an ein Ende des Kriegs und flüchteten.
Bereits zuvor, im Dezember 2014, ging der UN-Welthungerhilfe das Geld für die Lebensmittelversorgung in den syrischen Flüchtlingslagern im Libanon, in Jordanien und der Türkei aus. Weil die internationale Staatengemeinschaft bis Mitte 2015 statt der erforderlichen 4,5 Milliarden US-Dollar nur etwas mehr als eine Milliarde zur Verfügung gestellt hatte, warnte des UN-Flüchtlingshilfswerk bereits im Juni 2015, dass im Sommer eine große Zahl von Syrern nach Europa flüchten werde.
Ein weiterer Grund liegt darin, dass der Libanon Anfang 2015 eine Visumspflicht für syrische Staatsbürger eingeführt hatte, wodurch eine Flucht in dieses Nachbarland Syriens erschwert wurde. In Syrien machten außerdem Gerüchte die Runde, die Türkei werde ebenfalls eine Visumspflicht einführen. Dadurch hatten viele Syrer Angst, bald keine Fluchtmöglichkeit zu haben. Sowohl im Libanon als auch in der Türkei gab es zu diesem Zeitpunkt Arbeitsverbote für syrische Staatsbürger – ein weiterer Grund, weshalb viele Syrer weiter nach Europa flüchteten.
Auch in Afghanistan hatte sich die Sicherheitslage im Jahr 2015 dramatisch verschlechtert. Die islamistischen Taliban brachten mehrere Gebiete unter ihre Kontrolle. Laut UNO starben in Afghanistan 2015 die meisten Zivilisten seit 2009.
Aber auch aus dem Iran flüchteten zahlreiche Afghanen nach Europa. Sie sind dort geduldet, haben aber kaum Rechte. Zudem begann der Iran 2015 systematisch, afghanische Flüchtlinge für regierungstreue Milizen in Syrien zu rekrutieren. Andernfalls drohte eine Abschiebung nach Afghanistan.
Es gab also viele Gründe, wieso ausgerechnet 2015 so viele Flüchtlinge nach Europa kamen. Merkels »Wir schaffen das!« zählt nicht dazu.

Man sollte aber auch nicht jene Menschen vergessen, die es nicht geschafft haben, an einen sicheren Ort zu kommen. 2016 starben zumindest 7.400 Menschen auf der Flucht. Mindestens 5.079

Menschen haben beim Versuch, über das Mittelmeer nach Europa zu gelangen, ihr Leben verloren. Insgesamt sind seit 2014 zumindest 18.501 Menschen auf der Flucht gestorben. Pro Tag waren das durchschnittlich 17 Menschen.

Land der Flüchtlingshasser?

921 Übergriffe auf Asylunterkünfte in Deutschland im Jahr 2016, darunter 66 Brandstiftungen und vier Sprengstoffanschläge. 2015 war es noch schlimmer, da zählte die Polizei sogar 1.031 Übergriffe (darunter 94 Brandstiftungen und acht Sprengstoffexplosionen). In Österreich hat im Juni 2016 erstmals eine Flüchtlingsunterkunft gebrannt. Verletzt wurde glücklicherweise niemand, das neu errichtete Flüchtlingsheim war noch nicht bezogen worden. Insgesamt registrierte das österreichische Innenministerium im ersten Halbjahr 2016 22 Übergriffe auf Asylwerberheime, darunter vor allem Naziprayereien, aber auch schwere Sachbeschädigungen. 2015 zählte die Polizei insgesamt 25 derartige Vorfälle.

Leben wir also in Ländern voller Flüchtlingshass?

Ganz und gar nicht. Der überwiegende Teil der Österreicher und Deutschen ist Flüchtlingen gegenüber nicht negativ eingestellt. Die Menschenrechtsorganisation Amnesty International hat 2016 in repräsentativen Befragungen von Bewohnern zahlreicher Staaten der Welt mit dem »Refugees Welcome Index« erhoben, wo geflüchtete Menschen von der Bevölkerung am freundlichsten empfangen werden. Deutschland landete dabei weltweit auf Platz 2 hinter China. 96 Prozent der Befragten aus Deutschland sagten, wer vor Krieg oder Verfolgung flüchte, sollte nach Deutschland kommen dürfen. 10 Prozent der Deutschen würden Flüchtlinge bei sich zu Hause aufnehmen, 56 Prozent haben kein Problem mit Flüchtlingen als Nachbarn.

Der typische gefährliche Flüchtlingshasser

Anhand aufgeklärter Fälle der vergangenen Jahre konnte die deutsche Polizei ein ziemlich genaues Profil des typischen handgreiflichen Flüchtlingsfeinds erstellen: Die Täter sind meist männlich und durchschnittlich zwischen 18 und 30 Jahre alt. Jeder zweite Übergriff auf Asylwerberunterkünfte wurde von Einzeltätern durchgeführt, nur 10 Prozent von fünf oder mehr Tätern gemeinsam. Bei ausländerfeindlich motivierten Brandstiftungen hatten 80 Prozent der ausgeforschten Brandleger ihren Wohnsitz im selben Ort. Jeder dritte Fremdenfeind ist der Polizei schon vor dem Übergriff aufgefallen, über ein Viertel der Täter hatte der Staatsschutz bereits Informationen gesammelt.

Österreich war nicht Teil dieser Untersuchung. In Österreich führte das Meinungsforschungsinstitut Sora eine Studie unter österreichischen Wahlberechtigten durch. 75 Prozent der Befragten erklärten, sie seien stolz, dass ihr Land Flüchtlingen hilft. Ebenso viele fanden, Österreich sei verpflichtet, Menschen aufzunehmen, die vor Krieg und Verfolgung fliehen.

Flüchtlingshasser, die nachts rechtsextreme Parolen auf Flüchtlingsheime schmieren oder sogar Brandsätze werfen, sind bei uns also eine extreme Minderheit.

BERÜHMTE FLÜCHTLINGE

Albert Einstein, Physiker

Der Wissenschaftler, der durch seine »Relativitätstheorie« weltweit zur Berühmtheit wurde, verließ Deutschland im Jahr 1932 zunächst nur, um für einige Monate in Kalifornien/USA zu forschen. Am 30. Januar 1933 wurde Adolf Hitler deutscher Reichskanzler. Hitler und seine Partei NSDAP hatten die Ermordung aller Juden als Ziel und begannen sofort nach ihrer Machtübernahme mit der Verfolgung von Juden, aber auch von Oppositionellen, etwa von Kommunisten. Einstein hatte geplant, im April 1933 aus den USA nach Deutschland zurückzukehren. Da er aber gleich erkannte, dass er als Jude Gefahr lief, von den Nationalsozialisten ermordet zu werden, blieb er in den USA im Exil und wurde Professor an der Princeton University.

Einstein kehrte nie wieder nach Deutschland zurück. Er trat öffentlich gegen Antisemitismus und die Nationalsozialisten auf, etwa auf einer Pressekonferenz im März 1933. Bei diesem Anlass erklärte er, wieso er künftig als Flüchtling im amerikanischen Exil leben werde: »Solange mir eine Möglichkeit offensteht, werde ich mich nur in einem Land aufhalten, in dem politische Freiheit, Toleranz und Gleichheit aller Bürger vor dem Gesetz herrschen. Zur politischen Freiheit gehört die Freiheit der mündlichen und schriftlichen Äußerung politischer Überzeugung eines Individuums. Diese Bedingungen sind gegenwärtig in Deutschland nicht erfüllt. Es werden dort diejenigen verfolgt, die sich um die Pflege internationaler Verständigung besonders verdient gemacht haben.«[49]

Marlene Dietrich, Schauspielerin
Die 1901 in Berlin geborene Schauspielerin wurde durch Filme wie »Der blaue Engel« und Lieder wie »Lilli Marleen« weltberühmt. Obwohl Marlene Dietrich vom nationalsozialistischen Propagandaminister Joseph Goebbels äußerst lukrative Angebote erhielt, weigerte sie sich bereits 1933, für die Nazis aufzutreten, und ging stattdessen ins Exil. Sie unterstützte aus dem Exil von den Nazis Verfolgte bei deren Flucht ins Ausland. 1939 nahm sie die amerikanische Staatsbürgerschaft an. Als die USA 1941 in den Krieg gegen Hitler eintraten, unterstützte Dietrich die amerikanischen Soldaten mit Auftritten direkt hinter der Front in Europa. Außerdem appellierte sie im Rundfunk an die deutschen Soldaten, nicht weiter für Hitler zu kämpfen. »Jungs, opfert euch nicht«, rief sie den Soldaten via Funk zu, »der Krieg ist doch Scheiße. Und Hitler ist ein Idiot.«[50] In einem Interview im Jahr 1966 sprach Marlene Dietrich über die Mitschuld der deutschen Bürger an den Verbrechen der Nationalsozialisten: »Aber fast alle wussten, was vor sich ging. Wie konnte man denn übersehen, dass es Konzentrationslager gab? Jeden Tag wurden in jeder Stadt von der SS und der Gestapo Männer und Frauen verhaftet, die schrien, die weinten, die man über das Pflaster schleifte. Haben die Deutschen das nicht gesehen? Haben sie keine Fragen gestellt? Was geschah mit den Menschen, die die Polizei abführte und die man nie wiedersah?«[51]

Ihr Engagement gegen Hitler nahmen viele Deutsche der Schauspielerin sogar Jahrzehnte nach dem Niedergang des Nazi-Regimes noch übel. Als sie nach ihrem Tod 1992 im Rahmen einer großen Gedenkfeier in Berlin begraben werden sollte, gab es derart starken Protest gegen eine posthume Ehrung der vermeintlichen »Vaterlandsverräterin«, dass der Berliner Senat die geplante Überführung ihrer sterblichen Überreste und auch die Gedenkfeier zu Ehren der verstorbenen Künstlerin absagte. Marlene Dietrich wurde ohne offizielle Feier in Berlin-Zehlendorf beerdigt.

Salman Rushdie, Schriftsteller
Schreiben kann lebensgefährlich sein. Das musste der indisch-britische Autor Salman Rushdie am eigenen Leib erfahren. Seit der Veröffentlichung seines Romans »Die satanischen Verse« im Jahr 1988 trachten muslimische Fundamentalisten nach dem Leben des Schriftstellers. Der Roman enthält satirische Textstellen über den Propheten Mohammed, weshalb der iranische Revolutionsführer Ajatollah Khomeini im Februar 1989 eine Fatwa (islamische Rechtsauskunft eines Geistlichen) ausgab, nach der Rushdie dadurch ein mit der Todesstrafe belegtes Verbrechen begangen habe. Eine iranische Stiftung setzte zusätzlich ein Kopfgeld in der Höhe von 2,5 Millionen Euro auf ihn aus. Der damals in Großbritannien lebende Schriftsteller musste vor radikalen Islamisten fliehen und versteckte sich unter dem Decknamen »Joseph Anton« in verschiedenen Ländern, darunter auch in Österreich. Seit dem Jahr 2000 lebt Rushdie im Exil in den USA. Für manche Muslime ist der Mordaufruf Khomeinis noch heute gültig.

10. Es kommen nur Wirtschaftsflüchtlinge zu uns

Viele Menschen, die zu uns flüchten, sind klassische Flüchtlinge, die Schutz vor Verfolgung suchen. Es gibt aber auch Menschen, die zu uns kommen, um ihre wirtschaftliche Lebenssituation zu verbessern. Dasselbe tun auch viele Deutsche und Österreicher, die aus wirtschaftlichen Gründen in einem anderen Land leben.

Politisch Verfolgten helfe man gerne, heißt es. Aber die allermeisten Migranten seien doch Wirtschaftsflüchtlinge, die ohne echte Not an unserem Reichtum mitnaschen wollen. Kommen wirklich nur Armutsflüchtlinge zu uns?

Am öftesten kamen zwischen Januar und Dezember 2016 syrische Staatsbürger nach Deutschland, um einen Asylantrag zu stellen (insgesamt 89.161), danach folgten Menschen aus Afghanistan, dem Irak, dem Iran und Eritrea. In Österreich stammten die meisten Asylanträge in diesem Zeitraum von Afghanen (11.742), gefolgt von Syrern (8.895) und Menschen aus Pakistan, dem Iran, Nigeria, der Russischen Föderation und Somalia.

Betrachtet man die politische Situation in diesen Staaten, wird rasch klar, dass viele Migranten aus diesen Staaten wohl andere als bloß wirtschaftliche Fluchtgründe haben: In Syrien tobt seit 2011 ein blutiger Bürgerkrieg zwischen Regierungschef Baschar al-Assad und seinen Gegnern. Zusätzlich bedrohen islamistische Fundamentalisten die Bevölkerung. Auch im Irak terrorisieren Islamisten die Bevölkerung, und im Iran beschneidet ein autoritärer islamischer Gottesstaat die Menschenrechte Andersdenkender. Eritrea ist eine der repressivsten Diktaturen auf dem afrikanischen Kontinent, deren Regierung Menschenrechte missachtet und ihre Bürger unter anderem zu einem unbefristeten Wehrdienst zwingt. In Teilen Nigerias verübt die islamistische Terrorgruppe Boko Haram Verbrechen an der Zivilbevölkerung. Auch in Pakistan werden Zivilisten verfolgt, allerdings weniger vom Staat als vielmehr von radikalen Islamisten. Berühmtestes Beispiel ist die Friedensnobelpreisträgerin und Kinderrechtsaktivistin Malala Yousafzai, die 2014 von den islamistischen Taliban angeschossen und beinahe ermordet wurde, weil sie sich dafür einsetzte, dass Mädchen die Schule besuchen dürfen.

Würden bei uns bloß Wirtschaftsflüchtlinge Asyl beantragen, müsste die Asyl-Anerkennungsquote nahe bei null liegen. Denn nach der Genfer Flüchtlingskonvention erhält nur Asyl, wer verfolgt wird, und nicht, wer in ein anderes Land flüchtet, um sich ein besseres Leben aufzubauen. Die schlechte wirtschaftliche Lage im

Heimatland ist hingegen auch nach der Genfer Flüchtlingskonvention kein Asylgrund.

Allerdings haben die deutschen Behörden 2016 nicht nur 36,1 Prozent aller Asylwerber den Schutz nach der Genfer Flüchtlingskonvention zugesprochen, sondern auch weiteren 22,1 Prozent subsidiären Schutz. Subsidiär Schutzberechtigte sind zwar keine Flüchtlinge im Sinne der Genfer Flüchtlingskonvention – sie können keinen von der Flüchtlingskonvention anerkannten Fluchtgrund nachweisen. Sie dürfen aber in Deutschland bleiben, weil sie glaubhaft nachweisen konnten, dass ihr Leben in ihrem Heimatland in Gefahr ist. Auch diese Personen sind also keine Wirtschaftsflüchtlinge, sondern fliehen vor tatsächlicher Gewalt und Verfolgung. 97,4 Prozent aller Syrer durften in Deutschland bleiben (56,2 Prozent erhielten Asyl, 41,2 Prozent subsidiären Schutz). Von den Asylwerbern aus Eritrea erhielten 75,2 Prozent in Deutschland Asyl und 16,5 Prozent subsidiären Schutz.

In Österreich durften 2016 sogar 72,3 Prozent aller Asylsuchenden im Land bleiben. 47,7 Prozent erhielten Asyl, weitere 24,6 Prozent subsidiären Schutz. Von den syrischen Asylwerbern in Österreich erhielten 89,2 Prozent Asyl und weitere 6,6 Prozent subsidiären Schutz. Es konnten also 95,6 Prozent aller Syrer gegenüber den österreichischen Asylbehörden einen von der Flüchtlingskonvention anerkannten Asylgrund oder eine unmittelbare Lebensbedrohung in ihrem Heimatland nachweisen.

Es ist also falsch, dass Asylwerber nur aus wirtschaftlichen Gründen zu uns kommen. Es stimmt aber auch, dass nicht alle, die bei uns Schutz suchen, tatsächlich verfolgt sind.

Als Konventionsflüchtling gilt laut Genfer Flüchtlingskonvention eine Person, die in ihrem Land aufgrund ihrer Rasse, Religion, Nationalität, der Zugehörigkeit zu einer bestimmten sozialen Gruppe oder wegen ihrer politischen Überzeugung eine wohlbegründete Furcht vor Verfolgung hat.
Als Wirtschaftsflüchtling gilt eine Person, die aus wirtschaftlicher Not ihr Land verlässt, um sich in einem ökonomisch stabileren Land eine bessere Existenz aufzubauen.

Wirtschaftsflüchtlinge bezeichnet man auch als Armutsflüchtlinge. Wirtschaftliche Not ist aber kein anerkannter Fluchtgrund im Sinne der Genfer Flüchtlingskonvention.

Aber was ist mit jenen, die zu uns kommen, weil sie Arbeit und ein besseres Leben wollen?

Auch wenn das Wort »Wirtschaftsflüchtling« bei uns abwertend verwendet wird: Aus wirtschaftlichen Gründen sein Land zu verlassen, ist kein Verbrechen. Laut einer Prognose der Internationalen Arbeitsorganisation der Vereinten Nationen (International Labour Organisation, ILO) wird die weltweite Arbeitslosigkeit 2017 um 3,4 Millionen auf insgesamt 201 Millionen steigen. Während die Zahl der Arbeitssuchenden in den Industrienationen abnehmen wird, droht in den Entwicklungs- und Schwellenländern eine Zunahme der Arbeitslosigkeit. 795 Millionen Menschen weltweit hatten 2015 nicht genug zu essen. Von zehn Menschen, die auf der Welt leben, geht einer mit Hunger schlafen. 98 Prozent der Hungernden leben in Entwicklungsländern. Und auch die ungleiche Verteilung von Reichtum und Armut steigt weltweit weiter. Die Welt wird immer ungerechter. Nach einer Anfang 2017 veröffentlichten Studie der Nichtregierungsorganisation Oxfam besaß das reichste Prozent der Welt im Jahr 2016 50,3 Prozent des gesamten Wohlstands. Die Zahl der Menschen, die vor Armut und Hunger fliehen, wird daher nicht ab-, sondern zunehmen.

Angesichts dieser Umstände kann es nicht verwundern, wenn sich junge Menschen, die in ihrem Heimatland keine Perspektive sehen, aufmachen, um in einem anderen Land mit besseren ökonomischen Voraussetzungen ihr Glück zu finden. Nichts anderes machen die Teilnehmer der Fernsehserie »Goodbye Deutschland«, die seit dem Jahr 2006 Deutsche dabei begleitet, ihr Glück im Ausland zu finden. Einwohner armer Staaten haben es schwerer als die Deutschen in der TV-Serie: Um zu uns zu kommen, benötigen sie meist ein Visum, das sie aber kaum bekommen. Für Antragsteller aus afrikanischen Ländern lag die Visa-Ablehnungsrate im Jahr 2011 drei- bis fünfmal höher als die durchschnittliche Ablehnungsquote für alle Visa-Anträge von 10 Prozent. Deshalb versuchen viele, über den Weg des Asylverfahrens in das Land zu gelangen, in dem sie sich ein besseres Leben erhoffen. Das geht aber nur mit einem anerkannten Fluchtgrund (Verfolgung). Und den können sich manche nur erschwindeln.

Es ist nicht zuletzt die Politik des Westens, die der Bevölkerung der ärmeren Teile der Welt die Existenzgrundlage raubt. Viele Jahre hindurch zahlte die EU zum Beispiel Förderungen für den Export von Geflügelresten, die in Europa nicht verkauft werden konnten, in afrikanische Staaten. Für die Geflügelunternehmer war es günstiger, das Fleisch nach Afrika zu schicken, als es in Europa entsorgen zu lassen. Die Konsequenz: Die Resteimporte aus Europa zerstörten in afrikanischen Staaten die lokale Geflügelzucht und erhöhten dadurch die Armut.

Vor dem westafrikanischen Staat Senegal haben riesige Fangflotten aus China, Russland und der Europäischen Union das Meer leergefischt und dadurch den lokalen Fischern ihre Existenzgrundlage genommen. Allein durch den illegalen Fischfang von Fangflotten aus den Industrienationen entgehen den westafrikanischen Staaten Einnahmen von etwa 1,2 Milliarden Euro pro Jahr.

Berühmte »Wirtschaftsflüchtlinge«

Der Actionheld Arnold Schwarzenegger stammt aus der Steiermark und machte in den USA Karriere, obwohl er nur einen Pflichtschulabschluss vorweisen konnte.

Die Popsängerin Madonna, mit bürgerlichem Namen Madonna Luise Ciccone, wuchs als Tochter eines italienischen Automechanikers auf, der in den 1950er-Jahren in die USA emigrierte.

Die Mutter von Hollywood-Schauspieler Leonardo DiCaprio, Irmelin Indenbirken, wuchs in Nordrhein-Westfalen auf und übersiedelte Ende der 1950er-Jahre in die USA.

Der Österreicher Frank Stronach bestieg im Jahr 1954 mit 22 Jahren und 200 Dollar in der Tasche ein Schiff, um in Kanada sein Glück zu versuchen. Der »Wirtschaftsflüchtling« baute von Kanada aus das weltweit erfolgreiche

Automobil-Zulieferunternehmen »Magna International« auf und ist heute Multimilliardär.
Die weltberühmten Jeans haben wir ebenfalls einem »Gastarbeiter« zu verdanken: Levi Strauss, Sohn eines Hausierers, kam mit 18 Jahren als »Wirtschaftsflüchtling« aus dem deutschen Buttenheim in die USA und wurde dort als Erfinder der legendären Levi's Jeans weltberühmt.

Wirtschaftsflüchtlinge sind aber nicht nur die anderen, sondern oft auch wir selbst. 2016 lebten 176.463 (Stand 1.1.2016) Deutsche in Österreich und 254.000 Österreicher in Deutschland. Der Großteil von ihnen hat sein Land verlassen, weil er sich in seiner neuen Heimat eine gute Ausbildung, bessere Jobchancen oder einfach nur ein besseres Leben erwartet hat.

11. Die Asylwerber kriegen alles und wir nichts

Die Asylwerber ruinieren unseren Sozialstaat. Kaum haben sie einen Asylantrag gestellt, fließt ihnen das Geld nur so zu. Uns Staatsbürgern wird hingegen nichts geschenkt. Während die Asylwerber fürs Nichtstun kassieren, müssen wir arbeiten. Dabei haben wir selbst genug arme Menschen im Land! Und jeder von ihnen würde sich freuen, wenn er auch so viel kriegen würde wie die Asylwerber.

Im Internet findet man die unterschiedlichsten Zahlen dazu, wie viel Asylwerber bei uns angeblich vom Staat erhalten. Laut manchen Behauptungen sollen viele Tausende Euro ohne Gegenleistung in die Börsen von Asylwerbern fließen. Da würde wohl so mancher am liebsten selbst einen Asylantrag stellen. Aber schwimmen diese Menschen, die bei uns Schutz suchen, tatsächlich im Geld?

Was bekommen Asylwerber in Österreich?

In Österreich sind Asylwerber während des Asylverfahrens in der »Grundversorgung«. Sie sind entweder in organisierten Quartieren oder als Mieter privat untergebracht. Organisierte Quartiere sind Unterkünfte, deren Quartiergeber einen Vertrag mit dem Innenministerium abgeschlossen haben. Das können NGOs sein, Betreiber von Pensionen oder Privatpersonen. Sie erhalten dafür vom Staat 21 Euro am Tag für jeden Asylwerber. Dafür müssen sie dem Asylwerber ein Zimmer mit Bett (auch Mehrbettzimmer), drei Mahlzeiten pro Tag (davon eine warm) und eine Dusch- und Waschmöglichkeit zur Verfügung stellen. Müssen sich die Asylwerber selbst mit Essen versorgen, bekommen sie vom Staat 5,6 bis 7 Euro Essensgeld pro Tag. Für Freizeitaktivitäten werden in organisierten Unterkünften pro Asylwerber 10 Euro pro Monat zur Verfügung gestellt. Der Asylwerber selbst erhält vom Staat zusätzlich zu Kost und Logis im Asylquartier eine Krankenversicherung und 40 Euro Taschengeld pro Monat.

Hat ein Asylwerber ein eigenes Zimmer oder eine Wohnung gemietet, erhält er maximal 150 Euro bzw. als Paar 300 Euro Mietzuschuss pro Monat, egal ob die Familie kein Kind oder sechs Kinder hat. Dazu gibt es pro Erwachsenen monatlich 215 Euro Verpflegungsgeld, für jeden Minderjährigen 100 Euro. Einmal im Jahr erhalten Asylwerber 150 Euro Bekleidungsgeld, oft in Form von Gutscheinen. Gibt es in der Familie schulpflichtige Kinder, zahlt der Staat einmal pro Jahr 200 Euro für Schulbedarf.

Für Kinder und Jugendliche unter 18 Jahren, die ohne ihre Eltern und ohne Verwandte nach Österreich geflüchtet sind, zahlt der Staat pro Tag bis zu 95 Euro für Unterbringung, Verpflegung und Betreuung. Sie bekommen das Geld aber nicht selbst, sondern sind meist in Wohngemeinschaften untergebracht, ähnlich wie österreichische Kinder und Jugendliche, die nicht zu Hause leben können.

Ein erwachsener Asylwerber, der eine Wohnung gemietet hat, erhält also 375,50 Euro pro Monat. Damit muss er Miete, Strom, Heizung, Lebensmittel, Hygieneartikel, Kleidung und alle anderen Dinge des täglichen Bedarfs zahlen.

Eine Familie mit drei Kindern, davon zwei im Schulalter, die in einer Flüchtlingsunterkunft lebt, erhält während des Asylverfahrens pro Monat insgesamt 295,80 Euro. Das sind pro Person 59,16 Euro pro Monat, mit denen die Familie alles finanzieren muss, was über Unterkunft und Verpflegung hinausgeht (Kleidung, Schulsachen, Hygieneprodukte, Bücher, Freizeitaktivitäten für die Kinder). Hat diese Familie eine Wohnung gemietet, erhält sie insgesamt 905,80 Euro, muss aber für sämtliche Kosten selbst aufkommen.

Was bekommen im Vergleich arme Österreicher vom Staat?

Hat jemand kein oder nur wenig Einkommen, zahlt der Staat eine »Mindestsicherung«. Sie ist von Bundesland zu Bundesland leicht unterschiedlich, beträgt aber im Durchschnitt für eine Einzelperson 837,76 Euro pro Monat, für Paare 1.256,60 Euro und für jede minderjährige Person 150,80 Euro.

Ein österreichisches Paar mit drei Kindern, davon zwei im Schulalter, erhält 1.709 Euro Mindestsicherung plus fast 600 Euro Familienbeihilfe sowie andere Förderungen, die beantragt werden können und je nach Bundesland variieren (Mietkostenzuschuss, Heizkostenzuschuss und Ähnliches). Das ergibt einen Mindestbetrag von 2.309 Euro im Monat. Das ist für eine fünfköpfige Familie nicht viel, aber um etwa 1.400 Euro mehr, als die Asylwerberfamilie bekommt.

Eine österreichische Mindestpensionistin erhält 14-mal pro Jahr 889,84 Euro. Das sind 1.038,15 Euro im Monat.

Wieso gehen Asylwerber nicht arbeiten?

In Deutschland dürfen Asylwerber drei Monate nach Beginn des Asylverfahrens arbeiten gehen, wenn sie nicht aus einem

sicheren Herkunftsland kommen. Allerdings ist es schwierig, einen Job zu finden, wenn man die Landessprache nicht beherrscht. Deshalb finden die allerwenigsten Asylwerber gleich einen Job. Hinzu kommt, dass etwa 55 Prozent der 2015 nach Deutschland Geflüchteten unter 25 Jahre alt waren und viele von ihnen noch eine Ausbildung abschließen müssen.
In Österreich dürfen Asylwerber bis jetzt während des gesamten Asylverfahrens lediglich als Saisonarbeiter in Tourismusbetrieben oder als Erntehelfer arbeiten, und auch das nur, wenn ein von der Politik vorgegebenes Kontingent nicht schon von anderen Arbeitswilligen ausgeschöpft ist (z.B. von EU-Ausländern). Gegen ein kleines Taschengeld dürfen Asylwerber Hilfsarbeiten in ihrer Asylwerberunterkunft oder in der Gemeinde, in der sie untergebracht sind, ausüben. Der einzige verbleibende legale Weg, Geld zu verdienen, ist der als Selbstständiger in jenen Branchen, für die man keinen Gewerbeschein benötigt: etwa als Zeitungsausträger oder in der Prostitution.
Deshalb können die allermeisten Asylwerber in Österreich nicht selbst ihren Lebensunterhalt verdienen. Bei Asyl geht es aber auch nicht um den »wirtschaftlichen Wert« eines Menschen, sondern um den Schutz verfolgter und gefährdeter Personen. Hier steht das Menschenrecht über dem ökonomischen Nutzen.

Was bekommen Asylwerber in Deutschland?

Während der ersten 15 Monate erhalten Asylwerber vor allem Sachleistungen (Unterkunft, Verpflegung, Hygieneartikel, Kleidung und Ähnliches) und 135 Euro Taschengeld pro Monat. Für Kinder und Jugendliche gibt es zwischen 76 und 83 Euro. Die Gesundheitsversorgung ist auf akute und schmerzstillende Behandlungen beschränkt. Haben sie die Erlaubnis, in eine Privatwohnung zu ziehen, erhalten Asylwerber bis zu 354 Euro im Monat, angelehnt an die Hartz-IV-Regelsätze. Kinder und Jugendliche erhalten zwischen 214 und 276 Euro. Zusätzlich übernimmt der Staat die Kosten für die Miete, die Unterkunft darf aber die Hartz-IV-Mietobergrenze nicht übersteigen.

Dauert das Asylverfahren länger als 15 Monate und die Asylwerber haben keine Schuld an der langen Verfahrensdauer, sind sie berechtigt, Leistungen in Höhe der Sozialhilfe zu beziehen.

Bevor Asylwerber Leistungen bekommen, müssen sie eigenes Vermögen oder Einkommen aufbrauchen. Für das Vermögen gilt ein Freibetrag von 200 Euro pro Familienmitglied. 2015 und 2016 nahmen deutsche Behörden in mindestens 1.489 Fällen Geflüchteten Barmittel ab, die Gesamtsumme lag bei zumindest 860.000 Euro (Stand November 2016).

Bekommen Flüchtlinge in Deutschland Asyl, dürfen sie im Land bleiben und erhalten genauso hohe Sozialleistungen wie Deutsche.

Was bekommen arme Deutsche vom Staat?
Der Regelsatz für Hartz-IV-Empfänger beträgt derzeit 409 Euro für Erwachsene und je nach Alter zwischen 291 und 311 Euro pro Kind. Zusätzlich können Hartz-IV-Empfänger Unterstützung für Miete, Heizung, Warmwasser, die Erstmöblierung ihrer Wohnung und Ähnliches erhalten.

Eine Kürzung der Leistungen für Asylwerber hat das deutsche Bundesverfassungsgericht im Juli 2012 gestoppt. Die Gewährung eines menschenwürdigen Existenzminimums sei ein Menschenrecht, das jedem Menschen zustehe, egal ob er die deutsche oder eine ausländische Staatsbürgerschaft besitze, argumentierten die obersten Verfassungsrichter.

Asylwerber erhalten also nicht mehr an Sozialleistungen als hilfsbedürftige Inländer. Meist erhalten sie während des Asylverfahrens sogar weniger. Werden sie als Flüchtlinge anerkannt, sind sie Inländern rechtlich gleichgestellt und erhalten Sozialleistungen zu denselben Bedingungen wie Inländer. Sie müssen aber genauso wie Inländer auch gewisse Pflichten erfüllen, zum Beispiel müssen sie arbeitswillig sein.

12. Die Flüchtlinge sind alle ungebildet

Es gibt durchaus Akademiker unter ihnen, aber ein großer Teil der Flüchtlinge war nur kurz oder gar nicht in der Schule. Insgesamt ist der Bildungsstand von Flüchtlingen niedriger als bei uns. Allerdings sind mehr als die Hälfte derer, die zuletzt zu uns geflüchtet sind, jünger als 25 Jahre. Sie haben noch die Chance, im Bildungsbereich aufzuholen.

Die Mehrheit der Deutschen glaubt, dass Flüchtlinge nicht viel können. Zumindest zeigt eine Befragung des Instituts für Wirtschaftsforschung (Ifo), dass drei Viertel aller Befragten das Bildungsniveau von nach Deutschland Geflüchteten für sehr niedrig einschätzen. Mehr als die Hälfte (53 Prozent) hat auch keine Hoffnung, dass durch Flüchtlinge, die in Deutschland bleiben werden, der Fachkräftemangel der deutschen Wirtschaft verringert werden kann. Sind Flüchtlinge wirklich nicht oder nur wenig in der Schule oder auf der Uni gewesen?

Für Österreich gibt es unterschiedliche Schätzungen, für Deutschland liegen schon konkrete Zahlen vor. Von jenen etwa 386.000 im Oktober 2016 in Deutschland als arbeitssuchend gemeldeten volljährigen Asylwerbern haben 10 Prozent gar keine Schulbildung, 21 Prozent haben nur eine Grundschule besucht, 31 Prozent waren in der Mittelschule, 22 Prozent im Gymnasium und 17 Prozent haben eine Hochschule besucht. Doch das Bildungsniveau variiert sehr stark nach dem Herkunftsland.

WELCHE ABGESCHLOSSENE AUSBILDUNG ASYLWERBER HABEN (DEUTSCHLAND 2016)

	Hochschule	keine Schulbildung
Iran	30 %	1 %
Syrien	22 %	5 %
Irak	13 %	15 %
Afghanistan	7 %	27 %
Eritrea	4 %	7 %
Somalia	3 %	34 %

In Österreich hat das Arbeitsmarktservice sogenannte »Kompetenzchecks« durchgeführt, bei denen fast 6.000 Flüchtlinge ausführlich zu Schulbildung, Ausbildung, Berufserfahrung befragt wurden und sich zum Teil auch bei praktischen Übungen in Unternehmen beweisen mussten. Es stellte sich heraus, dass der Bildungsstand der Befragten überraschend hoch war. 31 Prozent der befragten Syrerinnen und 24 Prozent der befragten Syrer verfügten über einen Hochschulabschluss.

Schlusslicht waren Flüchtlinge aus Afghanistan. Von ihnen hatten 25 Prozent keine Schulbildung, weitere 25 Prozent nur die Grundschule besucht und nur fünf Prozent einen Hochschulabschluss.

Eine Studie des Wittgenstein Centre for Demography and Global Human Capital kam zum Ergebnis, dass 47 Prozent der 2015 nach Österreich gekommenen Flüchtlinge Matura oder Lehre haben, weitere 26 Prozent einen Bachelor oder einen Abschluss einer berufsbildenden höheren Schule. Der weitaus größte Teil (72 Prozent) hat in seiner Heimat auch gearbeitet.

Es gibt unter den Flüchtlingen also ziemlich viele sehr gut Ausgebildete, aber noch mehr, die eine schlechte oder gar keine Ausbildung haben. Leider kann man selbst bei den exzellent Gebildeten das Unterrichtsniveau in deren Herkunftsländern nicht mit dem unserem vergleichen. Syrien und der Iran haben zum Beispiel vor einigen Jahren am internationalen Bildungsvergleich PISA teilgenommen. Das Ergebnis: Während in Deutschland 16 Prozent aller Schüler bis zum 8. Schuljahr keine Basiskenntnisse in Lesen, Rechnen und Naturwissenschaften erworben hatten, waren es im Iran beinahe jeder zweiter Schüler und in Syrien sogar 65 Prozent. In Afghanistan ist es noch trister. Im dem kriegsgebeutelten Land liegt die Analphabetenrate bei unglaublichen 71 Prozent, nur jedes zweite afghanische Kind kann überhaupt eine Schule besuchen.

Wer den Bildungsstand verschiedener Bevölkerungsgruppen vergleicht, darf dabei das Alter nicht außer Acht lassen: Mehr als ein Drittel aller Flüchtlinge, die zwischen Januar und Oktober 2016 einen Asylantrag in Deutschland gestellt haben, war unter 18 Jahre alt. In diesem Alter haben auch viele in Deutschland oder Österreich aufgewachsene Menschen ihre Ausbildung noch nicht abgeschlossen. Weitere 18 Prozent waren jünger als 25 Jahre. Das bedeutet, dass es bei mehr als der Hälfte der Geflüchteten eine realistische Chance gibt, dass sie gerade kurz vor dem Abschluss ihrer Ausbildung stehen oder noch einen Beruf erlernen werden.

Auch hatten viele Kinder und Jugendliche, die in ihrem Heimatland eine gute Schule besuchten, wegen des Kriegs und ihrer langen Flucht kaum Chancen auf Bildung und müssen jetzt viel nachlernen. Das war 1945 in Österreich und Deutschland durchaus ähnlich. Zahlreiche Mädchen und Burschen konnten während des Zweiten Weltkriegs keine Schule besuchen, weil sie selbst als Soldaten oder zum Arbeitsdienst eingezogen waren, weil die Schulen geschlossen waren, weil sie im KZ um ihr Leben kämpften, sich verstecken oder mit ihren Eltern ins Exil flüchten mussten.

Auch bei uns war das Bildungsniveau übrigens nicht immer so hoch, wie es heute ist. In Deutschland hatten 66,3 Prozent der vor 1945 Geborenen einen Hauptschulabschluss, in Österreich waren es mehr als 43 Prozent. Mittlerweile sind es nur mehr 12,8 Prozent in Deutschland bzw. 12,5 Prozent der Österreicher ohne Migrationshintergrund. Binnen gerade einmal zwei Generationen kann sich im Bildungsbereich also einiges tun – vorausgesetzt, man gibt den jungen Menschen die Möglichkeit, zu lernen.

13. Die Flüchtlinge vergewaltigen unsere Frauen und Kinder

Die weitaus überwiegende Anzahl aller Asylwerber begeht keine Sexualdelikte. Und die weitaus überwiegende Anzahl aller Sexualdelikte wird nicht von Asylwerbern begangen. Das gilt für Österreich und Deutschland gleichermaßen. Egal ob der Täter Inländer, Tourist, Diplomat oder Asylwerber ist: Jedes Sexualdelikt ist eines zu viel. Gemessen an der Gesamtzahl der in Österreich und Deutschland verübten Sexualdelikte ist der Anteil von Asylwerbern an sexueller Gewalt insgesamt aber gering.

Nicht erst seit der Silvesternacht in Köln geht die Angst vor sexuellen Übergriffen durch Asylwerber um. Und tatsächlich liest man immer wieder von sexuellen Übergriffen durch Asylwerber im Freibad, in öffentlichen Verkehrsmitteln oder in Parkanlagen. Bei manchem erwecken diese Meldungen den Eindruck, dass inländische Frauen ständig sexuellen Übergriffen durch Asylwerber ausgeliefert sind. Sind Asylwerber Sexmonster?

Zwischen 2004 und 2015 ist in Deutschland die Zahl »vollendeter« (also nicht bloß versuchter) Vergewaltigungen um knapp 20 Prozent gesunken. Dies, obwohl im selben Zeitraum die Anzahl an Menschen, die aus dem Ausland nach Deutschland gekommen sind, weiter gestiegen ist. Die Zahlen zeigen, dass Schnellschuss-Analysen, die Zuwanderungsraten direkt mit der Anzahl an Sexualdelikten verknüpfen, keinesfalls eine erhöhte Gefährdung der sexuellen Integrität von Frauen argumentieren können.[52]

Insgesamt wurden 2015 in Deutschland 36.532 Sexualdelikte begangen. Davon gingen nach einem Bericht des Bundeskriminalamts 1.683 auf das Konto von Asylwerbern (4,6 Prozent). Gegenüber 2014 ist das eine beträchtliche Steigerung. Damals betrug die Anzahl an von Asylwerbern begangenen Sexualdelikte noch 2,6 Prozent. Allerdings lohnt bei diesen Zahlen genaues Hinsehen. Denn nicht alle 2015 von Asylwerbern begangenen 1.700 Sexualdelikte wiegen gleich schwer. 456 waren schwere Sexualdelikte (Vergewaltigung und sexuelle Nötigung), über 1.200 hingegen weniger schwere Straftaten gegen die sexuelle Selbstbestimmung (z.B. exhibitionistische Handlungen, Erregung öffentlichen Ärgernisses). Und diese Zahlen zeigen auch, dass noch immer 19 von 20 Sexualdelikten von Tätern begangen werden, die keine Asylwerber sind.[53]

Ein ähnliches Bild ergibt sich auch für Österreich. Dort geschahen 2015 insgesamt 826 Vergewaltigungen, zu denen die Polizei 688 Tatverdächtige ausforschen konnte. 39 davon waren Asylwerber (5,7 Prozent). Allerdings ist diese Zahl 2016 stark gestiegen. Allein in den ersten drei Kalenderquartalen hat die Polizei bei 677 Vergewaltigungen (mit bislang 594 Tatverdächtigen) 91 Asylwerber als Tatverdächtige ausgeforscht. Das entspricht gegenüber dem Vorjahr einer Steigerung der Asylwerber als tatverdächtige Vergewaltiger von über 130 Prozent. Asylwerber machen damit unter den Tatverdächtigen einer Vergewaltigung inzwischen einen Anteil von 15,3 Prozent aus. Vor allem wenn man bedenkt, dass der Anteil von Asylwerbern an der gesamten Wohnbevölkerung Österreichs unter einem halben Prozent liegt, ist diese Zahl erschreckend hoch. Gemessen an ihrem Anteil an der Gesamtbevölkerung sind vor allem Asylwerber aus Afghanistan und aus Syrien besonders überrepräsentiert.[54]

Die Zahlen zeigen, dass dieses Thema von Politik, Sicherheitsbehörden und Betreuungseinrichtungen nicht vernachlässigt werden darf. Grund zur Panik sind sie dennoch nicht. Denn 2015 lebten mehr als 120.000 Personen in Österreich, die auf den Ausgang ihres Asylverfahrens warteten. Von diesen sind 39 Personen verdächtig, eine Vergewaltigung begangen zu haben. Das bedeutet, dass 2015 durchschnittlich ein einziger unter 30.000 Asylwerbern in Österreich einer Vergewaltigung verdächtigt wurde. »Den Asylwerbern« zuzuschreiben, hemmungslose Triebtäter zu sein, ist angesichts dieser Zahlen schlichtweg falsch.

In Traiskirchen, einer Kleinstadt nahe Wien mit etwa 17.000 Einwohnern, steht Österreichs größtes Flüchtlingsquartier. Im Jahr 2015 waren dort mehr als 4.000 Asylwerber untergebracht. Die Asylwerber, mehrheitlich Männer aus Syrien, Afghanistan und dem Irak, konnten sich im Stadtgebiet frei bewegen.
Der Polizei wurden drei Vergewaltigungen gemeldet. In einem Fall hatte ein 17-jähriger Asylwerber eine 72-jährige Frau brutal vergewaltigt, in einem weiteren Fall war eine Asylwerberin das Opfer, und im dritten Fall stellte sich heraus, dass das Opfer die Vergewaltigung erfunden hatte. Die Österreicherin hatte nach einem Streit mit ihrem Lebensgefährten einen afrikanischen Asylwerber auf der Straße geküsst, wollte

dies später vor ihrem Partner verheimlichen und behauptete deshalb, Asylwerber hätten versucht, sie zu vergewaltigen. Sie wurde zu einer bedingten Haftstrafe und einer Geldstrafe verurteilt.

14. Islamische Staaten sollen die muslimischen Flüchtlinge aufnehmen

Sollen sich doch ihre Brüder und Schwestern im Glauben um die vielen Flüchtlinge kümmern, meinen manche – und werfen islamischen Staaten vor, das Flüchtlingsproblem auf Europa abzuwälzen. Wahr ist vielmehr: Islamische Staaten haben viel mehr Flüchtlinge aufgenommen als ganz Europa zusammen. Aber viele, die vor islamistischem Terror fliehen, wollen überhaupt nicht in islamischen Staaten Exil finden.

Wo bleibt die islamische Solidarität für Flüchtlinge«, fragte der Publizist Henryk M. Broder in einem Zeitungskommentar im Februar 2016.[55] Er forderte Deutschland auf, die Grenzen zu schließen, auf dass islamische Staaten sich endlich um ihre in Syrien, dem Irak und anderen muslimischen Staaten vertriebenen Glaubensbrüder und -schwestern kümmerten.

Ein Blick über die Grenze hätte Broder nicht geschadet. Der überwiegende Teil der aus muslimischen Staaten vertriebenen Flüchtlinge des Jahres 2015 wurde nämlich nicht von Österreich, Deutschland, Schweden oder anderen europäischen Ländern aufgenommen. Muslimische Flüchtlinge kamen vor allem in muslimischen Staaten unter. 2015 war die Türkei zum zweiten Mal hintereinander weltweit das Land mit den meisten Flüchtlingen. Etwa 2,5 Millionen Menschen auf der Flucht leben derzeit in der Türkei. Der Großteil von ihnen stammt aus Syrien. Aber auch andere islamische Staaten wie Pakistan, der Libanon, Jordanien oder der Iran haben eine große Zahl an Flüchtlingen in ihr Land gelassen.

FLÜCHTLINGE IN AUSGEWÄHLTEN ISLAMISCHEN LÄNDERN (2015)	
Türkei	2,5 Mio.
Pakistan	1,6 Mio.
Libanon	1,1 Mio.
Iran	979.000
Jordanien	664.100
Ägypten	250.000

Es stimmt, dass manche reichen islamischen Staaten weniger Flüchtlinge aufgenommen haben. So hat etwa Saudi-Arabien laut UN-Flüchtlingshochkommissariat UNHCR lediglich 118 Personen aufgenommen, die Flüchtlinge im Sinne der UNHCR-Definition sind. Allerdings beherbergt Saudi-Arabien gleichzeitig 70.000 Palästinenser, die entweder selbst flüchten mussten oder Kinder von Flüchtlingen sind. Sie scheinen nicht auf, weil palästinensische Flüchtlinge nicht unter die Genfer Flüchtlingskonvention von 1951 fallen. Für sie wurden damals von der Uno eigene Regelungen geschaffen.

Staatenlose

Als Staatenlose werden Menschen bezeichnet, die von keinem Staat als Bürger anerkannt sind und deshalb auch keine Staatsbürgerschaftsurkunde und keinen Reisepass besitzen. Gründe dafür können unter anderem sein, dass der Staat, dessen Bürger sie waren, nicht mehr existiert, dass ein Staat einem Bürger die Staatsbürgerschaft aberkennt, aber auch, dass sie auf der Flucht ihre Staatsbürgerschaft verlieren. In manchen Staaten kann die Staatsbürgerschaft nur vom Vater, nicht aber von der Mutter auf die Kinder übertragen werden. Ist die Mutter bei der Geburt allein auf der Flucht, bleibt das Kind staatenlos. Weltweit gibt es etwa zehn Millionen Staatenlose.

Ähnlich ist die Situation in Kuwait, wo 2015 nur 741 Flüchtlinge nach der UNHCR-Definition lebten, zusätzlich aber 93.000 staatenlose Palästinenser.

Die Golfstaaten haben die Genfer Flüchtlingskonvention nicht unterzeichnet. Deshalb sind sämtliche Syrer nicht als Flüchtlinge registriert, die seit Kriegsbeginn in Syrien in Saudi-Arabien Zuflucht gefunden haben. Tatsächlich hat Saudi-Arabien Hunderttausende Syrer aufgenommen bzw. für syrische Gastarbeiter die Arbeitsgenehmigungen verlängert. Nach Ausbruch des Kriegs in ihrem Heimatland erlaubte Saudi-Arabien syrischen Gastarbeitern, ihre Verwandten in die Golfstaaten nachzuholen. Derzeit besuchen mehr als 100.000 syrische Kinder in Saudi-Arabien die Schule. In einem Interview mit der *Frankfurter Allgemeinen Zeitung* erklärte der saudische Außenminister Adel al-Dschubeir, sein Land habe seit Beginn des Syrienkriegs eine Million Syrerinnen und Syrer aufgenommen und gleichzeitig Flüchtlingslager in der Türkei, in Jordanien und im Libanon mit mehr als einer Milliarde US-Dollar unterstützt.

Auch zahlreiche andere muslimische Staaten leisten einen Beitrag zur Finanzierung des Überlebens von Kriegsflüchtlingen in den von den Vereinten Nationen betreuten Flüchtlingslagern.

SPENDEN AUSGEWÄHLTER ISLAMISCHER STAATEN FÜR DAS WORLD FOOD PROGRAMME 2015	
Saudi-Arabien	151,25 Mio. US-Dollar (Platz 8)
Pakistan	80,6 Mio. US-Dollar (Platz 14)
Kuwait	45 Mio. US-Dollar (Platz 19)
Tschad	7,2 Mio. US-Dollar (Platz 32)
Vereinigte Emirate	2,16 Mio. US-Dollar (Platz 47)
SPENDEN AUSGEWÄHLTER EU-STAATEN FÜR DAS WORLD FOOD PROGRAMME 2015	
Großbritannien	456,85 Mio. US-Dollar (Platz 2)
Deutschland	329,25 Mio. US-Dollar (Platz 3)
Niederlande	101,44 Mio. US-Dollar (Platz 9)
Norwegen	92,57 Mio. US-Dollar (Platz 11)
Schweden	91,47 Mio. US-Dollar (Platz 12)
Österreich	6,07 Mio. US-Dollar (Platz 34)
Ungarn	338.947 US-Dollar (Platz 69)
Slowenien	65.483 US-Dollar (Platz 86)

Allerdings haben etwa die aus Syrien nach Saudi-Arabien geflüchteten Menschen keine Rechte, wie sie in der Genfer Flüchtlingskonvention gewährleistet sind. Sie sind rechtlich gesehen bloß als »Gäste« in Saudi-Arabien geduldet. »Deshalb haben einige Unternehmen keine Scheu, die Syrer auszubeuten. Hilfsorganisationen aus den Vereinigten Arabischen Emiraten berichten, dass manche syrischen Arbeiter monatelang nicht bezahlt werden. Doch wenn sie sich beschweren, riskieren sie die Kündigung und damit den Verlust ihrer Aufenthaltsgenehmigung«, berichtete das Nachrichtenmagazin *Der Spiegel* im August 2016.[56] Im Unterschied dazu werden diese Menschen in Europa auch rechtlich als Flüchtlinge anerkannt. Das ist mit ein Grund, warum viele muslimische Flüchtlinge europäische Staaten als Ziel ihrer Flucht bevorzugen.

Abgesehen davon sind die Golfstaaten aus menschenrechtlicher Sicht auch keine Traumdestination. In Saudi-Arabien dürfen Frauen bis heute weder selbst am Steuer eines Autos sitzen, noch ohne Erlaubnis eines männlichen Familienmitglieds die Uni besuchen oder auf Reisen gehen. 2014 wurde der saudische Blogger Raif Badawi verhaftet und zu zehn Jahren Haft sowie 1.000 Peitschenhieben verurteilt (was einer Todesstrafe gleichkommt), weil er die Religionspolizei im Land in seinem Blog kritisiert hatte und eine liberale Meinung vertrat.

Wer vor islamischen Fundamentalisten flüchtet, wem Werte wie Demokratie, Menschenrechte und Gleichberechtigung ein Anliegen sind, wird sich deshalb kaum ein Land wie Saudi-Arabien als Exil aussuchen. Sondern sich stattdessen lieber Richtung Europa aufmachen.

15. Unsere Großeltern haben ihr Land auch selbst aufgebaut

Dass Deutsche und Österreicher nach dem Zweiten Weltkrieg ihre zerstörten Länder ganz allein aus eigener Kraft wiederaufbauten, ist genauso ein Mythos wie jener, dass die Trümmerfrauen nach 1945 freiwillig den Schutt mit bloßen Händen wegräumten. Wahr ist vielmehr: Ohne massive Unterstützung aus dem Ausland hätten sich Deutschland und Österreich von den Kriegsfolgen niemals so rasch erholt.

Im Gegensatz zu den Flüchtlingen von heute seien unsere Großeltern nicht einfach davongelaufen, sondern hätten stattdessen ihr zerbombtes Land mit harter Arbeit wiederaufgebaut, hört man immer wieder. Als wären Menschen, die vor Krieg und Verfolgung geflohen sind, faule Drückeberger, die ihre Landsleute im Stich lassen.

Dabei wird vergessen, dass viele unserer Großeltern – und Urgroßeltern – das Land zuerst in zwei Weltkriege führten und so mitverantwortlich dafür waren, dass das Land zerbombt wurde, sodass die Bevölkerung zuerst im Ersten Weltkrieg (1914–1918) und danach im Zweiten Weltkrieg (1939–1945) in bitterster Not leben musste. Aber auch abgesehen davon ist die Behauptung, unsere Groß- bzw. Urgroßeltern seien nicht so feig gewesen, zu flüchten, sondern hätten stattdessen das Land wiederaufgebaut, gleich doppelt falsch.

Erstens mussten sehr wohl viele Menschen aus Deutschland und Österreich, das ab 1938 Teil Nazi-Deutschlands war, flüchten. Darunter etwa 280.000 Jüdinnen und Juden in Deutschland, die mit einer Flucht vor den Nazis ins Ausland ihr Leben retten konnten, während diejenigen, denen die Flucht nicht gelang, überwiegend in den Konzentrationslagern ermordet wurden. In Österreich konnten rund 130.000 Menschen vor den Nazis fliehen, etwa 95 Prozent waren Juden. Auch aus politischen Gründen Verfolgte wie Kommunisten, Sozialisten, aber auch Christlich-Soziale konnten sich nur vor dem Konzentrationslager retten, indem sie die Chance ergriffen, noch rasch ins Ausland zu emigrieren. Bleiben konnten ab 1933 in Deutschland und 1938 in Österreich nur überzeugte Nationalsozialisten und Menschen, die nicht jüdisch oder als Nazi-Gegner bekannt waren und die sich mit den Nazis arrangierten.

Auch der Mythos der tapferen Trümmerfrauen und braven Patrioten, die das Land nach dem Zweiten Weltkrieg mit eigener Kraft aus Schutt und Asche hoben, ist eine äußerst einseitige Erzählung. Während des Kriegs war dafür vor allem der staatliche »Sicherheits- und Hilfsdienst« zuständig. Die Nationalsozialisten zwangen aber auch Kriegsgefangene und KZ-Häftlinge, nach Bombenangriffen der Alliierten den Schutt wegzuräumen. Die deutsche Sozialhistorikerin Leonie Treber konnte in einer Studie nachweisen, dass nur sehr wenige Frauen tatsächlich als Trümmerfrauen tätig waren – und dies meist strafweise und nicht freiwillig.

Nach Kriegsende übernahmen die Alliierten zuerst dieses Bestrafungssystem und teilten NSDAP-Mitglieder und deutsche Kriegsgefangene ein, den Schutt wegzuschaufeln. Später wurden Arbeitslose zum Wegräumen zwangsverpflichtet. Sie erhielten dafür bessere Lebensmittelkarten. Der größte Teil des Kriegsschuttes wurde aber nach 1945 von Baufirmen mit Maschinen entfernt.

Dass Deutschland und Österreich sich so rasch von den Kriegsfolgen erholten, lag vor allem an den Investitionen der USA. Der damalige US-amerikanische Außenminister George C. Marshall war Erfinder des »European Recovery Program« (ERP), das unter der Bezeichnung »Marshallplan« weltweit bekannt wurde. Zwischen 1948 und 1952 investierten die USA insgesamt 13 Milliarden US-Dollar in die darniederliegende europäische Wirtschaft. Nach heutigem Geldwert wären das etwa 90 Milliarden Dollar, die von den USA in den europäischen Wiederaufbau investiert wurden. Österreich erhielt mit rund 1,1 Milliarden US-Dollar in Form von Hilfsgütern und Spenden nicht viel weniger Unterstützung als das zehnmal so große Deutschland, das rund 1,5 Milliarden bekam.

US-Außenminister Marshall verfolgte mit seinem Plan nicht nur humanitäre Ziele. Zum einen begründete er das Hilfsprogramm damit, dass die Voraussetzung von Demokratie soziale Sicherheit und Arbeit seien, zum anderen wusste er, dass die US-Wirtschaft leidet, wenn ein zerstörtes, verarmtes Europa als Handelspartner langfristig ausfällt. Zum Dritten ging es den USA auch darum, den Einfluss der Sowjetunion in Europa zurückzudrängen. Deshalb erhielt das kleine Österreich, das an die kommunistischen Staaten Tschechoslowakei, Ungarn und Jugoslawien angrenzte, besonders viel Hilfe von den USA. So gesehen war der Marshallplan auch ein Kind des Kalten Krieges: Er verstärkte den Einfluss der USA in Europa und verhinderte ein weiteres Vordringen des Kommunismus. Aber ohne diese Unterstützung von außen wäre ein derart rascher Wiederaufbau, der in den 1950er-Jahren nahtlos in die Wirtschaftswunderjahre überging, nicht möglich gewesen.

Trotz Wiederaufbauhilfe wollte eine große Zahl an Deutschen und Österreichern nach 1945 nur eines: raus aus Europa. Wer mag es ihnen verdenken, dass sie nicht in ihrer zerbombten Heimat hungern und frieren, sondern sich in einem anderen Land eine neue Existenz aufbauen wollten? Knapp eine Million Deutsche wanderten in den 1950er-Jahren aus, die meisten von ihnen nach Kanada oder in die USA. Auch aus Österreich wanderten nach Ende des Zweiten Weltkriegs bis in die 1960er-Jahre mehr Menschen aus als ein. Länder wie Südafrika oder Kanada hatten sogar eigene Auswanderungsbüros bei uns eingerichtet. So gesehen war unseren Großeltern und Urgroßeltern Auswanderung aus Armut und Perspektivlosigkeit genauso wenig fremd, wie auch heute Hunderttausende Menschen aus den ärmsten Regionen der Welt mit dem Wunsch auf ein besseres Leben ihre Heimat verlassen. »Wirtschaftsflüchtlinge« sind nicht immer nur die anderen.

16. Frauen sind doch längst gleichberechtigt

Frauen können heute mehr erreichen als noch vor einigen Jahrzehnten. Von echter Gleichberechtigung und Chancengleichheit für Frauen sind wir trotzdem noch weit entfernt. In der Wirtschaft, in der Politik und sogar in den eigenen vier Wänden werden Frauen bis heute benachteiligt. Männer bekommen für die gleiche Arbeit mehr Lohn, während Frauen den Großteil der unbezahlten Arbeit erledigen.

Sie sind Bundeskanzlerin, Parlamentspräsidentin und Firmenchefin. Und trotzdem jammern die Frauen. Zwei Drittel der deutschen Männer fanden bereits 2013 in einer Umfrage, es gebe schon genug Gleichberechtigung. Haben die befragten Herren recht?

Es gibt Soldatinnen, Astronautinnen, Nobelpreisträgerinnen, Wirtschaftskapitäninnen, Formel-1-Fahrerinnen – außer Papst können Frauen heute fast alles werden, was früher traditionell Männern vorbehalten war. Deutschland hat mit der im November 2005 erstmals zur Bundeskanzlerin gewählten Angela Merkel (CDU) sogar seit über einem Jahrzehnt eine Frau an der Staatsspitze. In Österreich ist das Amt der Parlamentspräsidentin, immerhin der höchstrangige politische Job nach dem Bundespräsidenten, seit 2006 fest in weiblicher Hand (derzeit: Doris Bures, SPÖ). Also alles bestens an der Geschlechterfront?

Nicht ganz. Zwar stimmt es, dass bei uns einzelne Frauen sehr viel erreichen konnten, sei es in der Politik oder in Wirtschaft, Kultur und Sport. Das bedeutet aber noch lange nicht, dass Frauen hierzulande automatisch dieselben Chancen haben wie Männer. Es bedeutet auch nicht, dass Frauen in allen Institutionen in gleicher Weise vertreten sind.

Dazu genügt ein Blick auf die Wirtschaft: Das in Washington ansässige Peterson Institute für internationale Wirtschaft hat 21.980 Unternehmen in insgesamt 91 Ländern untersucht. Fast 60 Prozent der Firmen hatten kein einziges weibliches Aufsichtsratsmitglied. Mehr als 95 Prozent hatten einen Mann als Geschäftsführer oder Unternehmensvorstand. Von den 500 größten börsennotierten US-Unternehmen hatten 2015 nur 22 einen weiblichen Vorstand. In der Managementebene darunter sind 83,5 Prozent aller Positionen von Männern besetzt.

Aber es gibt auch gute Neuigkeiten. So hat zum Beispiel die US-Börse Nasdaq mit Adena Friedman seit 2016 erstmals eine Chefin. Anders sieht es bei den europäischen Nationalbanken aus. Europaweit haben nur Serbien und Zypern eine Nationalbankchefin.

Gleichberechtigung von Frauen in Deutschland

Die Wirtschaft ist in Deutschland bis heute ein Boy's Club. 77,5 Prozent aller Führungspositionen waren auch 2016 von Männern besetzt. Dabei gibt es regionale Unterschiede: In Brandenburg lag die Frauenquote bei den Topjobs bei 26,1 Prozent, in Baden-Württemberg bei 20,2 Prozent. Bei den Vorständen hat sich die Zahl der Frauen zuletzt sogar verdoppelt – allerdings auf sehr niedrigem Niveau. Waren 2011 erst 3 Prozent der Vorstandsmitglieder weiblich, waren es 2016 wenigstens 6,5 Prozent.

2016 hat Deutschland eine 30-Prozent-Frauenquote für Aufsichtsräte börsennotierter Unternehmen eingeführt. Im Jänner 2016 lag der Frauenanteil in den Aufsichtsräten noch bei 23,3 Prozent, im Dezember 2016 waren es immerhin 27,5 Prozent.

Auch bei den Einkommen haben die Männer die Nase vorn: Der durchschnittliche Einkommensunterschied zwischen Männern und Frauen liegt derzeit bei 21 Prozent – zu Ungunsten der Frauen. Auch hier zeigen sich regionale Unterschiede. 2015 betrug die Differenz zwischen Männer- und Frauengehältern in Baden-Württemberg 26 Prozent, in Mecklenburg-Vorpommern hingegen nur 4 Prozent.

Gleichberechtigung von Frauen in Österreich

Im europäischen Vergleich zählt Österreich zu den Nachzüglern bei der Gleichstellung von Frauen – in fast allen Bereichen. Zwar hat sich die Prozentzahl an Frauen in Vorständen börsennotierter Unternehmen zwischen 2015 und 2016 von 4,5 auf 4,6 Prozent geringfügig erhöht. Allerdings nicht, weil es wenigstens eine einzige Frau mehr auf den Chefsessel geschafft hätte, sondern weil vier Vorstandspositionen abgeschafft wurden. So hatten Österreichs börsennotierte Unternehmen 2016 insgesamt 187 männliche und nur neun weibliche Vorstandsmitglieder. In der Geschäftsführung der 200 umsatzstärksten Unternehmen befinden sich gerade einmal 7,2 Prozent Frauen. Im EU-Durchschnitt sind es zumindest 18,6 Prozent. In 28,5 Prozent der 200 umsatzstärksten Unternehmen sitzt weder in der Geschäftsführung noch im Aufsichtsrat eine einzige Frau.

Österreich war laut der Internationalen Arbeitsorganisation der Vereinten Nationen (»International Labour Organisation«, ILO) gleich nach Algerien das Land, in dem der Frauenanteil im Management zwischen 2000 und 2012 am stärksten gesunken ist.

In Österreichs Top-200-Unternehmen sind die Männer – fast – unter sich. 2014 waren dort lediglich 13,9 Prozent aller Aufsichtsratsmitglieder Frauen. Auch in den Geschäftsführungen dieser 200 Unternehmen fanden sich zu 94,4 Prozent Männer. Von den insgesamt 606 Top Jobs in den besten 200 Unternehmen Österreichs waren nur 34 von Frauen besetzt.

Das Argument, es gebe in diesen Firmen nicht genügend Frauen mit ausreichender Qualifikation, kann kaum gelten: Schließlich ist zum Beispiel im Handel in Österreich die Mehrheit der Beschäftigten weiblich (im Großhandel sind 40 Prozent der Beschäftigten Frauen, im Einzelhandel 70 Prozent). Die Geschäftsführung der Sparte Handel war 2016 trotzdem zu 94,4 Prozent von Männern besetzt.

Beim Einkommen sind Frauen ebenfalls benachteiligt: Sie verdienen um 22,9 Prozent weniger als Männer. Das ist der zweitgrößte Lohnunterschied zwischen Männern und Frauen in der EU gleich nach Estland (28,3 Prozent). Wie weit die Einkommensschere offen ist, unterscheidet sich von Bundesland zu Bundesland. In Vorarlberg verdienen Frauen statistisch gesehen um 29,7 Prozent weniger als Männer, in Wien sind es hingegen »nur« 18 Prozent.

In Österreich gibt es eine gesetzliche Frauenquote nur in Aufsichtsräten von Unternehmen, an denen der Staat mit 50 Prozent oder mehr beteiligt ist. Ende 2018 ist ein Frauenanteil von 35 Prozent gesetzlich vorgeschrieben. Tatsächlich sind in diesen Betrieben schon jetzt 38 Prozent der Aufsichtsräte Frauen.

Was ist die Frauenquote?

Die Frauenquote ist ein staatliches Instrument, um per Gesetz die Zahl von weiblichen Beschäftigten in bestimmten Bereichen zu erhöhen. Der Staat gibt dabei Unternehmen vor, wie viel Prozent ihrer Angestellten in bestimmten Bereichen weiblich sein müssen. Pionier in Europa war Norwegen. Schon 2003 führte die norwegische Regierung eine verpflichtende Frauenquote von 40 Prozent für börsennotierte Unternehmen ein. Den Unternehmen wurde eine Übergangsfrist bis 2007 gewährt. Die Konsequenz: Waren 2004 erst 25 Prozent aller Aufsichtsräte weiblich, waren es 2016 immerhin 41 Prozent. Gesetzliche Frauenquoten für Unternehmen gibt es mittlerweile auch in Frankreich, Belgien, Italien, Spanien, den Niederlanden, der Schweiz und Island. Die Frauenquoten sind unterschiedlich gestaltet: Während etwa in Belgien bei Nichteinhaltung staatliche Subventionen gekürzt werden, drohen in Norwegen Bußgeldzahlungen bis hin zur Zwangsliquidation.

WEIBLICHE AUFSICHTSRATSMITGLIEDER IN EUROPA 2016	
Island	44 %
Norwegen	41 %
Frankreich	37 %
Schweden	36 %
…	
Deutschland	27 %
EU-Durchschnitt	23 %
Österreich	20 %
Griechenland	9 %
Tschechien	9 %
Estland	8 %
Malta	5 %

Warum verdienen Frauen weniger als Männer?

Mit einer schlechteren Ausbildung lässt sich nicht erklären, wieso Frauen am Ende eines Arbeitsmonats fast ein Viertel weniger in der Tasche haben als Männer: 2015 waren in Deutschland 52,7 Prozent aller Studienberechtigten und 50,2 Prozent aller Hochschulabsolventen weiblich.

Auch in Österreich ist der Bildungsgrad von Frauen in den vergangenen Jahrzehnten rasant gestiegen. Hatten 1981 nur 1,6 Prozent aller Österreicherinnen einen Hochschulabschluss, gab es 2010 in Österreich erstmals mehr Frauen mit Matura oder Hochschulabschluss als Männer. 2015 waren 54 Prozent aller Studierenden an österreichischen Hochschulen weiblich.

Frauen suchen sich aber tendenziell immer noch häufiger Berufssparten aus, in denen der Verdienst geringer ist, als Männer dies tun. Diese Berufswahl hat bereits während der Ausbildung finanzielle Auswirkungen: In typischen Frauenberufen erhielten Auszubildende in Deutschland 2015 durchschnittlich 723,73 Euro pro Monat, in typischen Männerberufen waren es 848,20 Euro.

In Deutschland waren 2015 beispielsweise 95,4 Prozent aller neu auszubildenden Floristen und 97,8 Prozent aller neu auszubildenden medizinischen Fachangestellten weiblich, aber nur 2,9 Prozent aller Fliesenleger und 1,8 Prozent aller Dachdecker.

HÄUFIGSTE LEHRBERUFE 2015 (ÖSTERREICH)
Mädchen:
1. Einzelhandel
2. Bürokauffrau
3. Friseurin
4. Restaurantfachfrau
5. Köchin
Buben:
1. Metalltechniker
2. Elektrotechniker
3. Kfz-Techniker
4. Einzelhandel
5. Installations- und Gebäudetechniker

Ein weiterer Grund, wieso Frauen weniger verdienen und seltener Karriere machen, liegt darin, dass sie immer noch hauptverantwortlich für Kinder und Haushalt sind. Frauen bleiben deshalb viel öfter und länger bei den Kindern und leisten auch die meiste unbezahlte Arbeit wie Kochen, Bügeln, Aufräumen, Putzen und Einkaufen. Bei 54,6 Prozent aller österreichischen Paare, die Kinder im Alter von drei bis fünf Jahren haben, arbeitet der Mann Vollzeit und die Frau Teilzeit. Bei 20,7 Prozent ist der Mann sogar Alleinverdiener und die Frau nicht berufstätig. Mehr als jede zweite Frau arbeitet bis zum 15. Geburtstag ihres Kindes nur Teilzeit. Darunter leiden bis heute die Karrierechancen von Frauen.

ANTEIL UNBEZAHLTER ARBEIT AN DER GESAMTARBEIT		
	Frauen	Männer
Schweden	43 %	32 %
Norwegen	48 %	36 %
Kanada	49 %	32 %
USA	50 %	32 %
Österreich	52 %	27 %
Deutschland	60 %	37 %
Türkei	75 %	24 %

Auch liegt die Zahl der Väter, die sich um die gemeinsamen Kinder kümmern, weit unter jener der Mütter, auf die das zutrifft. Zwar waren in Deutschland 2015 bereits 34,2 Prozent aller Elterngeldbezieher männlich. Allerdings blieben die Männer im Bundesschnitt bloß 3,1 Monate zu Hause, Frauen hingegen 11,6 Monate. In Bayern, das nach Sachsen den höchsten Anteil männlicher Elterngeldbezieher vorweist, blieben weniger als 3 Prozent der Väter ein ganzes Jahr beim Nachwuchs. In den Bundesländern, in denen sich die meisten Väter in eine Babypause verabschieden, sind 80 Prozent bereits nach zwei Monaten wieder zurück im Job. Die Hauptlast der Kinderbetreuung tragen weiter die Frauen.

In Österreich ist die Situation ähnlich. Fast 89 Prozent aller Väter gehen gar nicht in Babykarenz, sondern überlassen die Versorgung ihres Nachwuchses den Müttern. Wenn Männer aber doch in Karenz gehen, wählen 58,8 Prozent das Modell »12+2«. Das ist jenes Modell, bei dem der Mann am kürzesten zu Hause bleiben muss, um sich dennoch die volle Bezugshöhe zu sichern. Im Durchschnitt bezogen Männer bei diesem Modell gerade einmal 2,8 Monate Betreuungsgeld, also nur geringfügig länger als die gesetzlich vorgeschriebenen zwei Monate. Die Frauen bezogen hingegen im Durchschnitt 11,2 Monate Kinderbetreuungsgeld.

VÄTERANTEIL UNTER ELTERNGELDBEZIEHERN	
Deutschland	
Sachsen	44,2 %
Bayern	41,7 %
Nordrhein-Westfalen	26,8 %
Saarland	23 %
Österreich	
Wien	29,8 %
Vorarlberg	9,47 %

Die international tätige Unternehmensberatung Boston Consulting Group hat bereits 2012 in einer Studie über Deutschland Gründe aufgelistet, wieso es Frauen so schwer haben, an die Spitze von Unternehmen zu gelangen. »Die Führungskräfte von 36 deutschen Unternehmen sehen eine ›männlich geprägte Unternehmenskultur‹ sowie die ›Vereinbarkeit von Beruf und Familie‹ als zentrale Hindernisse. Zahlreiche Maßnahmen zur besseren Vereinbarkeit von Beruf und Familie waren in Planung, wogegen Maßnahmen zur nachhaltigen Veränderung der Unternehmenskultur noch selten geplant wurden.«[57]

In der Politik sind Frauen hingegen heute stärker sichtbar als je zuvor. Speziell in Deutschland, wo seit 2006 Angela Merkel Bundeskanzlerin ist. Ihre Regierung besteht zu 38 Prozent aus Frauen. Blickt man aber auf die unteren Ebenen, so verändert sich das Bild stark: Der Frauenanteil der Spitzenbeamten in deutschen Ministerien lag 2015 bei nur 18 Prozent. Eine Ebene darunter, bei den Abteilungsleiterinnen und Abteilungsleitern, gab es auch nur 23,6 Prozent Frauen.

FRAUEN IN NATIONALEN PARLAMENTEN IN EUROPA	
Island	46 %
Schweden	45 %
Deutschland	37 %
Österreich	30,6 %
Ungarn	10 %

In Österreich sind Frauen auch in der Politik stark unterrepräsentiert: Lediglich 27 Prozent der Regierungsmitglieder unter Bundeskanzler Christian Kern (SPÖ) sind weiblich. Das war auch schon anders. Unter Bundeskanzler Alfred Gusenbauer (2007–2008) lag der Ministerinnenanteil bei 43,75 Prozent. Etwas mehr Frauen als Männer in der Regierung, nämlich 30,6 Prozent, finden sich derzeit unter den Abgeordneten des österreichischen Parlaments. Bedenkt man aber, dass der Frauenanteil in der Bevölkerung bei 51,2 Prozent liegt, sind Frauen auch hier unterrepräsentiert.

FRAUENANTEIL IN REGIERUNGEN IN EUROPA	
Island	50 %
Deutschland	38 %
Österreich	27 %
Malta	6 %
Griechenland	0 %
Ungarn	0 %

LÄNDER MIT DEM GERINGSTEN GENDER GAP (2016)	
1.	Island
2.	Finnland
3.	Norwegen
4.	Schweden
5.	Ruanda
…	
13.	Deutschland
52.	Österreich

Deutschland hat beim »Global-Gender-Gap«-Ranking des World Economic Forum zwischen 2015 und 2016 zwei Plätze verloren und liegt derzeit auf Rang 13 von 144 Staaten. 2006 war Deutschland noch unter den fünf Staaten der Welt, die Frauen die besten Chancen boten. Verloren hat Deutschland vor allem bei der wirtschaftlichen Teilhabe von Frauen und im Bildungsbereich. Punkte brachte hingegen, dass das Land seit über einem Jahrzehnt von einer Frau regiert wird.

Österreich lag 2013 noch auf Platz 19, 2016 war es der 52. Platz von insgesamt 144 Staaten. Gründe für die schlechtere Bewertung sind unter anderem: In Österreich sei die Möglichkeit zur Teilhabe an der Wirtschaft gesunken, der Zugang zu sekundärer Bildung sei zu wenig ausgebaut und die politische Repräsentation von Frauen habe sich verschlechtert.

Aufholen konnten beide Länder aber bei der Einkommensschere zwischen Männern und Frauen. Da verbesserte sich Österreich von Rang 104 auf 100 und Deutschland von Platz 101 auf 95.

Im Gender-Gap-Ranking des Weltwirtschaftsforums wird nicht nur die Teilhabe von Frauen an Wirtschaft und Politik gemessen, sondern auch Faktoren wie ihr Zugang zum Bildungs- und Gesundheitssystem und die Verteilung unbezahlter Arbeit zwischen den Geschlechtern. Zuletzt hat sich die wirtschaftliche Kluft zwischen Männern und Frauen sogar wieder geöffnet. Bleibt das Tempo, mit dem die Gleichstellung von Mann und Frau derzeit weltweit betrieben wird, gleich, wird es laut World Economic Forum 170 Jahre dauern, bis endlich Gerechtigkeit zwischen den Geschlechtern herrscht.

LÄNDER MIT DEM GRÖSSTEN GENDER GAP (2016)
1. Jemen
2. Pakistan
3. Syrien
4. Saudi-Arabien
5. Tschad

17. Der Islam hat in Europa nichts verloren

Allah sei fremd im Abendland, hört man immer wieder, der Islam eine kulturfremde Religion, Muslime ein Fremdkörper in unserer Gesellschaft. Tatsächlich ist der Islam schon seit vielen Jahrhunderten bei uns zu Hause. Von muslimischen Arabern haben die Europäer nicht nur das Zahlensystem übernommen, sondern auch gelernt, wie man Papier herstellt.

In einer vom deutschen Institut für Demoskopie Allensbach veröffentlichten Meinungsumfrage beantworteten 63 Prozent der Befragten die Frage »Gehört der Islam zu Deutschland?« mit »Nein«. Im Osten waren es sogar 76 Prozent. In Österreich meinten in einer Umfrage des Market-Instituts 51 Prozent der Befragten, der Islam stelle eine Gefahr für die österreichische Kultur dar.

Das christliche Abendland müsse vor dem Islam gerettet werden, fordern so manche Heilsbringer – und übersehen dabei, dass das Morgenland schon seit Jahrhunderten in Europa zu Hause ist. »Ob der Koran von Ewigkeit sei? Danach frag ich nicht! Dass er das Buch der Bücher sei, glaub ich des Muslimen Pflicht!«, schrieb einst Johann Wolfgang von Goethe. Zu heimischem Kulturgut wurden auch die von der islamischen Gesellschaft inspirierten Märchen des deutschen Dichters Wilhelm Hauff wie »Die Geschichte vom Kalif Storch« oder »Die Geschichte vom kleinen Muck«. Ohne Austausch mit dem Morgenland gäbe es auch keine »Zauberflöte« und keine »Entführung aus dem Serail« von Wolfgang Amadeus Mozart.

Mozart und das Morgenland stießen allerdings Anfang des 21. Jahrhunderts heftig aufeinander: Aus Angst vor muslimischen Protesten setzte die Berliner Oper 2006 die Mozart-Oper »Idomeneo« ab. In der Inszenierung legte der König im Epilog die Köpfe der Religionsgründer Jesus, Buddha und Mohammed auf einen Stuhl. Die Befürchtung der Verantwortlichen war, dass sich dadurch radikale Muslime beleidigt fühlen und die Oper attackieren könnten. Dieser vorauseilende Gehorsam gegenüber religiösen Fundamentalisten wurde aber auch von der islamischen Gemeinde kritisiert.

Islam in Europa

Die heutigen Staaten Spanien und Portugal waren für viele Jahrhunderte unter islamischer Herrschaft. Das von den muslimischen Mauren regierte Reich »al-Andalus« auf der Iberischen Halbinsel bestand vom frühen 8. Jahrhundert nach Christus bis zum Ende der katholischen »Reconquista« (»Rückeroberung«) im Jahr 1492.

Unter islamischer Herrschaft entwickelte sich die spanische Stadt Cordoba im 9. und 10. Jahrhundert zur größten Stadt Europas. Dafür reichten damals allerdings bereits etwas mehr als 100.000 Einwohner. Auch die Urlaubsinsel Mallorca hatte zwischen 903 und 1229 muslimische Herrscher. Durch die Araber gelangten Erfindungen wie das Wasserrad nach Europa, das die Bewässerung trockener Gebiete ermöglichte, aber auch Kulturpflanzen wie Reis, Zitrusfrüchte oder Baumwolle. Auch das Papier, das die Araber im 7. Jahrhundert in China kennengelernt hatten, kam so nach Europa. Erst dadurch gelang auch bei uns der Übergang von einer mündlichen zu einer schriftlichen Kultur. Während dieser Perioden lernten die Europäer von den muslimischen Eroberern unter anderem das Zahlensystem, weshalb wir noch heute von »arabischen Ziffern« sprechen. In der Astronomie, der Medizin, der Landwirtschaft gab es ebenso einen starken Wissenstransfer, der Europa veränderte.

Auch die italienische Insel Sizilien war einmal islamisch. Im 9. und 10. Jahrhundert hatten Muslime dort das Sagen. Und in Frankreich waren im 8. Jahrhundert Städte wie Avignon, Bordeaux oder Toulouse zumindest für kurze Zeit in der Hand muslimischer Araber. Die Eroberungen und Rückeroberungen erfolgten meist mit kriegerischen Mitteln.

Friedlicher ging es in Polen zu: Dort ist seit dem Jahr 1679 eine islamische Minderheit heimisch. Die Vorfahren der polnisch-muslimischen Tataren hatten in der polnisch-litauischen Armee für den polnischen König Jan Sobieski gegen die Osmanen gekämpft. Weil Sobieski kein Geld hatte, bezahlte er seine tatarischen Söldner mit Land.

Bulgarien hat seit dem 14. Jahrhundert eine alteingesessene islamische Gemeinschaft. Mit etwa 15 Prozent Muslimen ist das Land jenes mit dem höchsten Anteil an Muslimen in der EU. Ebenfalls eine lange Tradition hat der Islam in europäischen Staaten wie Bosnien oder Albanien.

Islam in Österreich

Besonders frühe Spuren islamischer Kultur finden sich in Österreich. Die ersten Kontakte zwischen muslimischen Händlern und einheimischer Bevölkerung sind im 9. Jahrhundert nachgewiesen, noch bevor der Name »Ostarrichi« erstmals urkundlich erwähnt worden war. Stark im historischen Gedächtnis verankert haben sich die zwei osmanischen Türkenbelagerungen in Österreich in den Jahren 1529 und 1683, obwohl diese nur sechs bzw. 61 Tage dauerten. Danach waren die Kontakte friedlicherer Natur. 1730 etablierte sich eine Kolonie türkischer Kaufleute in Wien, 1754 gründete Kaiserin Maria Theresia die erste »k.u.k. Akademie für orientalische Sprachen«.

Im Jahr 1878, mit der Besetzung von Bosnien und der Herzegowina, gelangten etwa 600.000 Muslime unter österreichisch-ungarische Herrschaft. Ab 1885 waren Muslime auch Teil der österreichischen Armee. Für sie wurde in Wien sogar eine eigene Militärmoschee eingerichtet. Seit 1912 ist der Islam in Österreich eine anerkannte Religion.

In Österreich leben derzeit laut Schätzungen des Integrationsministeriums etwa 600.000 Muslime. Das entspricht einem Bevölkerungsanteil von 7 Prozent. Der Großteil stammt aus der Türkei, gefolgt von Bosnien und den Ländern des Nahen Ostens.

Islam in Deutschland

Anders als in Österreich hat der Islam in Deutschland bis heute nicht dieselbe rechtliche Stellung wie andere Religionsgemeinschaften. Vielmehr ist die Dachorganisation muslimischer Gemeinden, der »Zentralrat der Muslime«, als Verein organisiert. Nur das Bundesland Hessen anerkannte 2013 eine islamische Vereinigung als Körperschaft öffentlichen Rechts. Dadurch wurde die Vereinigung »Ahmadiyya Muslim Jamaat« im Bundesland Hessen mit anderen Religionsgemeinschaften wie der katholischen Kirche oder der Jüdischen Gemeinde gleichgestellt.

Aber auch in Deutschland sagte der damalige Innenminister im Jahr 2006: »Der Islam ist Teil Deutschlands und Europas.«[58] Der damalige Bundespräsident Christian Wulff hat diese Aussage am 3. Oktober 2010 bei seiner Rede zum 20. Jahrestag der deutschen Wiedervereinigung bekräftigt: »Das Christentum gehört zweifelsfrei zu Deutschland. Das Judentum gehört zweifelsfrei zu Deutschland. Das ist unsere christlich-jüdische Geschichte. Aber der Islam gehört inzwischen auch zu Deutschland.«[59]

Die gemeinsame Geschichte Deutschlands mit dem Islam ist viele Jahrhunderte alt. Schon 798 schickte der damalige König von Asturien Karl dem Großen sieben muslimische Kriegsgefangene als Freundschaftsgabe nach Aachen. Mehr Eindruck hinterließ allerdings ein Elefant, den der Kalif von Bagdad im Jahr 802 an den Hof Karl des Großen bringen ließ. Die ersten dauerhaft in Deutschland lebenden Muslime waren Kriegsgefangene der Türkenkriege. Zeugnisse dieser Epoche sind islamische Grabsteine in Brake bei Lemgo aus dem Jahr 1689 und in Hannover 1691.

1731 rekrutierte Preußenkönig Friedrich Wilhelm I. 20 türkische Soldaten für seine Garde. Unter Friedrich dem Großen (1712–1786) dienten bereits 1.000 Muslime in der Armee. Für sie wurde sogar ein eigener muslimischer Vorbeter (Imam) ernannt.

Ab etwa 1922 hatte Deutschland eine erste deutschstämmige islamische Gemeinde. Die älteste noch bestehende Moschee in Deutschland ist die Lahore-Ahmadiyya-Moschee in Berlin-Wilmersdorf. Sie wurde 1928 eröffnet.

Selbst unter den Nationalsozialisten kämpften in der Wehrmacht muslimische Bataillone, die auf dem rechten Oberarm ihrer deutschen Felduniformen Abzeichen mit dem Halbmond, einer Moschee und gekreuzten Krummsäbeln trugen. Sogar in der Waffen-SS gab es muslimische Einheiten. Es gab aber auch Muslime, die Juden vor den Nazis retteten. Zum Beispiel der aus Ägypten stammende Arzt Mohamed Helmy, der in den 1940er-Jahren in Berlin lebte. Er versteckte jüdische Freunde in seiner Wohnung und rettete sie dadurch vor der Ermordung in den Konzentrationslagern der Nazis.

Die heutigen Muslime in Deutschland und Österreich sind aber überwiegend Nachfahren der in den 1960er- und 1970er-Jahren als Gastarbeiter nach Deutschland gekommenen Türken und Bosnier. Seit 2015 zahlreiche Muslime aus Ländern des Nahen Osten als Flüchtlinge ins Land kamen, hat sich das geändert. 2015 schätzte das Bundesamt für Migration und Flüchtlinge die Zahl der Muslime in Deutschland auf zwischen 4,4 und 4,7 Millionen. Das entspricht einem Bevölkerungsanteil von 5,4 bis 5,7 Prozent. Etwas mehr als 50 Prozent der Muslime haben ihre Wurzeln in der Türkei, die nächstgroße Gruppe (17,1 Prozent) stammt aus dem Nahen Osten.

Man kann die Frage, ob der Islam zu Europa, zu Deutschland und Österreich gehört, auf unterschiedliche Weisen betrachten: Historisch teilen Europa und der Islam eine Geschichte, die viele Jahrhunderte alt ist. Kulturell und wirtschaftlich gesehen gibt es einen viele Jahrhunderte währenden Austausch. Auch militärisch dienten Muslime mit Deutschen und Österreichern seit bald drei Jahrhunderten in denselben Armeen und haben auch während beider Weltkriege gemeinsam gekämpft. Faktisch hat sich die islamische Gemeinschaft in Europa in den vergangenen Jahrzehnten zu einer großen Religionsgemeinschaft entwickelt.

Egal wie man es betrachtet, eines stimmt jedenfalls nicht: dass der Islam in Europa nichts verloren hätte. Schließlich meinte Goethe schon vor 200 Jahren: »Wer sich selbst und andere kennt, wird auch hier erkennen: Orient und Okzident sind nicht mehr zu trennen.«

18. Das Kopftuch ist ein politisches Symbol

Nur eine Minderheit aller Musliminnen in Deutschland trägt außer Haus regelmäßig ein Kopftuch: Die Mehrheit davon bedeckt ihren Kopf freiwillig. Das Hauptmotiv für das Tragen eines Kopftuchs liegt in einer religiösen Überzeugung.[60] Dies deutet darauf hin, dass die Betroffenen selbst das Kopftuch nicht als Symbol ihrer Unterdrückung empfinden. Wie soll man also mit dem Kopftuch umgehen? Die beste Antwort auf diese Frage haben muslimische Frauen selbst. Das »Aktionsbündnis muslimischer Frauen in Deutschland«, das Frauen aller muslimischen Richtungen und Prägungen vereint, besteht auf dem freien Wahlrecht aller Frauen weltweit: Keine soll zum Tragen des Hidschab gezwungen werden, aber jede soll dazu berechtigt sein. Denn es besteht kein Unterschied, ob man eine Frau dazu zwingt, ein Kopftuch zu tragen, oder ob man es ihr verbietet. Sowohl die Kopftuchpflicht als auch ein Verbot sind Beschränkungen des freien Willens und damit Ausdruck von Unterdrückung. Wer Frauen ernst nimmt, überlässt die Entscheidung ihnen selbst – auch oder gerade wenn sie Musliminnen sind.

Ein kleines Stück Stoff sorgt für Aufregung. Es sei ein politisches Statement, unterdrücke die Frauen und verhindere die Integration. Kann ein Kopftuch tatsächlich eine solche Wirkung entfalten?

Bei genauerer Betrachtung wird die Angelegenheit noch rätselhafter. Nicht jedes Kopftuch regt auf. Entscheidend ist, wer es trägt. Erst wenn ein Kopftuch das Haupthaar einer Muslimin verhüllt, wird es vom Modeaccessoire zur politischen Botschaft, zum Unterdrückungsinstrument und Integrationshindernis. Seit bald zehn Jahren flammt in Deutschland und Österreich immer wieder die Diskussion auf, ob man muslimischen Frauen das Tragen eines Kopftuchs in der Öffentlichkeit oder zumindest an bestimmten Orten (z.B. Ämtern, Schulen, Gerichten) verbieten soll.

Argumente gegen das Kopftuch

»Wir leben in einem Land, das an christlichen und demokratischen Werten orientiert ist. Das Kopftuch wird von uns als Symbol der Unterdrückung der Frau und fehlender Gleichberechtigung betrachtet. Es widerspricht somit nicht nur den entsprechenden Bestimmungen des Grundgesetzes, sondern auch den Werten, die wir unseren Schülerinnen und Schülern vermitteln wollen. Das Tragen von Kopftüchern ist deshalb an unserer Schule unerwünscht.«

(Brief des Schulleiters der Düsseldorfer Anne-Frank-Realschule an die Eltern im Jahr 2008 zur Begründung für das Kopftuchverbot im Unterricht[61])

Ist das Kopftuch muslimisch?

Es gibt unterschiedlichste Arten von Kopftüchern. Kopftücher werden von Bäuerinnen, Ordensschwestern und Marathonläufern getragen. In den 1960er-Jahren setzte die Schauspielerin und spätere Fürstin von Monaco, Grace Kelly, mit großen, dunklen Sonnenbrillen und einem das Haupthaar eng verdeckenden Kopftuch einen Modetrend, dem die weiblichen Stars der damaligen Zeit, von Marilyn Monroe bis Janis Joplin, folgten. Im deutschen Sprachraum waren goldbestickte Kopftücher beim sonntäglichen Kirchgang das Erkennungszeichen gutsituierter Bürgerfrauen. Katholikinnen tragen noch heute Kopftuch, wenn sie zur Papstaudienz zugelassen werden. Das Kopftuch ist traditioneller Bestandteil vieler alpenländischer Trachten. Krebskranke Männer und Frauen tragen Kopftücher, um den durch Chemo- und Strahlentherapie bedingten Haarausfall zu verbergen. Radsportler tragen es unter dem Helm, um den Schweiß aufzufangen.

Das Kopftuch ist also nicht typisch muslimisch. Doch wenn von »dem Kopftuch« als Symbol und Instrument der Unterdrückung von Frauen die Rede ist, sind alle diese Kopftücher nicht gemeint. Gemeint sind dann von Musliminnen getragene Kopftücher. Weil der Islam frauenfeindlich sei und das Kopftuch ein äußeres Zeichen der Unterdrückung muslimischer Frauen.

Ist das Kopftuchtragen eine religiöse Pflicht?
Ob der Islam eine religiöse Verpflichtung zur »Bedeckung« vorsieht, ist unter muslimischen Gelehrten umstritten. Zwar befürwortet eine Mehrheit das Bestehen einer solchen Pflicht. Einzelne Glaubensrichtungen, etwa die Aleviten, lehnen dies aber ab oder sehen eine Verpflichtung der Frau zur Bedeckung nur, während sie betet. Selbst unter jenen, die eine solche religiöse Verpflichtung behaupten, ist deren Ausmaß umstritten. Das Spektrum reicht von einer Pflicht zur Verhüllung vor allem des Haupthaars bis zu einer Pflicht zur Ganzkörperverhüllung, die lediglich ein vergittertes Sichtfenster für die Augen freilässt.

»Das Kopftuch« wurde zum Schlagwort politischer Diskussionen über Frauenrechte im Islam und die Integrationswilligkeit muslimischer Zuwanderer. Dieses Schlagwort übersieht, dass selbst jene Muslime, die von einer religiösen Verpflichtung zur Bedeckung einzelner oder aller Körperteile muslimischer Frauen ausgehen, gar nicht von einer »Kopftuchpflicht« sprechen. Sie sprechen vom Hidschab.

Entgegen der europäischen Wahrnehmung beschränkt sich der Hidschab als Kleidervorschrift für Musliminnen aber nicht auf das Bedecken der Haare durch ein Kopftuch. Gläubige Musliminnen verstehen darunter vorrangig einen islamisch begründeten Kleidungsstil, dessen Zweck in der Bedeckung aller Körperteile – ausgenommen Hände, Füße und Gesicht – liegt. Diese Kleidung ist körperfern und weit geschnitten. Das Kopftuch selbst ist nur ein Detail dieses Kleidungsstils. Dennoch entzündet sich die öffentliche Diskussion immer an diesem Detail und lässt den – für die meisten Menschen offenbar weitaus weniger auffälligen – Rest unberücksichtigt.

Ist das Kopftuch ein Symbol weiblicher Unterdrückung?

Manche Textstellen im Koran vermitteln ein Frauenbild, das einem aufgeschlossenen westlich geprägten Weltbild entgegensteht. So weist Mohammed gläubige Frauen an, zu Hause zu bleiben: »Wenn ihr gottesfürchtig seid, so seid nicht entgegenkommend in der Rede [mit fremden Männern; Anm.], sodass der, in dessen Herz Krankheit ist, lüstern wird, sondern sprecht geziemende Worte. Und sitzet still in euren Häusern und schmücket euch nicht wie in der früheren Zeit der Unwissenheit.«[62]

Aber auch das Frauenbild der Bibel ist in weiten Teilen nicht besonders modern. Dennoch nimmt das christlich geprägte Europa für sich in Anspruch, Frauenrechte zu achten und gegen die Unterdrückung von Frauen anzukämpfen. Archaische Textstellen in den »heiligen« Büchern einer Religion bedeuten also nicht automatisch, dass von dieser Religion geprägte Gesellschaften frauenverachtend oder -unterdrückend agieren.

Wieso gehen viele dennoch davon aus, dass der Islam Frauen benachteilige? Kaum sehen wir Kopftücher und Totalverschleierungen, fühlen wir uns in unserer Meinung bestätigt, dass der Islam rückständig und frauenfeindlich sei. Aber was wissen die meisten von uns schon über die Frauenrolle im Islam? Wer weiß denn, dass im Islam auch Frauen hohe religiöse Positionen bekleiden können? Zum Beispiel gibt es weibliche Imame. Sie leiten Gebete, predigen und geben Koranstunden – unter anderem auch in Deutschland.[63] Auch Mohammeds Ehefrau Chadidscha war durchaus emanzipiert: Sie war Geschäftsfrau und sogar wohlhabender als der Prophet.

Bedeckt – offen

»Bedeckt« oder »offen« sind die Begriffe, die deutschsprachige muslimische Frauen für die Unterscheidung verwenden, ob sich eine Frau aus religiösen Gründen zur »Bedeckung« bestimmter Körperpartien verpflichtet fühlt (und dieser Verpflichtung folgt). Wer sich »bedeckt« oder wer »bedeckt ist«, achtet die Bedeckungspflicht in einer ihrer Ausprägungen (Hidschab). »Offen« sind Frauen, die diese Verpflichtung nicht anerkennen bzw. sie nicht befolgen.

Zwar sind Wissensträger und Meinungsführer innerhalb der islamischen Religionsgemeinschaft auch in Europa noch zu einem großen Teil Männer. Das bedeutet aber nicht, dass der Islam an sich frauenfeindlich ist. Es gibt muslimische Feministinnen, die gerade mit dem Hinweis auf den Koran Frauenrechte einfordern. In Deutschland ist beispielsweise das »Zentrum Islamischer Frauenforschung und Frauenförderung« aktiv. Ein Schwerpunkt weiblicher muslimischer Gelehrter ist, andere Frauen in islamischer Theologie zu bilden. Sie wollen die derzeit vorherrschende männliche Dominanz im Bereich islamischen Wissens durchbrechen und ermutigen Frauen zu einem theologischen Hochschulstudium.[64]

Kufiya – das Kopftuch für Männer

Die arabische Welt kennt nicht nur Kopftücher für Frauen. Die Kufiya ist ein rot-weißes Kopftuch, das in vielen arabischen Ländern traditionell von Männern getragen wird. Seine schwarz-weiße Version kennt man in Österreich und Deutschland als »Palästinensertuch«.

Der arabische Mann trägt die Kufiya traditionell als Sonnenschutz. Die Trageweise des quadratischen Tuchs ist regional unterschiedlich. Im Oman bindet man es zum Turban

(Keffiyeh), in Palästina trägt man die Kufiya direkt am Kopf, in den arabischen Emiraten über einer dünnen Mütze.
Während des Zweiten Weltkriegs übernahmen britische Truppen in Nordafrika und dem arabischen Raum die Kufiya wegen ihres Tragekomforts in ihre Ausrüstung. Heute tragen US-Soldaten und Soldaten der Bundeswehr die Kufiya bei ihren Einsätzen in Afghanistan.
Im Nahostkonflikt entwickelte sich die Kufiya zum Symbol der kämpfenden Palästinenser. Die Kufiya als Nationalsymbol der Palästinenser war auch Markenzeichen des berühmten Palästinenserführers Jassir Arafat.
In den 1970er-Jahren nahmen die studentische Linke und andere linke Jugendsubkulturen in Österreich und Deutschland die Kufiya in ihren Modekanon auf. Neuerdings tragen auch Rechtsextremisten und Neonazis das Kopftuch, dessen Name sich von der irakischen Stadt Kufa ableitet.
Im Unterschied zu den von muslimischen Frauen getragenen Kopftüchern lässt sich die Kufiya ihrer Symbolkraft nach klar zuordnen. Dieses Kopftuch hatte nie religiöse Bedeutung. In weiten Teilen des arabischen Raums ist es einfach ein traditionelles Kleidungsstück, das vor der Sonne schützt. Für Palästinenser ist es Symbol ihres Unabhängigkeitskampfs. In unseren Breiten messen ihm sowohl linke als auch äußerst rechte Gruppierungen als Erkennungszeichen politische Symbolkraft bei.

Viele islamische Feministinnen stehen der vor allem in Frankreich, Deutschland und Österreich geführten Kopftuchdebatte ablehnend gegenüber. Denn nach ihrer Überzeugung ist das Kopftuch allenfalls ein Randproblem. Und die intensive Debatte über dieses Randproblem lenkt von Problemen ab, mit denen muslimische Frauen in vielen Staaten tatsächlich zu kämpfen haben.[65] So bleiben in manchen muslimisch geprägten Staaten Vergewaltigungen für die männlichen Täter straflos (oder werden bloß mit geringfügigen Strafen geahndet), während den weiblichen Vergewaltigungsopfern manchmal die Todesstrafe durch Steinigung droht, weil sie »unerlaubten« Sex hatten. Ob sie wollten oder nicht, ist für einige muslimische Fanatiker unerheblich. In anderen Staaten ist Frauen das Autofahren verboten (z.B. in Saudi-Arabien) oder der Zugang zu Bildung faktisch verwehrt (z.B. in einigen Regionen von Afghanistan und Pakistan). Anderswo sind Zwangsehen üblich, bei denen halbwüchsige Mädchen noch vor Eintritt der Pubertät und gegen ihren Willen an erwachsene, manchmal schon ältere Männer »verheiratet« werden. Wer sich ernsthaft für die Rechte muslimischer Frauen engagieren will, habe also drängendere Probleme als die Kopftuchdebatte.

»Das Kopftuch« gibt es nicht – Arten muslimischer Bedeckungen

Burka: Stofftuch, das den Körper vollständig verhüllt. Auf dem Rücken bodenlang, vorne oft nur bis zur Hüfte reichend, ist die Burka eine Ganzkörperverschleierung, die insbesondere in Afghanistan und Pakistan getragen wird. Die afghanische Burka verfügt im Gesichtsbereich über ein Sichtfenster aus einem Stoffgitter, das der vollverschleierten Frau eine beschränkte »Außensicht« ermöglicht. Pakistanische Burkas lassen den Augenbereich meist frei.

Carsaf: türkische Vollverschleierung. Carsaf bedeutet »Betttuch«. Der Carsaf ist schwarz und besteht meist aus zwei Teilen – einem Tuch, das bis über die Hüfte herabhängt, und einem bodenlangen Rock.

Hidschab (auch Hijab): islamisch begründeter Kleidungsstil, dessen Zweck in der Bedeckung aller Körperteile mit Ausnahme der Hände, der Füße und des Gesichts liegt.

Niqab: schwarzer Gesichtsschleier, der meist in Verbindung mit einem anderen langen schwarzen Kleidungsstück getragen wird. Oft wird der Niqab mit dem Tschador kombiniert. Der Niqab ist vor allem in Saudi-Arabien und im Jemen, aber auch in Syrien, dem Irak und Jordanien sowie in einzelnen nordafrikanischen Staaten verbreitet.

Tschador: iranische Spielart der Vollverschleierung. Er besteht aus einem – meist schwarzen – halbkreisförmigen Tuch, das sich die Frau als Umhang überwirft, sodass es lediglich das Gesicht oder Teile des Gesichts freilässt.

Ist nun das Kopftuch Ausdruck einer religiös motivierten Unterdrückung? Wenn dem so wäre, müsste der (unterdrückte) Großteil aller Frauen islamischen Glaubens Kopftuch tragen. Aber über 70 Prozent aller Musliminnen in Deutschland tragen kein Kopftuch. Selbst von jenen Frauen, die sich selbst als stark gläubig bezeichnen, verzichtet mehr als die Hälfte auf das Kopftuch. So kommt es, dass tatsächlich nur 25 Prozent aller Musliminnen in Deutschland außer Haus immer ein Kopftuch tragen.[66] Werden diese Frauen dazu gezwungen, ihr Haupt zu bedecken? Nein. Die Mehrheit gibt an, sich selbst dazu entschieden zu haben.[67]

19. Wer ein Kopftuch trägt, will sich nicht integrieren

Das Kopftuch mag durchaus manchmal Ausdruck sehr traditioneller muslimischer Überzeugungen sein. Diese können den Überzeugungen einer aufgeklärten Gesellschaft tatsächlich entgegenstehen. Einzelaspekte des Kopftuchtragens können aber auch integrationsfördernde Wirkung haben. Auch der Schluss, dass Kopftuchträgerinnen prinzipiell rückständig sind und aus westlicher Sicht überkommenen Überzeugungen anhängen, ist falsch. Das Kopftuch selbst behindert die Integration nicht. Allerdings wird es manchmal zum Integrationshindernis gemacht: durch die Mehrheitsgesellschaft, die Kopftuchträgerinnen nicht als gleichwertig akzeptiert.

In Medienberichten über integrationsunwillige Zuwanderer taucht ein Bildsujet verlässlich auf: Frauen mit Kopftuch. Mit diesen Bildern wird eine Botschaft transportiert, die wir alle verstehen: Diese Frauen sind alten Denkmustern verhaftet, die dem »aufgeklärten Europa« entgegenstehen. Aber stimmt das tatsächlich? Ist das Kopftuch Ausdruck eines Unwillens, Teil unserer Wertegemeinschaft zu werden? Verhindert es gar die Integration seiner Trägerin?

Tatsächlich ist das Kopftuch für viele muslimische Frauen vor allem eines: äußeres Erkennungszeichen ihrer Religiosität. 97 Prozent aller muslimischen Kopftuchträgerinnen geben auf Befragen an, das Kopftuch aufgrund einer empfundenen religiösen Verpflichtung zu tragen. Die überwiegende Mehrzahl dieser religiösen Kopftuchträgerinnen gibt auch an, dass die islamische Religion der christlichen überlegen sei. Immerhin noch ein Drittel lehnt sogar die Aussage ab, dass alle Menschen unabhängig von ihrem Glauben vor Gott gleich seien.[68] Mit der von diesen Kopftuchträgerinnen ausgedrückten Religiosität schwingen also auch Überzeugungen mit, die eine Integration in eine aufgeklärte, säkularisierte Gesellschaft zumindest nicht erleichtern.

Kopftuch als Integrationshindernis?
67 Prozent der Österreicher sind der Meinung, dass das Kopftuch das größte Integrationshindernis sei. Das islamische Religionsbekenntnis selbst werten »nur« 33 Prozent als großes Hindernis.[69]

In derselben Studie gaben aber auch 87 Prozent der befragten Kopftuchträgerinnen an, dass ihnen das Kopftuch Selbstvertrauen gebe. Das Tragen eines Kopftuchs stärkt diese Frauen in ihrem Auftreten, da sie von anderen Muslimen als gläubige Musliminnen erkannt und respektiert werden. Das Kopftuch verschafft ihnen Respekt im Alltag und erleichtert den Zugang zum Berufsleben. Mit Kopftuch können sich diese Frauen leichter gegenüber männlicher Konkurrenz, Mitarbeitern und Kunden beweisen. Es öffnet ihnen sogar die Tür in »typisch männliche« Berufe, zum Beispiel als selbstständige Autohändlerin.[70]

Frauen, die eine Bildungseinrichtung besuchen oder einen Beruf ausüben, müssen ihr Zuhause und damit den Kreis ihrer Familie regelmäßig für mehrere Stunden verlassen. Diese Frauen bauen zwangsläufig außerfamiliäre Kontakte und freundschaftliche Beziehungen auf. Gerade darum geht es aber auch bei Integration – die Einbeziehung von Menschen in das bestehende Beziehungsgeflecht, am Arbeitsplatz, in der Nachbarschaft, im Freundeskreis.

Manche Frau nützt das Kopftuch auch gezielt, um mit den Erwartungen der eigenen, konservativ geprägten Familie zurechtzukommen. So fällt jungen Mädchen aus traditionell geprägten muslimischen Elternhäusern die Durchsetzung ihres Studienwunsches oft leichter, wenn sie ein Kopftuch tragen. Die sittsam-strenge Bedeckung des Haars entkräftet den Verdacht der Familie, die Tochter wolle bloß auf die Universität, um sich zu amüsieren. Ein Kopftuch zu tragen eröffnet also manchem muslimischen Mädchen die Möglichkeit, seinen Aktionsradius zu erweitern.[71]

Mancher Patriarch verlangt von seinen Töchtern tatsächlich auch heute noch, außer Haus ein Kopftuch zu tragen. Mädchen aus solchen Familien wäre der Besuch einer Bildungseinrichtung, an der ein Kopftuchverbot herrscht, schlichtweg unmöglich. Anstatt mit gleichaltrigen Jugendlichen in die Schule oder auf die Universität zu gehen, Freundschaften zu schließen und so auch Familien ohne Migrationshintergrund kennenzulernen, müssten diese Mädchen zu Hause bleiben. Echte Integration ist unter diesen Umständen nicht möglich. Die oft unter dem Deckmantel der »Integrationsförderung« geforderten Kopftuchverbote erleichtern Integration also keineswegs. Sie sind vielmehr ein Integrationshemmnis.

Dass Kopftuchverbote nicht zu mehr Bewegungsspielraum für muslimische Frauen führen, lässt sich in deutschen und österreichischen Freibädern beobachten. Zwar unterstützen viele Muslime, dass ihre jugendlichen Töchter schwimmen lernen. Viele junge muslimische Frauen tragen dabei einen Burkini, einen Ganzkörper-Schwimmanzug, um auch im Freibad jene Kleidungsvorschriften zu achten, deren Einhaltung sie als religiöse Verpflichtung begreifen. In manchen Bädern ist die Benützung der Schwimmbecken in dieser Bekleidung allerdings verboten. In Frankreich wurde 2016 sogar an den Stränden der Côte d'Azur ein Burkiniverbot erlassen, das das oberste Verwaltungsgericht jedoch aufhob.

Die Konsequenz eines Burkiniverbots: Viele der betroffenen Mädchen und Frauen besuchen gar keine Freibäder mehr. Anstatt wie »ganz normale« Jugendliche im Freibad abzuhängen, müssen die Mädchen zu Hause bleiben. Resultat des antimuslimischen Bekleidungsverbots: Die muslimischen Mädchen bleiben unter sich, ihre Brüder und die nicht-muslimischen Klassenkollegen feiern am Pool. Integration sieht anders aus.

Dabei hatte die Erfinderin des Burkini, die libanesischstämmige Australierin Aheda Zanetti, genau das Gegenteil im Sinn, als sie ihren ersten Burkini schneiderte. Dieses Kleidungsstück sollte muslimischen Frauen die Möglichkeit geben, sich leichter in die Gesellschaft zu integrieren. Weil die Sportkleidung ihrer Nichte, ebenfalls gläubige Muslimin, die unter ihren Shorts noch Leggins trug, so unbequem aussah, nähte Zanetti ihr ein Sportgewand, das bequem war und den Bekleidungsvorschriften gläubiger Musliminnen entsprach. Daraus entstand der Burkini, den die Australierin seit 2004 weltweit verkauft. Sie wolle nicht, dass der Burkini zum Politikum werde, erklärte die Designerin, sondern lediglich muslimischen Frauen die Möglichkeit geben, wie alle anderen Sport zu betreiben. 2007 warb auch der australische Rettungsschwimmerverband gezielt in der islamischen Community um neue Mitglieder. Seitdem wird an Australiens Stränden auch im Burkini Leben gerettet.

Dass Kopftuchverbote den Bewegungsspielraum von Frauen beschränken, ist auch historisch belegt. In den 1930er-Jahren erließ der prowestlich orientierte persische Schah (das damalige iranische Staatsoberhaupt) ein Kopftuchverbot und wies seine Polizei an, dieses auch durchzusetzen. Damit wollte der Schah die konservativ geprägte persische Gesellschaft den westlichen Idealen öffnen. Die Wirkung des Kopftuchverbots war aber eine andere: Manche Frauen trauten sich jahrelang nicht auf die Straße, weil sie nicht so »entblößt« von fremden Männern gesehen werden oder so freizügig gekleidete Frauen nicht anschauen wollten. Durch das Kopftuchverbot fühlten sich diese Frauen dazu genötigt, jenen Bereich nicht mehr zu verlassen, innerhalb dessen das Tragen des Kopftuchs ihrem Glauben nach nicht vorgeschrieben war – den eigenen Haushalt und den engsten Familienkreis. Ganz egal, ob diese Frauen diesen Entschluss aus einer selbst empfundenen religiösen Verpflichtung heraus fassten oder auf Anordnung »mächtigerer« Familienmitglieder (Väter, Brüder, ältere Frauen), gegen die sie sich nicht durchsetzen konnten – die Wirkung war dieselbe. Frauen, die sich vor dem Kopftuchverbot am gesellschaftlichen Geschehen beteiligt hatten, waren plötzlich zu jahrelangem Hausarrest gezwungen. Entgegen der Absicht des Schahs hat das Kopftuchverbot also nicht zu mehr Rechten und Bewegungsspielraum für Frauen geführt. Stattdessen hat es vorhandene Bewegungsfreiheiten der betroffenen Frauen vernichtet und ihren Aktionsradius auf den engsten Familienkreis eingeschränkt.

»Es ist wichtig, was wir im, nicht was wir auf dem Kopf haben.«
Magdoulin Obeida (Libyen)[72]

Es funktioniert aber auch andersrum. Der deutsche Sportverein Borussia Hannover hat in seinem Klubhaus abschließbare Umkleideräume und strikt nach Geschlechtern getrennte Duschkabinen eingerichtet, die nur von einer Seite zugänglich sind. Das kommt den Bedürfnissen muslimischer Sportlerinnen entgegen. In den fünf Frauen- und Mädchenteams von Borussia Hannover kicken inzwischen etwa 50 muslimische Mädchen. Wer auf muslimische Bedürfnisse Rücksicht nimmt, erzielt mit etwas Glück seine Integrationserfolge »automatisch und nebenbei«.[73]

Fußballspielende Kopftuchträgerinnen – das passt nicht in das Klischeebild der integrationsunwilligen Kopftuchfrauen. Trotzdem: 63,6 Prozent aller Kopftuchträgerinnen fühlen sich stark bzw. sehr stark mit Deutschland verbunden.[74] Das klingt gar nicht nach mangelhafter Integration. Vielmehr sind offenbar zwei Drittel selbst der »Problemfälle« sehr gut integriert.

Auch in Beziehungsfragen dürften Kopftuchträgerinnen nicht weniger aufgeschlossen sein als ihre kopftuchlosen Altersgenossinnen. Eine in Deutschland durchgeführte Studie ergab, dass kopftuchtragende Frauen keineswegs hinter ihren männlichen Partnern zurückstehen wollen. Sie wünschen sich im gleichen Ausmaß gleichberechtigte Partnerschaften wie die durchschnittliche deutsche Frau. Das Kopftuch lässt also keinen Rückschluss zu, ob eine Frau Gleichberechtigung oder die Unterordnung unter einen Patriarchen wünscht. Auch auf dieser Ebene ist das Kopftuch kein Integrationshindernis.

Kopftuchverbot

Im Januar 2017 hat die österreichische Bundesregierung ein Kopftuchverbot für bestimmte Bereiche der öffentlichen Verwaltung beschlossen. Es soll vor allem für Polizistinnen, Richter und Staatsanwälte gelten. Auch in Deutschland wird immer wieder über ein Kopftuchverbot im öffentlichen Dienst diskutiert.

Andere Staaten pflegen einen pragmatischeren Umgang mit dem Kopftuch. Die berühmten Mounties der Royal Canadian Mounted Police (RCMP) sind mit ihrem knallroten Waffenrock, schwarzen Reiterstiefeln und dem breitkrempigen Hut ein weltbekanntes Aushängeschild der kanadischen Polizei. Seit 1990 dürfen Sikhs im Dienst der RCMP Turban tragen. Im Sommer 2016 hat die kanadische Regierung auch den Hidschab für kanadische Polizistinnen zugelassen. Die Bekleidungsregeln der Mounties erlauben nun, zum roten Waffenrock das Kopf und Brust bedeckende Kopftuch gläubiger Muslimas zu tragen. Ralph Goodale, Minister für öffentliche Sicherheit, erklärte, dass diese Änderung die Vielfalt des Landes widerspiegeln soll. Auch will er damit mehr Muslimas als Polizistinnen gewinnen. Ebenfalls im Sommer 2016 hat Großbritannien das Kopftuch als offiziellen Bestandteil der Polizeiuniform zugelassen. Britische Polizistinnen können seitdem den Hidschab zur offiziellen Polizeiuniform tragen. Auch in Großbritannien begründet die

Polizei dies mit der Notwendigkeit, mehr muslimische Frauen für den Polizeidienst zu gewinnen. Für Deutschland hat die Polizeigewerkschaft eine solche Regelung abgelehnt. Das Kopftuch für deutsche Polizistinnen zuzulassen sei »so absurd, dass es sich nicht wirklich lohnt, über solchen Unsinn auch nur nachzudenken«, sagte Rainer Wendt, Bundesvorsitzender der deutschen Polizeigewerkschaft.[75]

In Österreich ist das Problem derzeit übrigens bloß ein theoretisches. Weder im uniformierten Polizeidienst noch bei den Richtern und Staatsanwälten gibt es aktuell muslimische Dienstnehmerinnen, die während ihrer Arbeitszeit den Hidschab tragen wollen.

Die Frage ist aber nicht nur, ob sich jemand integrieren will, sondern auch, ob diese Person von der Mehrheitsgesellschaft angenommen wird. Was nützen Integrationsanstrengungen, wenn man vom eigenen Umfeld ohnehin nicht akzeptiert wird? Dieser Teilaspekt der Integration liegt außerhalb des Einflussbereichs der Kopftuchträgerinnen. Ob dieser Teilaspekt besser oder schlechter funktioniert, kann nur die Mehrheitsgesellschaft beeinflussen. Und da gibt es noch viel zu tun: 35,1 Prozent aller Ausbildungsbetriebe in Deutschland gaben in einer Umfrage an, keine Frauen mit Kopftuch einzustellen.[76] Auf dem Arbeitsmarkt ist das Kopftuch also eindeutig ein Integrationshindernis – aber nicht, weil sich Kopftuchträgerinnen nicht integrieren, sondern weil die Arbeitswelt ihnen die Integration verweigert.

20. Der Islam ist eine kriegerische Religion

»Der Islam« ist weder eine friedliche noch eine kriegerische Religion. Warum? Es gibt ihn schlichtweg nicht. Es gibt bloß, was seine Gläubigen daraus machen. Das gilt übrigens für jede Religion. Im Guten wie im Schlechten. Deshalb gehört auch der Djihadismus zum Islam. Als Randerscheinung – denn die allermeisten Muslime wollen kein Blutvergießen im Namen ihrer Religion, sondern dasselbe wie die allermeisten Christen, Juden, Buddhisten und der Rest der Welt: ein Leben in Frieden.

Schon seit den Terrorattacken von 9/11 in New York und den weltweiten Anschlägen des Terrornetzwerks Al Kaida, spätestens aber seit den Anschlägen des »Islamischen Staats« (IS) in Paris, Nizza, Berlin und anderen europäischen Städten sowie dem IS-Terrorregime in Syrien und im Irak und den mörderischen Islamisten der Boko Haram in Nigeria fragen sich viele: Ist der Islam eine mörderische Religion?

Historischer Rückblick

Auf den ersten Blick spricht viel für eine kriegerische Natur des Islam. Bereits zehn Jahre nach dem Tod des Religionsgründers Mohammed (632 n. Chr.) gelang muslimischen Kriegern mit der Einnahme von Derbend in Dagestan die erste Eroberung auf europäischem Festland. 20 Jahre später waren der gesamte Nahe Osten, Syrien, Mesopotamien, Ägypten, Palästina und die Arabische Halbinsel, von muslimischen Kalifen erobert. 80 Jahre nach Entstehung des Islam drangen muslimische Heere tief nach Europa vor. Das Kalifat von Córdoba in Spanien wuchs rasch auf 500.000 Einwohner und stieg zu einem der bedeutendsten Kulturzentren des Mittelmeerraums auf. 1248 eroberten christliche Heere die letzten größeren südspanischen Gebiete zurück (Sevilla). Die »Reconquista«, das militärische Zurückdrängen des islamischen Machtbereichs im europäischen Mittelmeerraum, dauerte aber noch Jahrhunderte an. Erst mit der Eroberung Granadas durch katholische Heere am 2. Januar 1492 war der Eroberungsfeldzug muslimischer Heere im Mittelmeerraum Westeuropas endgültig gestoppt. Anderenorts in Europa konnten muslimische Herrscher aber weiter Fuß fassen, zum Beispiel in Südosteuropa und am Balkan. Im deutschen Sprachraum sind besonders die beiden Türkenbelagerungen Wiens 1529 und 1683 im Gedächtnis geblieben (siehe dazu auch Kap. 17). Historisch betrachtet waren muslimische Herrscher also durchaus expansiv eingestellt.

›••••••••••••••••••••••••••••••••••••••

»Zeig mir doch, was Mohammed Neues gebracht hat, und da wirst du nur Schlechtes und Inhumanes finden wie dies, dass er vorgeschrieben hat, den Glauben, den er predigte, durch das Schwert zu verbreiten.«
(Der byzantinische Kaiser Manuel II., zitiert nach Papst Benedikt XVI. in seiner am 12.9.2006 an der Universität Regensburg gehaltenen Vorlesung)

••••••••••••••••••••••••••••••••••••••‹

Auf eine friedliche Geschichte kann sich aber auch das Christentum nicht berufen. Kurz nach dem Jahr 1000 rief Papst Urban zu den Kreuzzügen auf, im Zuge derer christliche Ritterheere weite Landstriche der damaligen islamischen Welt verwüsteten. Nach manchen Schätzungen kosteten diese vom christlichen Europa in muslimische Gebiete getragenen Kriege mehrere Millionen Menschenleben.

›••••••••••••••••••••••••••••••••••••••

»Ein Ritter Christi tötet mit gutem Gewissen. (...) Wenn er tötet, nützt er Christus.«
(Kreuzzugprediger Bernhard von Clairvaux (etwa 1090 bis 1153), zitiert nach Nikolas Broy, »Buddhismus und Gewalt« [2006])

••••••••••••••••••••••••••••••••••••••‹

Mit der Entdeckung Amerikas begann die »Conquista«, die Eroberung der indigenen Großreiche Lateinamerikas. Die »Conquistadores« sollten Lateinamerika nicht bloß für den spanischen König erobern, sondern es auch zum Christentum »bekehren«. Sie gingen dabei äußerst brutal vor. Gemetzel, Plünderungen, herbeigeführte Hungersnöte und eingeschleppte Krankheiten forderten einen hohen Blutzoll. Die Bevölkerungszahl des Inkareichs sank innerhalb eines Jahrhunderts von 15 Millionen auf eine Million Menschen. Oder andersrum: Nach der Eroberung und »Bekehrung« des Inkareichs waren von 15 Einheimischen 14 tot. Diese brutalen christlichen Eroberungen setzten sich in späteren Jahrhunderten in Asien und

Afrika fort. Dennoch betrachten wir das Christentum heute nicht als kriegerische Religion.

»Die Kirche verfolgt aus Liebe, die Gottlosen aus Grausamkeit.«
(Kirchenvater Augustinus, 354 bis 430)

Denn früher wie heute waren religiöse Motive für Eroberungskriege oft nur vorgeschoben. So wollte man die wirtschaftlichen oder machtpolitischen Motive verschleiern. Es waren nämlich nicht die Religionen und Religionsführer, die zu Eroberungskriegen aufbrachen, sondern Politiker (Herrscher), die ihre weltlichen (Macht-)Interessen durchsetzen wollten und religiöse Ziele höchstens nebenher verfolgten. Das gilt für christliche Könige, Kaiser und Kanzler ebenso wie für muslimische Kalifen, Emire und Großwesire.

Ist der Koran grausam und brutal?
Manchmal spricht der Koran eindeutig von Gewalt gegen Ungläubige. »Tötet die Heiden, wo immer ihr sie findet, greift sie, umzingelt sie und lauert ihnen überall auf!«, fordert der »Schwertvers«.[77] Selbst die grausamen Geiselenthauptungen durch IS-Terroristen scheint er vorwegzunehmen: »Wenn ihr die Ungläubigen trefft, dann herunter mit dem Haupt, bis ihr ein Gemetzel unter ihnen angerichtet habt.«[78]

Führende Islamwissenschaftler sind sich aber einig, dass diese Textstellen keine Aufforderung zu gewaltsamen Angriffen auf Nichtmuslime sind. Sie beschreiben nämlich Situationen, in denen Nichtmuslime Muslime gewaltsam zur Abkehr vom Islam nötigen. Nur dann soll Gewalt zulässig sein. Der bewaffnete Djihad soll der Sicherung des Islam dienen, nicht aber der »Einprügelung von Glauben«. Nach den einflussreichsten muslimischen Gelehrten ist es sogar verboten, Menschen zwangsweise zum Islam zu bekehren.[79]

Gewalttätige Texte findet man nicht nur im Koran. Auch die Bibel spricht eine raue Sprache. Das Alte Testament berichtet wiederholt von Kriegen, die im Namen Gottes geführt wurden, zum Beispiel von den Eroberungskriegen zum Aufbau des israelitischen Staates.

Auch hier finden sich Gewaltaufrufe. So beschwert sich Moses, dass seine Soldaten zwar die Männer eines unterworfenen Volkes getötet, Frauen und Kinder aber am Leben gelassen haben. Er befiehlt, auch alle Buben und männlichen Säuglinge sowie alle Frauen zu töten, die keine Jungfrauen mehr sind.[80] Selbst Jesus klingt nicht immer friedlich: »Ich bin nicht gekommen, um Frieden zu bringen, sondern das Schwert.«[81] Und dennoch ist die zentrale Botschaft des Christentums eine andere: »Du sollst deinen Nächsten lieben wie dich selbst.«[82] Im Koran klingt das nicht viel anders: »Seid gut zu dem Nachbarn, sei er einheimisch oder aus der Fremde.«[83]

Bibel und Koran zeigen allerdings eine unterschiedliche Entwicklung. In der Bibel sprechen vor allem ältere Textstellen von Gewalt, während das Neue Testament stark von Nächstenliebe, Friedfertigkeit und Toleranz geprägt ist. Der Koran ist oft in älteren Texten friedlicher und toleranter als jüngere Suren. Beispielsweise war Alkoholgenuss im Islam zunächst erlaubt. Später war es verboten, betrunken zu beten. Letztendlich kam es zum Totalverbot von Alkohol als »Werk des Satans«.[84] Andere Themen behandelt der Koran ähnlich widersprüchlich. Gerade jüngere Suren widersprechen auch der ursprünglichen Toleranz gegenüber Andersgläubigen. Radikale Islamisten sehen dadurch tolerantere (ältere) Anweisungen Allahs aufgehoben und durch intolerantere (jüngere) ersetzt.

Im Koran finden sich deshalb friedliche und kriegerische, tolerante und restriktive Inhalte. Diese Widersprüche thematisiert der Koran selbst und fordert Gelehrte zum Streit über die richtige Interpretation auf.[85] Mohammed soll dazu gesagt haben, dass jeder Koranvers sieben Ebenen und jede Menge verborgener Botschaften habe. So lässt sich der Koran sowohl kriegerisch und intolerant als auch friedlich und tolerant interpretieren – je nach Absicht. »Suren-Bingo« nennt das die deutsche Tageszeitung *taz*.[86]

Djihad mit Waffe, Zunge oder Feder?

Widersprüche finden sich im Koran insbesondere zu einer zentralen Frage angesichts islamistisch motivierten Terrors: Gibt es eine Pflicht zum Djihad, also zum Kampf gegen Andersgläubige?

Islamistische Terroristen berufen sich auf eine von Gott angeordnete derartige Pflicht. Immerhin bestimmt der Koran: »Und wenn sie [die Ungläubigen; Anm.] den Rücken kehren, ergreift sie und tötet sie, wo immer ihr sie findet.«[87] Aber ordnet Allah damit den bewaffneten Djihad gegen Andersgläubige an?

Muslimische Gelehrte stimmen darin überein, dass jeder Muslim zum Djihad verpflichtet ist. Für die meisten Gelehrten ist der Djihad aber gewaltlos und keine Anordnung zur gewaltsamen Verbreitung des Islam. Djihad bedeutet bloß die muslimische Pflicht, sich in allen Lebensbereichen »für Allah anzustrengen«.[88] So sollen Andersgläubige friedlich vom Islam überzeugt werden.[89] Dieser Djihad wird weder mit Sprengsätzen noch mit Schlachtmessern geführt, sondern in Wort (Djihad mit der Zunge; Djihad al-lisan) und Schrift (Djihad mit der Schreibfeder; Djihad al-kalam). Djihad meint also den Aufruf zur friedlichen Missionierung durch Überzeugung und Argumentationsarbeit.

Einen solchen Missionsauftrag kennt auch das Christentum, das dabei auch nicht immer zimperlich vorging.[90] Christliche Missionare »missionierten« im direkten Gefolge von Eroberungstruppen ganze Kontinente. Über die dabei verübten Massenmorde und Folterungen an Einheimischen berichtet zum Beispiel der »Kurzgefasste Bericht über die Verwüstung der westindischen Länder«, in dem der Mönch Bartolomé de las Casas 1552 unter anderem von Häutungen, Pfählungen und dem »Grillen« lebender Indigener zu deren »Läuterung« und Christianisierung berichtet. Noch heute halten viele christliche Glaubensgemeinschaften an ihrem Missionierungsauftrag fest. Begreifen wir das Christentum deshalb als aggressive Eroberungsreligion?

Radikale Muslime und andere Fundamentalisten

Radikale Muslime interpretieren Inhalte des Korans ganz anders als gemäßigte Muslime. Sie ignorieren jene Texte, die Friedfertigkeit und Toleranz gebieten, und beachten nur die kriegerischen Textstellen.

Meinungsunterschiede bestehen insbesondere darüber, ab wann ein Verhalten Andersgläubiger als Bedrängen zählt, mit dem Muslime von ihrem Glauben abgebracht werden sollen. Diese Frage ist zentral, weil »bedrängte« Muslime sich auch nach Ansicht gemäßigter Islamgelehrter gewaltsam wehren dürfen. Gemäßigte Muslime haben in diesem Punkt ein ähnliches Verständnis wie christlich geprägte Europäer. Sie akzeptieren nur besonders schwerwiegende Angriffe als Rechtfertigung für Notwehr. Hingegen deuten radikale Islamisten oft schon Kleinigkeiten als Angriffe, die eine gewaltsame Abwehr rechtfertigen sollen. Für sie erlauben schon kleinste Nebensächlichkeiten wie zu kurze Röcke oder unverschleierte Haare Gewalt gegen Andersgläubige.

Aber radikale Fundamentalisten gibt es in jeder Religion. Auch christliche Fundamentalisten haben in jüngerer Vergangenheit grausame Attentate verübt. In den USA ermorden bis heute (christliche) religiös-fanatische Abtreibungsgegner Ärzte, die Abtreibungen vornehmen, und verüben Brand- und Sprengstoffanschläge auf deren Kliniken. Der Norweger Anders Breivik hat an einem einzigen Tag 77 Menschen ermordet, die meisten in einem Ferienlager auf der Insel Utøya. Viele seiner Opfer waren Jugendliche. Nach Polizeiangaben war Breivik »christlich-fundamentalistisch« orientiert. Sowohl katholische als auch evangelische Glaubensvertreter haben Breiviks Attentat verurteilt und betont, dass diese Taten nicht mit dem christlichen Glauben in Einklang stehen. Für europäische Christen wäre die Schlussfolgerung, dass Breiviks Gräueltaten Rückschlüsse auf das Wesen des Christentums zulassen, völlig absurd.

Genauso distanzieren sich die Vertreter europäischer Muslime nach Attentaten radikaler Muslime glaubhaft von den Forderungen der Drahtzieher. Führende muslimische Vertreter aller europäischen Länder haben die Anschläge auf die Pariser Zeitung *Charlie Hebdo* im Januar 2015 und die Pariser Konzerthalle Bataclan im November darauf ebenso schockiert verurteilt, wie dies Vertreter christlicher und jüdischer Glaubensgemeinschaften taten. Den meisten europäischen Muslimen täte man Unrecht, würde man aus den Taten einzelner Fundamentalisten auf »den Islam« oder »die europäischen Muslime« insgesamt schließen.

Aber es gibt auch radikale Muslime, die solche Gewalttaten gutheißen – vor allem im außereuropäischen Ausland. Die Bilder des schreienden muslimischen Mobs bleiben leicht in unseren Köpfen hängen. Doch er besteht aus radikalen Fundamentalisten, Außenseitern extremer Strömungen. Die »muslimische Mitte« oder gar »den Islam« als Gesamtes repräsentieren diese Schreihälse nicht.

Selbst in den – nach europäischer Auffassung – als besonders friedlich verklärten fernöstlichen Religionen Buddhismus und Hinduismus verdrehen fanatische Fundamentalisten die Botschaft des Friedens und der Sanftmut in jene von Gewalt und Mord. Das rechtfertigt islamistische Gewalt keineswegs. Es zeigt aber, dass religiös motivierte Gewalt kein »islamtypisches« Element ist, sondern von Tätern unterschiedlichster Religionen verübt wird.

Christen und Terror

Army of God (AOGD): Die »Armee Gottes« ist eine US-amerikanische christlich-fundamentalistische Terrorgruppe, deren Terror sich vor allem gegen Abtreibungskliniken und deren Personal richtet. Zwischen 1984 und 1994 verübte die Army of God Anschläge auf mehr als 100 Abtreibungskliniken.

Anders Breivik: Am 22. Juli 2011 brachte der norwegische Rechtsextremist Anders Breivik im Osloer Regierungsviertel einen 950 kg schweren Sprengsatz zur Explosion. Dadurch starben acht Personen. Danach tötete er auf der Insel Utøya, auf der das alljährliche Zeltlager der sozialdemokratischen Jugendorganisation stattfand, weitere 69 Menschen, darunter 32 Jugendliche. Breivik bezeichnet sich als »hundertprozentigen Christen« und nannte als ein Ziel den Aufbau einer »al-Qaida für Christen«.

Christian Identity: Die »Bewegung der christlichen Identität« ist ein Sammelbegriff verschiedener US-amerikanischer rechtsextremer Splittergruppen (z.B. Ku-Klux-Klan, Aryan Nations). Die Bewegung ist nicht einheitlich. Gemeinsam ist allen der Glaube an den Anglo-Israelismus, wonach die »nordische Rasse« von den zehn Stämmen Israels abstamme und der wahre Nachfolger des biblischen Israel sei. Einige Splittergruppen glauben überdies, dass nur weiße Menschen die Gunst Gottes finden würden.

Hutaree: Eine US-amerikanische Terrorgruppe, die laut Eigendefinition aus »christlichen Kriegern« besteht und sich darauf vorbereitet, »das Zeugnis Jesu mit dem Schwert gegen den Antichristen zu verteidigen«. Die Hutaree planten, Hunderte Polizisten zu töten, um im anschließenden Chaos einen Putsch zu versuchen. Die Terrorgruppe wurde 2008 aufgedeckt.

Eric Rudolph: Am 27. Juli 1996 verübte Eric Rudolph, ein rechtsextremer fundamentalistischer Christ, während der olympischen Sommerspiele in Atlanta einen Bombenanschlag, bei dem zwei Personen starben und 111 zum Teil schwer verletzt wurden. Rudolph werden außerdem zahlreiche Anschläge auf Abtreibungskliniken und Treffpunkte von Homosexuellen zur Last gelegt.

Und was sagen die Zahlen?

Macht es denn einen Unterschied, ob der Koran zur Aggression oder zum Frieden gegenüber Nichtmuslimen aufruft? Zählen nicht allein die Taten? Zeigt nicht die allgegenwärtige Präsenz islamistischen Terrors in den Nachrichten, dass der Islam gefährlich ist? Schließlich berichten Medien fast täglich über islamistische Fundamentalisten. Von anderem, nicht islamistisch motiviertem Terror hört man hingegen viel seltener.

Bis vor wenigen Jahren war die Antwort auf diese Frage noch relativ einfach: Zwischen 2006 und 2012 wurden in Europa insgesamt 2.430 Terroranschläge ausgeführt oder gerade noch verhindert. Davon waren lediglich 13 religiös motiviert. Die überwiegende Mehrzahl (99,5 Prozent!) aller Terroranschläge zwischen 2006 und 2012 hatte keinen religiösen Hintergrund. 2012 lag der Anteil religiös motivierter Anschläge bei weniger als 3 Prozent aller Anschläge. Terroranschläge wurden in Europa fast ausschließlich von Separatisten, Neonazis, Linksextremisten sowie in geringer Zahl auch von radikalen Tierschützern, Umweltschützern oder Gegnern von Infrastrukturprojekten verübt.

Terror weltweit

Weltweit gab es 2003 infolge von Terroranschlägen 2.737 Todesopfer. Ein gutes Jahrzehnt später waren fast zwölfmal so viele Terroropfer zu beklagen (2014 weltweit 32.257 Terrortote).

Islamismus war zwar auch in diesen Jahren ein medial besonders stark wahrgenommenes Terrormotiv. Die tatsächliche Zahlen- und Faktenlage wich von dieser Wahrnehmung aber stark ab. Selbst die europaweite Polizeistatistik wies religiös motivierten Terror zwar als eigenes Motiv aus, unterschied aber noch nicht einmal nach Glaubenszugehörigkeiten der Täter. Eine Medienanalyse zu den sechs im Jahr 2012 mit religiösem Hintergrund registrierten europäischen Terroranschlägen ergab aber, dass diese ausschließlich durch Muslime verübt wurden.

Islamistischer Terror in Deutschland im Jahr 2016

Februar:

Die Polizei verhaftet mehrere Männer aus Algerien, die für den IS einen Anschlag in Berlin geplant haben sollen (vereitelt).
Die 15-jährige Deutschmarokkanerin Safia S. verletzt bei einer Kontrolle am Hauptbahnhof in Hannover einen Bundespolizisten lebensgefährlich mit dem Messer. Angeblich im Auftrag des IS (ausgeführt, ein Verletzter).

März:

Die Polizei verhaftet einen 19-jährigen Syrer, der für den IS Anschlagsziele in Berlin ausgekundschaftet haben soll (vereitelt).

April:

Junge IS-Sympathisanten verüben einen Bombenanschlag auf einen Sikh-Tempel in Essen (ausgeführt, drei Verletzte).

Juni:

Die Polizei verhaftet drei IS-Anhänger. Die über die Balkanroute eingereisten Asylwerber sollen einen Anschlag in Düsseldorf geplant haben (vereitelt).

Juli:

Der 17-jährige Riaz Ahmadzai greift in einem Regionalzug bei Würzburg mehrere Menschen mit einer Axt an. Der Asylwerber stand mit dem IS in Verbindung. Auf der Flucht greift er eine weitere Person an, bevor ihn die Polizei erschießt (ausgeführt, vier Verletzte, der Täter stirbt).

In Ansbach sprengt sich der IS-Sympathisant Mohammad Daleel vor einem Festivalgelände in die Luft (ausgeführt, 15 Verletzte, der Täter stirbt).

September:

Ein 16-jähriger Asylwerber aus Syrien soll einen Sprengstoffanschlag in Deutschland geplant haben. Anweisungen dazu kamen von einem ausländischen Chat-Partner. Der Jugendliche wird festgenommen (vereitelt).

Die Polizei verhaftet in Schleswig-Holstein drei Syrer, die möglicherweise im Auftrag des IS Anschläge in Deutschland geplant haben (vereitelt).

Oktober:

Der Syrer Jaber Albakr soll einen Anschlag geplant haben. Die Polizei verhaftet ihn in Leipzig und findet in seiner Wohnung in Chemnitz Sprengstoff. Albakr erhängt sich in seiner Gefängniszelle (vereitelt).

Dezember:

In Ludwigshafen gerät ein Zwölfjähriger in Verdacht, einen Anschlag auf einen Weihnachtsmarkt zu planen. Der Bub hatte möglicherweise Kontakt zu radikalen Islamisten (vereitelt).

In Baden-Württemberg verhaftet die Polizei zwei Jugendliche, die sich Schusswaffen für einen Anschlag beschaffen wollten. Die 15- und 17-jährigen Jugendlichen sind möglicherweise psychisch krank (vereitelt).

Am 18. Dezember rast der tunesische Asylwerber Anis Amri mit einem gestohlenen Lkw in den Weihnachtsmarkt an der Berliner Gedächtniskirche. Amri wird auf der Flucht in Italien erschossen (ausgeführt, zwölf Tote, 48 Verletzte).[91]

Inzwischen hat sich dieses Bild geändert. Allein den beiden Terroranschlägen radikaler Muslime in Paris im Januar 2015 fielen 17 Menschen zum Opfer. Sie forderten damit eineinhalbmal so viele Menschenleben wie alle 2012 verübten, religiös motivierten Terroranschläge in Europa. Kurz darauf forderten weitere Anschläge in Paris im November 2015 (u.a. auf die Konzerthalle Bataclan) noch einmal 130 Tote. Weitere 368 Menschen wurden teils schwer verletzt.

Auch hier waren die Täter radikale Islamisten. Insgesamt ermordeten 2015 islamistische Terroristen in den EU-Mitgliedsstaaten 150 Personen.

Derzeit sieht es nicht danach aus, als würde die Gefahr von Terrorattacken durch radikale Islamisten in Europa abnehmen. Am 14. Juli 2016 raste ein Islamist in Nizza in eine Menschenmenge, die sich zur Feier des französischen Nationalfeiertags versammelt hatte. Die schreckliche Bilanz dieser Amokfahrt: 86 Tote aus insgesamt 21 Nationen. Auch in Deutschland ist islamistischer Terror 2016 endgültig angekommen.

Dieser Terror wird aber nur teilweise von außen nach Europa getragen. Zwar hat sich die Vermutung, dass mit der großen Fluchtbewegung 2015 keine Terroristen nach Europa gekommen sind, nicht bewahrheitet. Immerhin wurden 2016 in Deutschland mehrere islamistisch motivierte Terroranschläge von Asylwerbern ausgeführt oder versucht. Viel häufiger waren die Täter in den letzten Jahren aber junge Muslime, die in Europa geboren oder zumindest bei uns aufgewachsen sind. Diese Täter haben sich in unserer Mitte in den Vororten und »Problemvierteln« von Paris, London, Brüssel oder Berlin radikalisiert.

Europa exportiert aber auch Terror. Mehr als 5.000 Europäer reisten 2015 in den Irak oder nach Syrien, um dort für das Terrorregime des IS oder andere radikale Islamistengruppierungen zu morden. Etwa drei Viertel dieser Personen stammten aus Großbritannien, Frankreich, Belgien und Deutschland. Aber auch Österreicher waren unter den islamistischen Söldnern. Dieser europäische »Terrorexport« beschränkt sich nicht auf den Vorderen Orient. Europäische Terroristen fand man 2015 auch in Pakistan, Afghanistan, Libyen, Mali, Somalia, Tschetschenien und dem Jemen.

Europas Terroristen werden immer jünger

Das Durchschnittsalter der religiös motivierten Terrorverdächtigen sank innerhalb von zwei Jahren von 32 Jahren (2010) auf 25 Jahre (2012).[92]

Auch in den USA liegen umfangreiche Daten über Terroranschläge vor. Dort wurden zwischen 1970 und 2012 knapp 2.400 Terroranschläge verübt. Davon waren 60 islamistisch motiviert. Das sind 2,5 Prozent aller Anschläge in diesem Zeitraum. Jüdische Fundamentalisten verübten doppelt so viele Anschläge wie Muslime (4,9 Prozent). Fast die dreifache Anzahl geht auf das Konto christlich fundamentalistischer Abtreibungsgegner (7 Prozent).[93]

Was sagen eigentlich Muslime zu islamistischem Terror?

Die meisten Muslime lehnen islamistischen Terror ab und bezeichnen Selbstmordattentate als nie oder fast nie gerechtfertigt. Das gilt selbst für tief in religiös motivierte Gewalt verstrickte Staaten wie den Irak, in dem 91 Prozent aller Muslime islamistischen Terror mit dieser Begründung ablehnen.
Muslime sind über die Zunahme islamistischen Terrors ähnlich besorgt wie Nichtmuslime. 2015 äußerten 41 Prozent aller Deutschen diesbezügliche Sorgen. Im bereits damals von islamistischem Terror schwer getroffenen Frankreich traf dies auf 67 Prozent aller Befragten zu. Diese Raten decken sich mit dem stark muslimisch geprägten Pakistan (48 Prozent) oder Nigeria, das in weiten Landesteilen ebenfalls tief muslimisch geprägt ist (68 Prozent). Der oft gehörte Vorwurf, Muslime würden islamistischen Terror überwiegend begrüßen, ist also falsch. Muslime teilen mit Nichtmuslimen in nahezu deckungsgleichem Ausmaß die Sorgen über die Zunahme islamistischen Terrors.[94]

Terror im Namen Allahs ist derzeit die tödlichste terroristische Bedrohung in Europa. Trotzdem ist die statistische Gefahr, in Europa Opfer eines Terroranschlags zu werden, sehr klein. Auch 2016 war die Wahrscheinlichkeit höher, von einem Blitz erschlagen als in Europa Opfer eines Terroranschlags zu werden.[95] Global Terrorism Database, eine von Wissenschaftlern betriebene Online-Plattform zu weltweitem Terror, hat erhoben, dass von allen zwischen 2001 und 2014 weltweit verübten Terroranschlägen mit zumindest einem

Todesopfer lediglich 0,3 Prozent in Europa verübt wurden. Trotzdem haben wir oft den Eindruck, Europa sei von islamistischem Terrorismus am stärksten bedroht. Das liegt wohl auch daran, dass europäische Medien über Terroranschläge auf unserem Kontinent häufig ausführlich berichten, während Anschläge in anderen Teilen der Welt nur als Randnotiz Erwähnung finden.

Muslimische Terroropfer

Muslime sind nicht nur Täter islamistischen Terrors, sondern auch seine Opfer. Zwischen 2001 und 2014 waren die meisten Terrortoten im Irak zu beklagen (42.754), gefolgt von Afghanistan (16.888) und Pakistan (13.524). Auch wenn eindeutige Zahlen fehlen: Die Bevölkerungsstruktur dieser Staaten legt nahe, dass die Mehrzahl dieser Opfer selbst Muslime waren.

Muslimische Zivilcourage

Als ein islamistischer Terrorist mit einem Schnellfeuergewehr einen jüdischen Supermarkt in Paris stürmte, versteckte der Angestellte Lassana Bathily, ein in Mali geborener Muslim, sechs Menschen (darunter ein Baby) und rettete ihnen so das Leben. Auf die Frage, wieso er als Muslim sein Leben für Juden riskierte, antwortete Bathily: »Ich habe keine Juden versteckt, ich habe Menschen versteckt.«

Es gibt also Terroristen, die ihr Morden mit dem Islam begründen. Es gibt aber auch Muslime wie Lassana Bathily, die sich den Terroristen entgegenstellen und Zivilcourage zeigen. Die überwiegende Mehrheit der Muslime verurteilt die terroristische Barbarei im Namen Allahs. Und es gibt eine hohe Anzahl an Muslimen, die selbst Opfer islamistischen Terrors werden.

21. Wir dürfen in islamischen Staaten auch keine Kirchen bauen

Die Behauptung, Christen dürfen in islamischen Ländern prinzipiell keine Gotteshäuser bauen, ist schlicht falsch. Ob und wieweit islamische Staaten anderen Religionen erlauben, ihren Glauben öffentlich auszuüben, ist sehr unterschiedlich. Der Staat, der Christen derzeit am meisten verfolgt, ist aber kein islamischer, sondern das kommunistische Nordkorea. Trotzdem: Die Christenverfolgung in islamischen Staaten hat zugenommen. Wer zu Recht kritisiert, dass es in zahlreichen islamischen Staaten an Religionsfreiheit mangelt und als Beweis dafür das Verbot von Kirchenbauten heranzieht, müsste konsequenterweise in seinem eigenen Land dafür eintreten, dass auch Muslime ihre Gotteshäuser errichten dürfen. Denn genau dafür steht Religionsfreiheit.

Wieso sollen Muslime bei uns Moscheen und Minarette bauen dürfen? Wir dürfen doch in islamischen Ländern auch keine Kirchen bauen, argumentieren Islamkritiker. Wie viel Religionsfreiheit kennt der Islam?

Kirchtürme in Istanbul und neue christliche Sakralbauten in Katar auf der einen Seite, ein absolutes Bibelverbot auf den Malediven auf der anderen: Die einzelnen islamischen Staaten unterscheiden sich sehr stark darin, ob und wie sie Christen und Angehörigen anderer Religionen das öffentliche Ausleben ihres Glaubens erlauben. So ist das Christentum zum Beispiel in Saudi-Arabien verboten. Im ebenfalls islamischen Nachbarland Oman spendete hingegen der Sultan persönlich der christlichen Bevölkerung ein Grundstück für einen Kirchenbau. In Ägypten wiederum ist das griechisch-orthodoxe Katharinenkloster ein beliebtes Ausflugsziel von Touristen. Gleiches gilt für die türkische Stadt Myra, in der einst der heilige Nikolaus gelebt hat. Im Mai 2016 genehmigte das türkische Denkmalschutzamt die Pläne für einen Kirchenneubau im Istanbuler Stadtteil Yeşilköy.

Der weltweit seit vielen Jahren gefährlichste Ort für Christen ist ein nicht-islamisches Land. Den »Weltverfolgungsindex 2017« der christlichen Nichtregierungsorganisation »Open Doors« führt zum 16. Mal in Folge das kommunistische Nordkorea an. Das nordkoreanische Regime verfolgt Christen mit besonderer Brutalität. Auf den Plätzen dahinter finden sich allerdings zahlreiche islamische Staaten, insbesondere solche, deren Staatsgebiet zumindest teilweise unter der Kontrolle islamistischer Terroristen steht. Das sind derzeit beispielsweise Syrien oder der Irak, aber auch Nigeria.

Das Urlaubsparadies Malediven (Platz 13 im weltweiten Christenverfolgungsindex) ist durch den immer stärkeren Einfluss islamischer Fundamentalisten anderen Glaubensgemeinschaften gegenüber besonders intolerant. Bereits der Besitz einer Bibel ist strafbar. Wer vom Islam zu einer anderen Religion konvertiert, verliert die Staatsbürgerschaft.

LÄNDER, IN DENEN CHRISTEN BESONDERS STARK VERFOLGT WERDEN (2016)
1. Nordkorea
2. Somalia
3. Afghanistan
4. Pakistan
5. Sudan
6. Syrien
7. Irak
8. Iran
9. Jemen
10. Eritrea

Oft wird behauptet, dass der Islam anderen Religionen gegenüber an sich intolerant sei. Allerdings lässt sich die Verfolgung von Christen nicht zweifelsfrei aus dem Koran ableiten. »Es gibt keinen Zwang in der Religion«, sagt der Koran in Sure 2, Vers 256. Nach dieser Sure darf keinem Menschen eine Religion aufgezwungen werden.

Der Koran enthält aber auch Textstellen, aus denen Fanatiker genau das Gegenteil schließen. Sie kontern mit Passagen, die ihrer Meinung nach zum Töten von vermeintlich Ungläubigen auffordern (siehe Kap. 20). Staaten und Terroristen, die diese Interpretation in den Vordergrund rücken, unterdrücken Christen unter Berufung auf »den Willen Allahs«.

Wie frei andere Religionen in islamisch geprägten Staaten ihren Glauben ausüben dürfen, unterliegt auch ständigen Veränderungen. In Syrien etwa konnten Christen bis zum Ausbruch des Bürgerkriegs im Jahr 2011 frei leben. Mit dem früheren Verteidigungsminister Daud Radschha war sogar ein Christ in der Regierung vertreten. Heute werden Christen in Syrien durch die Terrororganisation »Islamischer Staat« (IS) verfolgt. Das Bürgerkriegsland zählt weltweit zu den fünf Staaten, die für Christen derzeit besonders gefährlich sind.

Andere islamisch geprägte Länder sind toleranter: In Katar wurde im Jahr 2008 die allererste christliche Kirche eingeweiht. In Bahrain hat der König der katholischen Gemeinde sogar ein Grundstück zum Bau einer Kathedrale kostenlos zur Verfügung gestellt.

Dort dürfen muslimische Männer auch christliche Frauen heiraten. Eine Ehe zwischen einer muslimischen Frau und einem christlichen Mann wird allerdings auch in Bahrain ebenso wie in vielen anderen islamisch geprägten Staaten nicht anerkannt.

Auch in Marokko gibt es zahlreiche Kirchen. 1985 durfte dort der Papst in einem Stadion zu 85.000 christlichen Gläubigen sprechen. Aber auch in Marokko gibt es Einschränkungen für Christen. So dürfen zum Beispiel seit dem Jahr 1960 keine Kirchenglocken mehr läuten, da dies als Werbung für das Christentum gilt.

Überdies haben in islamisch geprägten Ländern vor allem jene Menschen zu leiden, die vom Islam zum Christentum konvertieren möchten. Die »Apostasie«, die Abkehr vom Islam oder der Übertritt zu einer anderen Religion, ist beispielsweise im Iran oder dem Sudan mit der Todesstrafe belegt. In vielen anderen Staaten müssen Menschen, die vom Islam zum Christentum übertreten, zumindest mit Schikanen und Verfolgung, manchmal sogar mit ihrer Ermordung rechnen.

In den europäischen Staaten, insbesondere auch in Deutschland und Österreich, garantiert die Verfassung die Religionsfreiheit, nach der alle anerkannten Religionsgemeinschaften ihren Glauben frei ausüben können. Bei uns werden Menschen mit islamischem Glauben von staatlicher Seite nicht angegriffen.

> Deutschlands älteste Moschee, die Wilmersdorfer Moschee in Berlin, wurde 1928 eingeweiht. 1934 wurde in ihr das erste deutsche Ehepaar islamischen Glaubens getraut. Die Moschee hat zwei Minarette und wird bis heute als islamisches Gotteshaus genutzt. Im Januar 2011 verübten unbekannte Täter einen Brandanschlag auf die Moschee, bei dem eine der Türen beschädigt wurde. Seit 2016 wird die Moschee saniert.

Allerdings dürfen in Deutschland und Österreich weder Muslime noch Christen nach Lust und Laune Bet- und Gotteshäuser bauen. Wer bei uns ein Gebäude errichten möchte, benötigt dafür eine Baugenehmigung. Im Genehmigungsverfahren müssen die Behörden neben den öffentlichen Interessen und den Interessen des Bauwerbers (z.B. einer muslimischen Glaubensgemeinschaft) auch jene der Nachbarn und Anrainer berücksichtigen.

In Deutschland und Österreich sind Moscheen und Minarette nicht grundsätzlich verboten. Trotzdem steht der Bau von Moscheen mit einem Gebetsturm immer wieder im Zentrum heftiger Proteste. In Österreich haben einige Bundesländer die Bauordnung oder das Ortsbildpflegegesetz so geändert, dass der Bau eines Minaretts praktisch unmöglich ist (etwa in Vorarlberg und Kärnten). Dabei gibt es in Österreich bei mehr als 600.000 Muslimen derzeit ohnehin nur vier Moscheen mit Minaretten.

In der Schweiz stimmten die Wahlberechtigten 2009 überhaupt dafür, ein Verbot von Minaretten in der Verfassung zu verankern. In Deutschland fordert die Alternative für Deutschland (AfD) ein gesetzlich verankertes Minarettverbot, in Österreich fordert die Freiheitliche Partei (FPÖ) dasselbe.

Muslime werden in Deutschland oder Österreich trotzdem nicht annähernd so benachteiligt oder gar unterdrückt wie Christen in vielen islamisch geprägten Staaten. Sie sind aber auch bei uns manchmal Ziel von Übergriffen. Zwischen 2001 und März 2016 gab es in Deutschland insgesamt 416 politisch motivierte Angriffe auf islamische Gebetshäuser und Moscheen. Mehr als die Hälfte davon waren Sachbeschädigungen und Nazi-Schmierereien. Manche Angriffe waren aber schwerwiegend, bis hin zu Brandstiftungen und Sprengstoffanschlägen. Kurz vor den Feierlichkeiten zum Jahrestag der deutschen Einheit im Oktober 2016 explodierte in Dresden vor einer Moschee ein selbstgebastelter Sprengsatz. Glücklicherweise gab es keine Verletzten. Es entstand aber erheblicher Sachschaden.

In einer Befragung für die Studie »Die enthemmte Mitte« aus dem Jahr 2016 über autoritäre und rechtsextreme Einstellungen in Deutschland erklärte jeder zweite Befragte, wegen der vielen Muslime fühle er sich manchmal fremd im eigenen Land. 41,4 Prozent wollten Muslimen die Zuwanderung nach Deutschland untersagen. 2009 waren es noch 21,4 Prozent.

Auch in Österreich stieg die Zahl islamfeindlicher Übergriffe deutlich – von vier Delikten im Jahr 2012 auf 31 im Jahr 2015. Immer wieder kommt es zu Besudelungen islamischer Begräbnisstätten oder

Gebetsräume mit Schweinekadavern. Besonders häufig von verbaler oder tätlicher Gewalt betroffen sind Frauen, die einen Hijab, ein Kopftuch, tragen.

Die österreichische »Dokumentationsstelle Gewalt gegen Muslime«, die von der Islamischen Glaubensgemeinschaft betrieben wird, dokumentierte zwischen Dezember 2014 und Dezember 2015 insgesamt 156 islamfeindliche Vorfälle, angefangen von Beschimpfungen über tätliche Angriffe auf Personen (bei denen zum Beispiel Frauen auf der Straße das Kopftuch vom Kopf gerissen wurde) bis zu Sachbeschädigungen und Beschmierungen von islamischen Zentren oder Gebetseinrichtungen. 95 Prozent der Opfer dieser islamfeindlichen Übergriffe waren Frauen.

All das zeigt, dass Deutsche und Österreicher gegenüber dem Islam weit weniger tolerant sind, als wir von uns glauben. Insbesondere die Errichtung von Minaretten ist bei uns nahezu unmöglich. Auch die Islamfeindlichkeit nimmt sichtbar zu.

22. Bei uns gilt sogar schon die Scharia

Die Scharia enthält nicht nur grausame Strafbestimmungen, sondern regelt zahlreiche Lebensbereiche gläubiger Muslime. Manche Regelungen sind unseren Rechtsregeln recht ähnlich. Weil viele islamisch geprägte Staaten die Scharia in ihre Rechtsordnung übernommen haben, müssen unsere Gerichte bei Verfahren mit Auslandsberührung manchmal auch Scharia-Regeln anwenden. Das gilt aber nur für Regeln, die nicht gegen unsere Grundwerte verstoßen. Und niemand muss fürchten, in Österreich oder Deutschland nach Regeln der Scharia bestraft zu werden.

Als ob nicht schon Scharia-Polizei und Scharia-Gerichte in Hinterhöfen deutscher Großstädte genug wären. Jetzt wenden sogar unsere eigenen Gerichte aus falsch verstandener Toleranz die Scharia an! Unsere Gesellschaft ist dadurch in großer Gefahr! Das klingt nachvollziehbar. Immerhin ist die Scharia in unserer Wahrnehmung eine grausame und rückständige Rechtsordnung. Aber stimmt das auch tatsächlich? Und falls ja: Gilt die Scharia in Österreich und Deutschland wirklich?

Ist die Scharia grausam und rückständig?

Wenn wir von der Scharia sprechen, denken wir an Steinigung, Todesstrafen durch Enthauptung oder Hängen, grausame Körperstrafen, die Ungleichbehandlung von Mann und Frau, Kinderehen und Zwangsheirat. In der öffentlichen Wahrnehmung ist die Scharia ein rückständiges, ungerechtes, mit unseren Wertvorstellungen unvereinbares Rechtssystem. Ganz so einfach ist es aber auch mit der Scharia nicht.

Denn die Scharia ist weit mehr als bloß ein Rechtssystem mit drakonischen Strafen, das die Unterdrückung der Frau anordnet. Die Scharia ist ein Regelwerk, das einerseits die Beziehung der Menschen zu Gott, andererseits auch der Menschen untereinander regelt. Sie versteht sich nicht in all ihren Teilen als verbindliches Regelwerk. Sie enthält auch Verhaltensregeln, deren Einhaltung für einen gläubigen Muslim zwar »lobenswert«, aber nicht verbindlich ist.

Scharia bedeutet wörtlich übersetzt »Weg zur Wasserstelle« bzw. »Weg zur Tränke«. Schon diese wörtliche Übersetzung zeigt, dass die Scharia weniger ein Rechtssystem als eine Lebenseinstellung ist. Insgesamt verfolgt die Scharia nicht nur typische Ziele herkömmlicher Rechtsordnungen, wie beispielsweise Konfliktbeilegung, Sicherung des sozialen Friedens oder der persönlichen Freiheitsrechte. Sie verfolgt auch Ziele, die unseren aufgeklärten westlichen Rechtsordnungen fremd sind, etwa das Ziel, den »für den menschlichen Verstand unergründlichen Plan Gottes« zu verwirklichen.[96]

Ist die Scharia Recht?
Gläubige Muslime verstehen die Scharia als gottgegebenes Recht, das Gott (Allah) den Menschen in Koran und Sunna offenbart hat. Dieses Recht hat der gläubige Muslim mit allen Regeln und Widersprüchen kritiklos zu akzeptieren.
Das Recht aufgeklärter Demokratien entspringt einem Gesetzgebungsprozess, dessen wichtigster Mitwirkender eine vom Volk gewählte Institution ist (in Deutschland der Bundestag, in Österreich der Nationalrat). Das heißt: »Alles Recht geht vom Volk aus«, wie die österreichische Verfassung treffend feststellt. Und dieses Volk darf sämtliche Regeln (in einem demokratischen Prozess) auch hinterfragen und wieder ändern.
Auf den ersten Blick hat die Scharia also nichts mit unserem Recht gemein. Allerdings haben viele islamisch geprägte Länder – auch Demokratien – Teile der Scharia in ihr staatliches Recht übernommen. Dort haben dann staatliche – in Demokratien sogar demokratisch gewählte – Institutionen die »gottgegebene« Scharia zu staatlichem Recht gemacht. Zumindest diese Teile der Scharia sind daher nicht bloß »göttliches« und »offenbartes«, sondern auch weltliches Recht, so wie wir es verstehen, also Recht, das von weltlichen Institutionen geschaffen und zu verbindlichen, verpflichtenden Regeln erklärt wurde.

Tatsächlich sind viele der in der Scharia enthaltenen Regelungen, Werte und Einstellungen mit einer aufgeklärten, demokratischen Gesellschaft unvereinbar. Selbst der in Menschenrechtsfragen mit Religionsbezug meist sehr religionsfreundliche Europäische Gerichtshof für Menschenrechte (EGMR) hält fest, dass die Scharia in ihrer Gesamtheit mit den grundlegenden Prinzipien der Demokratie und der Menschenrechte unvereinbar ist (z.B. mit der Gleichstellung von Mann und Frau).[97]

Aber die Scharia besteht aus viel mehr als aus den in Europa oft wahrgenommenen Regelungen über abgehackte Hände und gesteinigte Ehebrecherinnen. Sie soll das gesamte Lebensumfeld gläubiger Muslime regeln. Viele islamisch geprägte Staaten verwenden deshalb die Scharia als Basis ihres Rechtssystems. Manche haben die Scharia dabei sehr weitgehend umgesetzt, etwa Algerien, der Irak, der Iran, die Staaten der Arabischen Halbinsel, Afghanistan und die islamisch geprägten Regionen Nigerias. Andere Staaten haben bloß ausgewählte Teile der Scharia in ihr Rechtssystem übernommen. Beispielsweise spielt die Scharia im ägyptischen Strafrecht keine Rolle, ist aber gleichzeitig zentrale Grundlage des ägyptischen Familienrechts. Und Regeln der Scharia zu familienrechtlichen Themen führen in einigen Bereichen zu ähnlichen Ergebnissen wie die Regeln europäischer Zivilrechtsordnungen.

»Moderne« Scharia?

Eine auf Grundlage der Scharia ausgesprochene Fatwa bestimmt zur künstlichen Befruchtung, dass diese zwischen Eheleuten grundsätzlich erlaubt ist, die Verwendung des Samens des Mannes nach dessen Tod hingegen verboten sei. Die Fatwa begründet dies damit, dass eine solche Befruchtung nach dem Tod des Ehemanns einer Befruchtung außerhalb der Ehe gleichkäme.

Zum selben Ergebnis kommen auch die österreichischen und deutschen Gesetze zur Fortpflanzungsmedizin. Nur die Grundlage dieses Ergebnisses ist jeweils eine andere.

Die Scharia besteht also nicht nur aus Strafbestimmungen mit rückständigen, oft untragbaren Konsequenzen. Sie ist der Leitfaden eines vom islamischen Glauben geprägten Lebenskonzepts und reicht weit über die landläufig bekannten, teils grausamen Regelinhalte hinaus. Manche Regelungen der Scharia gleichen durchaus den Bestimmungen europäischer Rechtsordnungen.

Wenden deutsche und österreichische Gerichte die Scharia an?

Deutsche und österreichische Gerichte urteilen in manchen Fällen tatsächlich nach der Scharia. Das ist aber keineswegs ein Zugeständnis an den Islam und schon gar keines an radikale Strömungen, die Europa der Scharia unterwerfen wollen.

Die Anwendung der Scharia auch durch unsere Gerichte ergibt sich schlichtweg aus der Tatsache, dass der Machtbereich jeder staatlichen Rechtsordnung an der Staatsgrenze endet und dahinter der Geltungsbereich einer anderen Rechtsordnung beginnt. Nicht erst seit der Globalisierung gibt es deshalb Rechtsangelegenheiten, die Berührungspunkte mit mehr als einer einzigen Rechtsordnung haben. Was aber passiert, wenn sich zwei Rechtsordnungen »treffen«? Vor allem, wenn sie unterschiedliche Regelungsinhalte haben?

Beispielsweise ist Ehebruch in Österreich oder Deutschland straffrei, in manchen islamisch geprägten Staaten hingegen mit der Todesstrafe bedroht (z.B. im Iran). Ist ein Deutscher, der Sex mit einer verheirateten Iranerin hat, nun gar nicht (deutsches und österreichisches Strafrecht) oder mit dem Tod zu bestrafen (iranisches Strafrecht)? Die Frage, welche Rechtsordnung anzuwenden ist, entscheidet hier über Leben und Tod.

Die europäischen Rechtsordnungen haben detaillierte Bestimmungen dazu, welche Rechtsordnung bei Fällen mit Auslandsberührung anzuwenden ist. Zum Strafrecht sind diese Bestimmungen recht einfach: Jeder Staat wendet grundsätzlich sein eigenes Strafrecht an. Dass unsere Gerichte strafrechtliche Bestimmungen der Scharia anwenden, ist deshalb genauso ausgeschlossen wie die Anwendung deutschen Strafrechts vor österreichischen Strafgerichten.

Anders ist es bei zivilrechtlichen Angelegenheiten. Hier bestimmen Verweisungsregeln, welche Rechtsordnungen auf einzelne Sachverhalte anwendbar sind. Diese Verweisungsregeln finden selbst für komplizierte Kombinationen jeweils eine anzuwendende Rechtsordnung, beispielsweise:

- bei Streitigkeiten aus einem Oldtimerverkauf durch einen in Paris lebenden Franzosen an einen deutschen Sammler französisches Recht;
- bei Streitigkeiten anlässlich der Busreise eines in Weißrussland lebenden Ukrainers mit einem deutschen Busunternehmen von Wien nach Minsk weißrussisches Recht;

- für die Überprüfung der Voraussetzungen, ob ein in Österreich geborenes Kind ägyptischer Eltern ehelicher Abstammung ist, ägyptisches Recht.

Aus diesen Verweisungsregeln kann sich also ergeben, dass ein deutsches oder österreichisches Gericht französisches, weißrussisches, ägyptisches oder das Recht eines anderen fremden Staates anwenden muss. Diese fremde Rechtsordnung kann unserer sehr ähnlich sein (z.B. wenn unsere Gerichte den französischen »Code Civil« anwenden sollen, der unseren Zivilgesetzbüchern sehr ähnlich ist). Andere fremde Rechtsordnungen haben hingegen stark abweichende Regelungsinhalte.

Verweisungsregeln verweisen immer auf das Recht eines Staates. Dabei ist es unerheblich, ob sich das Recht dieses Staates an christlichen, islamischen, buddhistischen oder liberalen Grundwerten orientiert. Viele afrikanische, arabische und zentralasiatische Staaten haben Teile der Scharia in ihr Rechtssystem übernommen. Verweisen die Verweisungsregeln unsere Gerichte auf das Recht eines solchen Staates, dann wird das Gericht sein an der Scharia und islamischen Grundwerten orientiertes Recht anwenden. Genauso wie es zum Beispiel schwedisches Recht und dessen sehr liberal geprägte Grundwerte anwendet, wenn die Verweisungsregeln nach Schweden verweisen.

Zweitfrauen in Deutschland

Die Scharia bzw. auf dieser begründete Rechtsordnungen erlauben muslimischen Männern bis zu vier Ehefrauen. Diese Polygamie steht in unauflösbarem Widerspruch zu den Prinzipien der Einehe und der ehelichen Treue, die europäische Rechtsordnungen verfolgen. Wie sollen wir mit Einwanderern umgehen, die mit zwei oder mehr Ehefrauen zu uns kommen oder Zweitfrauen aus ihren Herkunftsländern nachholen wollen?

Ob deutsche Gerichte und Behörden eine im Ausland gültig geschlossene Mehrehe anerkennen, hängt davon ab, welche Ansprüche oder Rechtsfolgen mit dem Gerichts- bzw.

Behördenverfahren verfolgt werden. So anerkennt das deutsche Sozialrecht, dass mehrere Ehefrauen eines verstorbenen Ehemanns dessen Witwenrente geltend machen können. Die Rente wird an die Hinterbliebenen anteilig aufgeteilt (bei drei Witwen erhält jede ein Drittel der Rente). Dies entspricht auch den islamischen Grundsätzen, alle Witwen unabhängig von ihren Ehejahren mit dem Verstorbenen gleich zu behandeln. Diese Regelung führt nicht dazu, dass die Witwenpension steigt oder doppelt ausgezahlt wird. Es wird lediglich die nach deutschem Recht zustehende Witwenpension durch die Anzahl der Witwen geteilt.
Hingegen können auch muslimische Ausländer mit mehreren Ehefrauen nur eine Ehefrau kostenlos in der Krankenversicherung mitversichern. Auch der erleichterte Ehegattennachzug für Ehegatten funktioniert bloß für eine Ehegattin. Neben der ersten Ehefrau erhält keine weitere Ehefrau eine Aufenthaltserlaubnis, wenn ein Ausländer gleichzeitig mit mehreren Ehefrauen verheiratet ist. Hier verweigert das deutsche Recht die Anerkennung mehrerer Ehefrauen.

Wollen beispielsweise zwei in Wien lebende saudische Staatsbürger ihre einst in Saudi-Arabien geschlossene Ehe scheiden lassen, muss das österreichische Gericht in Wien die Regelungen des saudischen Familienrechts anwenden. Das saudische Familienrecht orientiert sich sehr stark an der Scharia. Die Verweisungsregeln führen auf diesem Weg dazu, dass auch deutsche und österreichische Gerichte nach Regeln entscheiden, die sich aus der Scharia herleiten.

Eine Bevorzugung des Islam gegenüber anderen Religionen ist das nicht. Und schon gar nicht ist es der Anfang einer Entwicklung, an deren Ende die Unterwerfung aller Deutschen und Österreicher unter die Scharia steht. Denn die Scharia wird in solchen Fällen nicht angewendet, weil die Betroffenen Muslime sind, sondern weil unser eigenes Recht in einem konkreten Rechtsstreit auf die Rechtsordnung eines Staates verweist, dessen Recht sich an der Scharia orientiert. Dessen Recht ist dann samt den darin enthaltenen Regeln der Scharia anzuwenden, egal ob diese Betroffenen Muslime, Christen,

Buddhisten oder Atheisten sind. Das ist keine Bevorzugung des Islam, sondern eine Gleichbehandlung afrikanischer, arabischer und zentralasiatischer Staaten mit dem Rest der Welt.

Geschützte Grundwerte: Unser Rechtssystem hat eine Bremse

Müssen wir nun fürchten, dass durch die beschriebenen Verweisungsnormen grausame Scharia-Regeln Eingang in unsere Gesellschaft finden? Nach europäischem Verständnis ist insbesondere die Aufnahme drakonischer Strafen der Scharia in das staatliche Strafrecht problematisch. Drohen uns bei Diebstahlverdacht nun auch abgehackte Hände? Die Antwort ist klar: natürlich nicht!

Die Anwendung des Strafrechts fremder Staaten ist in Österreich und Deutschland ausgeschlossen. Deshalb können die drakonischen Körperstrafen der Scharia nicht über den Umweg des Rechts anderer Staaten Eingang in unser Rechtssystem finden. Eine Anwendung der strafrechtlichen Regeln der Scharia in Österreich und Deutschland fällt damit schon einmal aus. Weder Ausländer noch Inländer, ob Muslime oder Nichtmuslime, müssen deshalb fürchten, von unseren Gerichten nach strafrechtlichen Regelungen der Scharia abgeurteilt zu werden. Auch allen Inhalten der Scharia, die das Verhältnis der Menschen zu Allah regeln oder sonst religiöse Inhalte haben, ist der Zugang zu unserer Rechtsprechung verwehrt. Niemand muss fürchten, dass unsere Gerichte und Behörden Schweinefleisch- und Alkoholverbot zwangsweise durchsetzen.

Wie aber sieht es mit jenen Regeln aus, die islamisch geprägte Staaten zum Beispiel in ihr Familienrecht übernommen haben, das unsere Gerichte unter Umständen anwenden müssen? Müssen unsere Gerichte Kinderheiraten und Zwangsehen anerkennen, wenn die Betroffenen Staatsbürger eines Landes sind, das Kinderheiraten und Zwangsehen zulässt? Immerhin ist aufgrund der Anzahl an in Deutschland und Österreich lebenden Angehörigen islamisch geprägter Staaten klar, dass unsere Gerichte immer wieder auch Familienstreitigkeiten entscheiden müssen, bei denen beide Streitparteien aus Staaten kommen, in denen die Scharia zumindest teilweise geltendes Recht ist. Derartige Streitigkeiten sind dann nicht nach unserem Recht, sondern nach dem Recht jenes Staates zu beurteilen, dessen Staatsangehörige die Streitparteien sind.

Aber auch in diesen Konstellationen kommen nicht alle Regelungen der Scharia vorbehaltlos zur Anwendung. Denn unser Rechtssystem hat eine Bremse: die Ordre-Public-Klausel. Sie bestimmt, dass Regelungen fremder Rechtsordnungen, deren Anwendung zu einem den Grundwerten unserer Rechtsordnung widersprechenden Ergebnis führen würden, ungeachtet der Verweisungsregeln nicht angewendet werden dürfen. Im Klartext: Führen unsere Verweisungsregeln in einem Rechtsstreit zu einer fremden Rechtsordnung, deren Regeln teilweise gegen unsere Grundwerte verstoßen, darf das Gericht nur jene Regeln dieser Rechtsordnung anwenden, deren Anwendung nicht in Konflikt mit unseren Grundwerten steht.

Bis hierhin und nicht weiter

Die Ordre-Public-Klausel bestimmt, dass Inhalte fremder Rechtsordnungen, die gegen unsere Grundwerte verstoßen, von unseren Gerichten keinesfalls angewendet werden dürfen. Das gilt beispielsweise

- wenn ein Mann seine Frau nach der Vorschrift der Scharia verstößt, die Frau dieser Verstoßung nicht zugestimmt hat und die Voraussetzungen für eine Scheidung nach unserem Recht nicht vorliegen (die Verstoßung nach der Scharia würde dem Mann eine einseitige, willkürliche Scheidung erlauben, ohne dass die Frau ein Fehlverhalten gesetzt hätte);
- wenn eine Scharia-Vorschrift die Verheiratung einer Frau auch gegen ihren Willen erlaubt (Zwangsehe). Zwangsehen sind in Deutschland und Österreich nicht nur nicht anerkannt, sondern sogar strafbar!
- wenn für die Eheschließung die Zustimmung durch einen »Ehevormund« verlangt wird, obwohl die Frau bereits volljährig ist;
- wenn (wie etwa im iranischen und irakischen Recht) das Sorgerecht für Kinder automatisch dem Vater zusteht;
- wenn die Scharia bestimmt, dass die Mutter bei einem Umzug oder einer Wiederverheiratung automatisch das Sorgerecht verliert;

- wenn die Scharia bestimmt, dass einem nicht-muslimischen Elternteil kein Sorgerecht zukommt;
- für das Züchtigungsrecht des Mannes, das dem Ehemann zubilligt, seine Ehefrau bei »Fehlverhalten« zu schlagen;
- wenn Töchtern automatisch nur der halbe Erbteil von Söhnen zustehen soll.

Durch die Ordre-Public-Klausel sind insbesondere unsere Verfassungsgrundsätze geschützt, wie das Recht auf persönliche Freiheit und Gleichberechtigung und das Verbot abstammungsmäßiger oder religiös motivierter Diskriminierung. Aber auch außerhalb der Verfassung finden wir Grundwerte, die vom Schutz der Ordre-Public-Klausel umfasst sind, etwa das Verbot der Kinderehe, von Ausbeutung und Zwangsheirat oder der Schutz des Kindeswohls.

Die Abgrenzung zwischen Anwendungsergebnissen ausländischer Rechtsnormen, die gegen die Ordre-Public-Klausel verstoßen, und solchen, die diese (gerade noch) respektieren, ist manchmal diffizil. Insgesamt zeigt sich, dass unsere Gerichte tatsächlich immer wieder die Scharia anwenden müssen. Das gilt insbesondere für Zivilrechtsstreitigkeiten und Familienrechtssachen. Mit dieser Anwendung der Scharia geht aber keine Gefährdung unserer Grundwerte, Verfassungsprinzipien und europäischen Grundsätze einher. Unsere Rechtsordnung wacht nämlich selbst penibel darüber, dass ihre Grundwerte durch die Anwendung fremder Rechtsnormen nicht unterwandert werden.

Das eigentliche Problem: Scharia im Hinterhof

In manchen Städten »amtieren« islamische Streitschlichter. Das ist nicht zwangsläufig verwerflich. Zumindest, solange man an einer solchen Streitschlichtung nur freiwillig teilnehmen muss. Gelingt die Schlichtung nicht zur Zufriedenheit aller Beteiligten, kann man immer noch das staatliche Gericht anrufen. Unser Rechtssystem kennt selbst eine Vielzahl solcher Schlichtungsstellen und Schiedsgerichte (etwa die Schlichtungsstellen für Mietstreitigkeiten).

Scharia-Polizei und Muslim Patrol

Im September 2014 patrouillierten Salafisten um den Prediger Sven Lau mit Fantasieuniformen aus orangefarbenen Warnwesten als »Scharia-Polizei« durch die Innenstädte Wuppertals, Kölns und Bonns. Sie ermahnten andere Muslime, sich an die Verhaltensregeln des Korans zu halten. Gewalttätig wurden sie dabei nicht. Deutsche Gerichte haben inzwischen festgestellt, dass das Verhalten der Salafisten gegen kein Strafgesetz verstoßen hat.
Anders der Fall eines selbsternannten islamischen Sittenwächters aus Tschetschenien, der 2016 in einem Einkaufszentrum in Wien einen muslimischen Familienvater und einen unbeteiligten Zeugen krankenhausreif geprügelt hat. Der Täter begründete die Attacke damit, dass die Mutter mit den Töchtern nach 23 Uhr in einer Diskothek gewesen sei.
Auch in London hat eine »Muslim Patrol« auf offener Straße spontan Prügelstrafen wegen »unislamischen« Verhaltens vollstreckt.

Problematisch wird es, wenn solche Streitschlichter und Scharia-Räte auch über Personen »urteilen«, die unter Zwang zu ihnen kommen. Das wäre zum Beispiel der Fall, wenn junge Frauen von ihren Eltern zur Teilnahme am Streitschlichtungsverfahren genötigt werden. In Deutschland wurden bereits einige besorgniserregende Fälle bekannt. In Berlin soll beispielsweise eine Familie ein Mädchen attackiert haben, das man nicht als Braut für den eigenen Sohn akzeptieren wollte. Ein islamischer Streitschlichter hat die Täter von der Körperverletzung »freigesprochen« und die Familie dazu »verurteilt«, das Mädchen als Ehefrau des Sohnes zu akzeptieren. Sogar »Haftbefehle« sollen Imame schon ausgestellt haben. Mit ihnen sollte ein muslimischer Schuldner gezwungen werden, seine Schulden zurückzuzahlen.[98]

Katholisches Gottesrecht?

Glaubensgerichtsbarkeit kennt nicht nur die Scharia. Wer weiß schon, dass bis heute 22 katholische »Gerichte« in Deutschland existieren. Allein im Kölner Kirchengericht arbeiten 26 haupt- und nebenberufliche »Richter«. Diese Kirchengerichte sprechen ihre Urteile ebenfalls nicht nach staatlichem Recht, sondern nach (katholischem) Kirchenrecht. Sie urteilten 2016 in 580 Ehenichtigkeitsprozessen. Dabei befragen die Richter die Beteiligten unter anderem auch detailliert zu ihrem Intimleben. Die Teilnahme an solchen Verfahren ist zwar grundsätzlich freiwillig. Aber es gibt auch Personen, die diese Teilnahme als Zwang empfinden.

Gerade Arbeitnehmer, die bei katholischen Institutionen arbeiten (z.B. in kirchlichen Krankenhäusern oder Schulen), können bei Scheitern ihrer Ehe nicht nur auf das Scheidungsurteil eines staatlichen Gerichts, sondern auch auf jenes des Kirchengerichts angewiesen sein. Sonst droht Jobverlust. Das katholische Kirchengericht, das eigentlich nur für die katholische Annullierung einer Ehe zuständig sein sollte, entscheidet so plötzlich indirekt auch über das Arbeitsverhältnis des Betroffenen.

Das Konzept religiös motivierter Gerichte, die nicht aufgrund weltlichen Rechts entscheiden, ist unserer Gesellschaft also weniger fremd, als das beim Gedanken an die Scharia und Scharia-Räte zunächst scheinen mag.[99]

Zwar trägt die überwiegende Mehrzahl aller Muslime ihre Streitigkeiten vor staatlichen Gerichten aus. Matthias Rohe, Jurist und Islamwissenschaftler aus Erlangen, schätzt aber, dass allein in Bayern jährlich mehrere Tausend »Scharia-Problemlösungen« vorbei am deutschen Recht stattfinden. Dagegen ist nichts einzuwenden, solange die Beteiligung an diesen Problemlösungen freiwillig ist und die staatliche Justiz nicht behindert oder ausgeschaltet wird. Inakzeptabel ist es aber, wenn sich solche privaten Einrichtungen Zwangsgewalt oder »Urteile« über strafbare Handlungen anmaßen, Strafanzeigen durch Opfer verhindern wollen oder das Opfer unter Druck setzen, Beweise zu fälschen oder entlastende Aussagen zugunsten des Täters zu machen. Dann wird das staatliche Strafmonopol unterlaufen. Eine solche Schattenjustiz darf unser Rechtsstaat nicht akzeptieren.

Scharia – schon gewusst?

… dass die Türkei (aus der die meisten in Deutschland und Österreich lebenden Muslime stammen) sich 1926 von der Scharia distanziert und für ihr Familien- und Erbrecht das Schweizer Zivilgesetzbuch übernommen hat?

… dass es vor allem muslimische Frauen sind, die in Deutschland gegen die Scharia Stellung beziehen (unter anderem die Journalistin Düzen Tekkal, die Juristin Seyran Ateş und die Autorinnen Necla Kelek und Sabatina James)?

… dass Zeugen die Scharia-Polizei der Salafisten um Sven Lau in deutschen Innenstädten für einen misslungenen Spaß anlässlich eines Junggesellenabschieds (Polterabends) gehalten haben?

… dass die österreichisch-ungarische Monarchie in Sarajevo eine staatliche islamische Rechtsschule gegründet hatte, die ganz offiziell (auch) die Scharia lehrte?

… dass bosnische Bürger der Habsburgermonarchie auch nach Einführung des österreichisch-ungarischen Allgemeinen Bürgerlichen Gesetzbuchs in Familien- und Erbrechtsfragen weiterhin der Tradition der Scharia unterworfen blieben?

… dass es in London mit dem »Muslim Arbitration Tribunal« für Erbschafts-, Familien- und Handelsstreitigkeiten seit 2007 ganz offiziell ein außergerichtliches Schiedsgericht auf Basis islamischen Rechts gibt?

Beschwerden von Opfern solcher Schattenjustiz sind selten. Das kann bedeuten, dass diese Opfer von Scharia-Räten und ihrem eigenen familiären Umfeld stark eingeschüchtert werden. Wahrscheinlicher aber ist, dass die meisten Beteiligten mit den Entscheidungen islamischer Streitschlichter zufrieden sind und Scharia-Problemlösungen unter Zwang und Druck doch seltener sind als angenommen.

23. Die EU ist undemokratisch

Undemokratisch ist die EU nicht. Ihre Organe sind ähnlich demokratisch legitimiert wie vergleichbare Organe der Mitgliedsstaaten. Und den Mitgliedsstaaten wirft ja auch niemand vor, undemokratisch zu sein. Aber manche Aspekte auf EU-Ebene sind demokratiepolitisch bedenklich. So sind nicht alle Stimmen bei EU-Wahlen gleich viel wert. Das dient dem Ausgleich zwischen großen und kleinen Mitgliedsstaaten. Hundertprozentig überzeugend ist das nicht. Allerdings zeigt die Entwicklung, dass die EU laufend demokratischer wird.

Sie ist der »Lieblingsfeind« in vielen politischen Debatten: die EU. Und die Kritik greift tief. Die EU habe einen Fehler in ihrem Bauplan, ein Demokratiedefizit. Ist die EU undemokratisch?

Lobbyist packt aus: EU vereinbart Gesetze im Hinterzimmer »komplett undemokratisch«.
(*Deutsche Wirtschafts Nachrichten*, 4.3.2013)

Die EU ist eine neoliberale, militaristische und weithin undemokratische Macht.
(Europaprogramm der »Linken«. Diese Passage wurde am Parteitag vom 15.2.2014 von der Mehrheit der Delegierten allerdings abgelehnt.)

Rund 71 Prozent der Tschechen gehen davon aus, dass Entscheidungen in der Europäischen Union nicht oder eher nicht nach demokratischen Prinzipien getroffen werden.
(*Frankfurter Allgemeine Zeitung*, 1.6.2012)

Was ist Demokratie …

Demokratie kommt aus dem Griechischen und bedeutet »Herrschaft des Volkes«. Das Volk »herrscht«, indem seine Angehörigen gemeinsam entscheiden, nach welchen Regeln sie zusammenleben wollen. Das »Volk« sind die wahlberechtigten Bürger eines Staates. Zu bestimmten Anlässen werden sie befragt (z.B. bei Wahlen). Die Ergebnisse dieser Befragungen entscheiden über die weitere Vorgehensweise (z.B. wer das neue Staatsoberhaupt wird). Zentrales Element moderner Demokratien ist, dass die Stimme jedes Wahlberechtigten gleich viel zählt: »one man one vote« (ein Wähler eine Stimme).

… und wie funktioniert sie?

Ursprünglich dominierte die direkte Demokratie. In ihr erhalten die Wähler Fragen vorgelegt, denen sie zustimmen oder die sie ablehnen können. Sie entscheiden also in der Sache selbst. Die Stadtstaaten des antiken Griechenland waren solche direkte Demokratien. Die Bürger Athens, Spartas oder Thebens versammelten sich auf öffentlichen Plätzen, diskutierten ein bestimmtes Thema und stimmten anschließend über dessen Lösung ab. Das funktionierte, solange es nicht zu viele Wähler gab und die Themen, über die abgestimmt wurde, nicht allzu kompliziert waren.

Für schwierige Themen eignet sich dieses System nicht. Wer von uns hat schon das Fachwissen für sinnvolle Lösungen, etwa zur Energiemarktregulierung. Und wer von uns hat neben Schule, Job, Familie und Freunden überhaupt die Zeit dazu? Moderne Demokratien funktionieren deshalb anders. Sie haben gewählte »Volksvertreter«. Die Wahlberechtigten stimmen nicht mehr selbst über die Lösung zu einem Thema ab, sondern wählen Volksvertreter, die das für sie erledigen. Das nennt man indirekte Demokratie.

In einer indirekten Demokratie wählt das Staatsvolk alle paar Jahre eine Versammlung, die ihrerseits die Regeln für das Volk beschließt. In Deutschland heißt diese Versammlung Bundestag, in Österreich Nationalrat. In diesen Staaten ist die direkte Demokratie nur mehr in Form einzelner Elemente übrig geblieben (z.B. Volksabstimmungen), deren Anwendung als Ausnahmefall gedacht ist.

Demokratiedefizit oder Vorzeigemodell?

Auch die EU folgt diesem System. Ihre »Volksversammlung« ist das Europäische Parlament, dessen Mitglieder alle fünf Jahre von den EU-Bürgern gewählt werden. Aber das EU-Parlament ist in die EU-Rechtssetzung nicht in jenem Maß eingebunden wie die nationalen Parlamente in jene ihrer Nationalstaaten.

Zu Gründungszeiten der EU war das EU-Parlament nicht als Tonangeber vorgesehen. Das Recht, ein Gesetzesvorhaben einzuleiten (Initiativrecht), stand nur der Europäischen Kommission zu.[100] Deren Mitglieder werden aber nicht gewählt, sondern auf Vorschlag der Regierungen der einzelnen Nationalstaaten bestellt. Ob eine Initiative angenommen und zu EU-Recht werden sollte, entschied der

Rat. Auch dessen Mitglieder werden nicht gewählt. Er setzt sich aus den Fachministern der Mitgliedsstaaten zusammen (wird z.B. über ein Sicherheitsthema beraten, besteht der Rat aus den Innenministern aller Mitgliedsstaaten, bei Entscheidungen über den Geldhaushalt aus den Finanzministern). Hatte der Rat den Entschluss für eine bestimmte Verordnung oder Richtlinie gefasst, konnte sie das EU-Parlament früher nicht verhindern. Hauptakteure waren also Kommission und Rat. Das EU-Parlament blieb in der Rechtssetzung Zaungast. Und das, obwohl es das einzige europäische Organ ist, dessen Mitglieder in einer europaweiten Wahl direkt gewählt werden.

Undemokratisch ist die EU deswegen aber nicht. Tatsächlich weichen die realpolitischen Vorgänge in den Mitgliedsstaaten von diesem Schema nämlich auch nicht besonders ab – und den Mitgliedsstaaten wirft auch niemand vor, undemokratisch zu sein. Denn zumindest in jenen Mitgliedsstaaten, in denen die einzelnen Abgeordneten streng nach den Vorgaben ihrer Partei abstimmen (Fraktionszwang bzw. Klubzwang), geben die Regierungen und nicht die Parlamente den Ton in der Gesetzgebung an. Die Minister vereinbaren untereinander Gesetzesentwürfe, die von den Regierungsparteien im Parlament »durchgewunken« werden.

Außerdem sind auch Rat und Kommission demokratisch legitimiert. Und letztendlich spielt das Europäische Parlament heute eine viel wichtigere Rolle als zu jener Zeit, in der dieser Vorwurf entstanden ist.

Die demokratische Legitimation von Rat und Kommission

Demokratisch legitimiert ist nicht nur, wer direkt gewählt ist. Demokratisch legitimiert ist auch, wer von einem gewählten Organ bestellt wird und diesem verantwortlich ist. Das nennt man Legitimationskette. Die findet man in allen EU-Mitgliedsstaaten, also auch bei der deutschen oder österreichischen Bundesregierung.

Die Bundesregierung wird nämlich nicht vom deutschen bzw. österreichischen Wahlvolk gewählt. Die Wähler wählen »nur« die Abgeordneten zum Bundestag (in Österreich: Nationalrat). Aus den Mehrheitsverhältnissen nach der Wahl ergibt sich die Zusammensetzung der Regierung. Die Regierungsmitglieder (Minister) müssen zwar zum Bundestag (Nationalrat) wählbar sein, ihm aber nicht angehören. Die Minister müssen also gar nicht zur Wahl angetreten oder gewählt worden sein. Selbst Personen, die in ihrem gesamten Leben keine einzige Wählerstimme erhalten haben, können Minister werden. Gemeinsam mit den übrigen Regierungsmitgliedern können sie im Bundestag (Nationalrat) Gesetzesinitiativen einbringen und so – ungewählt – an der Gesetzgebung mitwirken.

Leiden Deutschland und Österreich deshalb an einem Demokratiedefizit? Nein, denn ihre Regierungen beziehen ihre demokratische Legitimation über eine Legitimationskette. Sie haben das Vertrauen der Mehrheit im Bundestag (Nationalrat), also der Mehrheit der gewählten Volksvertreter.

Und in der EU? Der Rat besteht aus den Ministern der Mitgliedsstaaten. Je nach Verhandlungsthema treffen sich zum Beispiel die Finanzminister oder die Gesundheitsminister aller Mitgliedsstaaten. Diese Minister sind Mitglieder ihrer nationalen Regierungen, die jeweils eine Parlamentsmehrheit hinter sich haben. Die Parlamente werden von den Staatsbürgern direkt gewählt. So gleicht die Legitimationskette des Europäischen Rats jener der Regierungen. Sie hat lediglich ein Kettenglied mehr.

Die Kommission wiederum besteht aus Personen, die von den Regierungen der Mitgliedsstaaten vorgeschlagen werden. Ihre Legitimation leitet sich damit ebenfalls von den Regierungen der Mitgliedsstaaten ab. Außerdem müssen sich die Kommissionsmitglieder vor ihrer Bestellung einem Hearing im Europäischen Parlament stellen. Nach dem Hearing kann das Parlament die Kommission auch ablehnen. Den meisten Mitgliedsstaaten ist ein solches parlamentarisches Hearing fremd (darunter auch Österreich), sodass deren Regierungen gebildet werden, ohne dass das Parlament die Ministerkandidaten auf Herz und Nieren prüfen konnte. Die Bestellung der Kommissionsmitglieder ist hier sogar demokratischer als die Regierungsbildung vieler Mitgliedsstaaten.

Aufwertung des Europäischen Parlaments

Der Vorwurf des Demokratiedefizits der EU stammt aus ihren Anfangstagen. Damals hatte das EU-Parlament tatsächlich bloß eine untergeordnete Stellung. Seit den 1980er-Jahren ist aber ein Prozess zur »vollen Parlamentarisierung der EU« im Gange. Dabei wird das EU-Parlament ständig aufgewertet. Heute steht es bei der Schaffung von EU-Recht dem Rat gleichberechtigt gegenüber. Nur für einige wenige Politikfelder (z.B. Außen- und Sicherheitspolitik der EU) gilt das noch nicht. Diese laufende Stärkung des EU-Parlaments zeigt das Bestreben der EU, sich demokratiepolitisch zu verbessern.

2014 ist ein bedeutender demokratiepolitischer Schritt geglückt. Bei den Wahlen zum EU-Parlament haben die wahlwerbenden Fraktionen vereinbart, dass der Chef der stimmenstärksten Fraktion Kommissionspräsident werden soll. Die Mitgliedsstaaten haben das akzeptiert. Während früher die Regierungen der Mitgliedsstaaten untereinander einen Kommissionspräsidenten ausgehandelt haben, wird dieser seit 2014 durch das Wahlvolk bestimmt. Die Ermittlung des Kommissionspräsidenten erfolgt nun prinzipiell gleich wie jene des Bundeskanzlers in Deutschland und Österreich.

Das EU-Parlament spielt international sogar eine wichtige demokratische Vorreiterrolle: Es ist weltweit die einzige überstaatliche Institution, deren Mitglieder von der Bevölkerung mehrerer Staaten direkt gewählt werden.

Lobbyisten und doppelte Österreicher

Demokratiepolitische Probleme gibt es in der EU trotzdem. Zum Beispiel mit Lobbyisten oder mit »one man one vote«, dem so einfachen Grundprinzip. Denn bei den Wahlen zum EU-Parlament sind nicht alle Wählerstimmen gleich viel wert. Es gibt sogar Wähler, deren Stimmen achtmal mehr wert sind als andere!

Das EU-Parlament hat 750 Abgeordnete. Auf einen EU-Abgeordneten kommen also fast eine Million Unionsbürger. Malta hat aber nur 600.000 Einwohner. Bei konsequenter Umsetzung von »one man one vote« hätte Malta keinen einzigen EU-Abgeordneten. Tatsächlich sitzen für Malta sechs Abgeordnete im EU-Parlament. Wie das geht? Damit auch kleine Mitgliedsstaaten im EU-Parlament vertreten sind, werden sie bevorzugt. Größere Staaten erhalten weniger EU-Abgeordnete, als ihnen ihrer Einwohnerzahl nach zustehen würden, kleine Staaten umgekehrt entsprechend mehr. Das geht besonders zulasten von Deutschland, dem bevölkerungsreichsten EU-Mitgliedsstaat. Deutschland hat

99 EU-Abgeordnete, also einen pro 811.000 Einwohner. Malta hingegen hat einen EU-Abgeordneten pro 100.000 Einwohner. Ein deutscher Abgeordneten-Kandidat benötigt so etwa achtmal mehr Stimmen als ein maltesischer. So stärkt man zwar die kleinen Mitgliedsstaaten gegenüber den großen. Wirklich gerecht ist das aber nicht.

Der doppelte Österreicher

Österreich hat knapp acht Millionen Einwohner und 18 EU-Abgeordnete. Das entspricht etwa einem EU-Abgeordneten auf 440.000 Einwohner. In Deutschland kommen 811.000 Einwohner auf einen EU-Abgeordneten. Damit ist die Stimme jedes österreichischen Wählers etwa doppelt so viel wert wie jene eines deutschen Wählers.

Ein weiterer Kritikpunkt lautet, dass Lobbyisten zu viel Einfluss auf die EU-Rechtssetzung haben. Tatsächlich wollen viele große Unternehmen und Lobbyisten auf die EU-Rechtssetzung Einfluss nehmen. Aber auch Umweltorganisationen, Arbeitnehmerverbände, NGOs und Kirchenvertreter haben ständig Kontakt mit EU-Abgeordneten. Demokratie funktioniert nur, wenn sich »das Volk« an seine Vertreter wenden kann. Dieses Recht steht dem einfachen Arbeiter genauso zu wie dem Aufsichtsratschef eines Großkonzerns. Leider hat aber Letzterer weitaus bessere Mittel zur Einflussnahme auf Abgeordnete als »normale« Bürger. Aber dieses Problem trifft nicht nur die EU. Lobbyisten und Großkonzerne beeinflussen auch die Gesetzgebung der einzelnen Mitgliedsstaaten viel stärker, als das demokratiepolitisch wünschenswert wäre. Einflussversuche auf EU-Ebene schaffen im Erfolgsfall für den ganzen EU-Raum die gewünschte Regelung und nicht bloß für einen einzelnen Staat. Deshalb geben sich bei den EU-Institutionen besonders viele Lobbyisten die Türklinke in die Hand. Schön ist das nicht. Aber dieses Problem kann die EU nicht allein lösen. Dazu ist die Zusammenarbeit aller Mitgliedsstaaten notwendig.

Ein EU-Abgeordneter geht in die Falle
Dass Lobbyisten bei bestechlichen Volksvertretern leichtes Spiel haben, zeigte folgender Vorfall: Ein österreichischer EU-Abgeordneter erhielt Geld angeboten, falls er den Inhalt von EU-Recht beeinflusst. Der Abgeordnete hat das Angebot angenommen und behauptet, bereits früher erfolgreich die EU-Rechtssetzung beeinflusst zu haben. Pech für den Abgeordneten: Seine »Auftraggeber« waren zwei britische Journalisten. Diese meldeten den Vorgang der Polizei. Der Abgeordnete verlor sein Mandat und wurde zu einer Haftstrafe verurteilt.

Warum ist das so kompliziert?

Die EU ist ganz schön kompliziert. Das macht sie für uns manchmal undurchschaubar. Dahinter steckt aber keine Absicht, sondern die Notwendigkeit eines Interessenausgleichs zwischen den Mitgliedsstaaten.

Die kleinen Staaten wie Österreich haben Angst, dass die großen Staaten alles ohne sie bestimmen. Große Staaten wie Deutschland weisen aber darauf hin, dass sie viel mehr Bürger haben und höhere Mitgliedsbeiträge zahlen als die kleinen. Südeuropa hat andere Interessen als Europas Norden. Politische Traditionen der einzelnen Mitgliedsstaaten sind unterschiedlich. Wirtschaftspolitische Maßnahmen, die für starke Volkswirtschaften zweckmäßig sind, können für wirtschaftlich schwache Mitgliedsstaaten nachteilig sein. Diese Interessenkonflikte muss die EU ausgleichen. Das geht oft nur durch komplizierte Strukturen. Und die bewirken manchmal ein Minus an Demokratie.

Ein Beispiel dafür ist der Rat, der seine Entscheidungen früher fast immer einstimmig fällen musste. Es musste also jeder Minister zustimmen. Und jeder Minister war seinem nationalen Parlament politisch für sein Stimmverhalten im Rat verantwortlich. Jedes Ratsmitglied spürte ganz unmittelbar den Druck, sein Stimmverhalten dem Mehrheitswillen seines Parlaments anzupassen. Je mehr Mitgliedsstaaten die EU aber aufnahm, desto mehr Mitglieder hatte der Rat (eines pro Mitgliedsstaat) und desto mehr Minister vertraten unterschiedliche, oft sich widersprechende Interessen. Einstimmige Entscheidungen wurden unmöglich. Der Rat drohte handlungsunfähig zu werden, weil schon ein einzelner Mitgliedsstaat Beschlüsse für die gesamte EU blockieren konnte. Die Lösung dieses Dilemmas war die Abkehr vom Einstimmigkeitsprinzip. Nun konnte der EU-Rat seine Entscheidungen auch gegen die Stimmen einzelner Mitgliedsstaaten fällen. Jetzt kann sich aber auch jeder Minister »zu Hause« darauf herausreden, im Rat von den anderen überstimmt worden zu sein. Das entzieht sein Stimmverhalten der Kontrolle seines nationalen Parlaments. Die Erhaltung der Handlungsfähigkeit ging so mit der Reduktion parlamentarischer Kontrolle einher.

Was war da mit der Wallonie?

Jahrelang haben EU-Diplomaten mit Kanada verhandelt. Kritiker warfen der EU vor, die Bevölkerung und die demokratischen Institutionen der Mitgliedsstaaten zu wenig in die Verhandlungen einzubinden. Die EU verhandle geheim und hinter verschlossenen Türen. Berücksichtigt würden nur die Interessen großer Industriellobbys, die Bürger und ihre Interessen blieben ausgesperrt.

Im Herbst 2016 war das geplante Handelsabkommen CETA zwischen der EU und Kanada unterschriftsreif. Der kanadische Premierminister sollte in wenigen Tagen zur feierlichen Unterfertigung anreisen. Doch dann kam (fast) alles anders.

Die kleine belgische Region Wallonie mit etwa dreieinhalb Millionen Einwohnern sprach sich gegen das Abkommen aus. Es sah fast danach aus, als käme CETA auch für die übrigen 507 Millionen EU-Einwohner nicht.

Denn die EU musste zu CETA auch die Zustimmung des Europäischen Rats, des Europäischen Parlaments und der einzelnen Mitgliedsstaaten einholen. Wie die Mitgliedsstaaten diese Zustimmung abzugeben hatten, richtet sich nach dem Verfassungsrecht der einzelnen Staaten. Nach belgischem Verfassungsrecht konnte Belgien nur zustimmen, wenn auch die einzelnen Regionen zustimmen. Und ebendas wollte die Wallonie verweigern.

Was zeigen diese Vorgänge? Dass, wer in Österreich und Deutschland der EU undemokratisches Vorgehen wegen

mangelnder Einbindung der Mitgliedsstaaten bei CETA vorwirft, diese Kritik nicht (bzw. nicht nur) an die EU richten darf. Es sind die Mitgliedsstaaten selbst, die mit ihrem innerstaatlichen Recht festlegen, ob der Gesamtstaat (Deutschland, Österreich), die einzelnen Teilstaaten (Bundesländer) oder alle Staatsbürger (z.B. mit Volksabstimmung) CETA zustimmen müssen. Österreich und Deutschland haben für sich entschieden, dass diese Zustimmung ohne Bürgerbeteiligung und ohne besondere Zustimmung der einzelnen Bundesländer gegeben wird.
Das ist allein Österreich und Deutschland zuzuschreiben. Die EU hat mit den innerstaatlichen Regelungen dazu nichts zu tun. Es mag durchaus sein, dass die EU-Diplomaten die Verhandlungen mit Kanada hätten transparenter führen können. Dass wir zu CETA nicht abstimmen durften, haben wir aber unserer eigenen Innenpolitik zuzuschreiben.
So sind CETA und die Wallonie ein Lehrbeispiel für zweierlei: Die EU muss oft Kritik einstecken, die eigentlich ihren Mitgliedsstaaten gebührt. Und auch kleine Bevölkerungsteile können große Vorhaben stoppen. Im Fall der Wallonie hätten sich beinahe 510 Millionen Unionsbürger dem Willen einer fast 150-mal kleineren Bevölkerung beugen müssen.
CETA wurde letztendlich übrigens doch unterschrieben. Die Wallonie hat im letzten Moment doch noch zugestimmt.

Die EU ist also nicht absichtlich komplizierter oder undemokratischer als ihre Mitgliedsstaaten. Aber sie muss die Interessen von über einer halben Milliarde Unionsbürgern in 28 Mitgliedsstaaten unter einen Hut bringen. Und schließlich wollten sich die einzelnen Regierungen in besonders wichtigen Fragen weiterhin ein möglichst starkes Mitspracherecht behalten. Das gelingt nur, wenn diese Fragen dem EU-Parlament entzogen und im Rat behandelt werden. Dort entscheiden die Minister der Mitgliedsstaaten. Das Europäische Parlament fordert deshalb schon lange seine Stärkung und die weitere Demokratisierung aller EU-Institutionen. Es sind die Mitgliedsstaaten, die das bislang verhindern.

24. Die EU ist ein Verwaltungsmoloch

Die EU-Verwaltung hat viele Mitarbeiter. Verglichen mit den Mitgliedsstaaten hat die EU aber nur sehr wenige Mitarbeiter pro Unionsbürger. Auch gibt die EU nur 6 Prozent ihres Budgets für Verwaltung aus; die restlichen 94 Prozent fließen an die Mitgliedsstaaten und kommen den Unionsbürgern zugute. Die 28 Mitgliedsstaaten der EU geben für ihre innerstaatlichen Verwaltungen pro Jahr insgesamt etwa das 275-Fache jenes Betrags aus, den die EU für ihre Verwaltung aufwendet.

Die EU sei ein Bürokratiemonster, hört man immer wieder. Gemeint ist damit, dass die EU eine immens aufgeblähte Verwaltung habe. Ist Brüssel tatsächlich ein abgehobenes Beamtenparadies?

Ob die Verwaltung einer Institution zu klein, zu groß oder gerade richtig ist, ist nicht nur schwer zu untersuchen, sondern auch eine Geschmacksfrage. Wer dem Staat oder der EU gerne viele Aufgaben übertragen will, die möglichst rasch erledigt werden sollen, der sollte die Verwaltung entsprechend stark ausstatten. Wer hingegen nur wenige Aufgaben auf Staat oder EU übertragen will, nach dessen Meinung wäre wohl eine schlanke Verwaltung in Staat und EU völlig ausreichend. Am besten gelingt die Untersuchung daher mit einem Vergleich der EU-Verwaltung mit jener anderer Institutionen.

Insgesamt arbeiten knapp 50.000 Menschen für die EU-Institutionen. Das klingt nach ganz schön viel. Zu diesen Mitarbeitern gehört aber auch ein Heer an Dolmetschern, die notwendig sind, um alle Dokumente und Rechtstexte der EU in alle 24 Amtssprachen der Mitgliedsstaaten zu übersetzen.

EU-Verwaltung in Zahlen

Mitarbeiter:
Europäische Kommission: 32.966 Beschäftigte
Europäisches Parlament: 7.652 Beschäftigte
Rat der Europäischen Union: rund 3.500 Beschäftigte
Europäischer Gerichtshof: rund 2.000 Beschäftigte

Sprachen:
24 Amtssprachen
622 denkbare Sprachkombinationen
800 Dolmetscher
4.300 Übersetzer

Die Sprachdienste der EU-Institutionen kosten jeden Unionsbürger zwei Euro pro Jahr.
Allein im Europäischen Gerichtshof müssen jedes Jahr etwa eine Million A4-Seiten übersetzt werden. Fast jeder zweite Mitarbeiter des Europäischen Gerichtshofs arbeitet im Sprachdienst.[101]

Die Mitarbeiter der EU-Institutionen sind für mehr als eine halbe Milliarde Unionsbürger zuständig. Zum Vergleich: Für die Verwaltung von Wien arbeiten rund 65.000 Mitarbeiter[102], für jene von Berlin sogar 113.000.[103] Das sind rund 15.000 mehr (Wien) bzw. doppelt so viele (Berlin) Mitarbeiter, als die gesamte EU-Verwaltung hat. In der österreichischen Bundeshauptstadt wohnen knapp unter zwei Millionen Menschen, die deutsche Hauptstadt hat rund dreieinhalb Millionen Einwohner.

Umgerechnet beschäftigt die EU pro 10.000 Unionsbürger etwa einen Mitarbeiter. Von einem solchen Verhältnis zwischen Verwaltungsmitarbeitern und Einwohnerzahl können die Mitgliedsstaaten nur träumen. Der deutsche öffentliche Dienst beschäftigt beispielsweise 4,5 Millionen Menschen, also etwa einen Mitarbeiter pro 18 Einwohner. Auf einen EU-Mitarbeiter entfallen demnach 500-mal so viele Einwohner wie auf einen deutschen Verwaltungsmitarbeiter. Auch wenn man davon ausgeht, dass die Verwaltungen der Mitgliedsstaaten oft vielfältigere Aufgabengebiete übernehmen als die EU (z.B. müssen die Mitgliedsstaaten und deren Städte Lehrer für Schulen oder Ärzte und Pflegepersonal für ihre Spitäler beschäftigen, die EU hingegen nicht) – das Zahlenverhältnis zwischen Mitarbeitern in der EU-Verwaltung und Unionsbürgern bleibt beeindruckend niedrig.

Teure EU-Beamte?

»4365 EU-Beamte verdienen mehr als die Bundeskanzlerin« – titelte Anfang 2013 die deutsche Zeitung *Welt am Sonntag*.[104] Tatsächlich sind es wohl weniger als 100 EU-Beamte, die so gut verdienen. Aber genau weiß das offenbar niemand.

Tatsache ist, dass gerade EU-Beamte oft hochqualifizierte Spezialisten sind. Das kostet. Ganz zufrieden dürfte aber auch die EU mit ihrem Gehaltsschema für Beamte nicht sein. Eine Reform des EU-Beamtendienstrechts samt Gehaltsreform ist geplant, liegt derzeit aber auf Eis. Manche vermuten, dass mit der Diskussion um EU-Beamtengehälter vor allem die EU insgesamt in Misskredit gebracht werden soll. Ganz so einfach kann man die Frage nach hohen Gehältern und Privilegien im EU-Beamtenapparat aber nicht abtun. Denn das EU-Beamtendienstrecht sieht einige ungewöhnliche Vergünstigungen vor, zum Beispiel, dass viele EU-Beamte erlaubterweise neun Wochen im Jahr nicht arbeiten, obwohl sie nur sechs Wochen Urlaub haben. Das diene der Abgeltung von Mehrarbeit und »flexiblen Arbeitszeiten«, also von Überstunden, die EU-Beamte oft in hohem Ausmaß leisten. Das würde aber bedeuten, dass EU-Beamte für ein und dieselbe Leistung zwei Belohnungen erhalten, werden doch diese Mehrarbeit und flexible Arbeitszeiten auch als Rechtfertigung für das hohe Gehaltsniveau angeführt.
Es gibt also sicher Bedarf für eine Reform des EU-Beamtenstatus. Ein Beamtenschlaraffenland ist die EU trotzdem nicht.

Auch dass die EU besonders viel Geld für Verwaltung ausgibt, ist falsch. Nur 6 Prozent des gesamten EU-Haushalts wendet die EU für ihre Verwaltung auf. Die restlichen 94 Prozent fließen an die Mitgliedsstaaten, wo sie deren Wirtschaft und den Bürgern vor allem in Form von Förderungen zugutekommen.

Diese 6 Prozent Verwaltungsanteil am EU-Haushalt entsprechen etwa acht Milliarden Euro. Mit diesem Geld bezahlt die EU nicht nur Gehälter und Pensionen der »üblichen« Verwaltungsmitarbeiter, sondern auch jene der Dolmetscher, sodass mit diesem Betrag auch sichergestellt ist, dass die EU mehrsprachig arbeiten kann. Die Mitgliedsstaaten der EU geben für ihre Verwaltungen das 275-Fache aus: insgesamt 2.200 Milliarden Euro pro Jahr. In Anbetracht dieser Zahlen scheinen die Aufwendungen für die EU-Verwaltung geradezu lächerlich niedrig. Eine aufgeblähte Verwaltung lässt sich damit wohl nicht durchfüttern.

25. Die EU schikaniert uns mit sinnlosen Verboten

Der EU wurden schon die merkwürdigsten Absurditäten vorgeworfen. Windelpflicht für Almkühe, Verbot krummer Gurken, Dekolleté-Verbote für Kellnerinnen und Stallverbot für Schwalben sind nur einige davon. Tatsache ist: Mit der EU haben all diese Absurditäten nichts zu tun. Sie sind Erfindungen und Verdrehungen kreativer EU-Kritiker, die mit diesen Unwahrheiten die EU gezielt verunglimpfen wollen.

Die EU will uns bevormunden und uns alles verbieten. Dabei dringt der »Brüsseler Verwaltungsmoloch« in unsere privatesten Lebensbereiche vor. Wollen uns verrückt gewordene Brüsseler Bürokraten tatsächlich entmündigen?

›••

> **EU-Bürokraten wollen Schwalben aus den Ställen der Bauern verbannen**
> Schon in den kommenden Tagen werden die ersten Rauchschwalben-Pärchen hoffnungsfroh und brutbereit aus ihren Winterquartieren in Afrika zurückkehren. Doch die herzlosen EU-Bürokraten wollen sie zumindest in den Ställen der heimischen Landwirte nicht mehr sehen.
> (*Kleine Zeitung*, Kärntner Ausgabe, 9.4.2003)

••‹

Warum gibt es so viele EU-Vorschriften?

Seit der Gründung der Europäischen Gemeinschaft verfolgt die EU ein zentrales Ziel: die Errichtung und immer weitere Verbesserung eines EU-weiten Binnenmarktes. Kernfunktion eines Binnenmarktes ist, dass innerhalb seiner Grenzen Handelsgüter möglichst frei und ohne technische oder bürokratische Hürden ausgetauscht werden können. Das setzt unter anderem voraus, dass diese Handelsgüter überall im Binnenmarkt verwendbar sind. Beispielsweise wären deutsche Fernsehapparate in Griechenland kaum verkäuflich, wenn aufgrund unterschiedlicher Spannungen in den Stromnetzen ein deutscher Fernsehapparat dort nicht betrieben werden könnte. Um solche Hindernisse zu beseitigen, muss die EU europaweit einheitliche Standards festlegen.

Das führt beispielsweise dazu, dass alle EU-Staaten ihre Stromnetze mit ähnlichen Spannungen speisen und Elektrostecker in allen EU-Staaten mit Ausnahme Großbritanniens (das die EU aber bald verlässt) dieselbe Steckerform aufweisen. So ist sichergestellt, dass zum Beispiel der Stecker eines in Spanien produzierten Radiogeräts auch in eine deutsche, österreichische, italienische, polnische oder finnische Steckdose passt. Der Konsument profitiert davon, weil er dadurch mehr Auswahl hat und die vielfältige Konkurrenz das allgemeine Preisniveau senkt. Außerdem kann er ein in einem EU-Staat gekauftes Radiogerät in allen EU-Staaten nutzen, ohne teure Adapter kaufen zu müssen.

Dabei kann es natürlich vorkommen, dass eine bestimmte Regelung Materien beinhaltet, die in einem Mitgliedsstaat wichtiger sind, in einem anderen aber praktisch irrelevant. Ein Beispiel dafür ist eine das Seilbahnwesen betreffende Richtlinie. Nicht nur Länder wie Österreich, sondern so gut wie alle EU-Staaten verfügen über Seilbahnen. Es ist also durchaus sinnvoll, die Sicherheitsstandards für Personenseilbahnen in allen EU-Staaten anzugleichen. Genau dieses Ziel verfolgt die EU-Richtlinie über Seilbahnen für den Personenverkehr.[105] Mit ihr verpflichtet die EU ihre Mitgliedsstaaten, innerstaatliche Regelungen über bestimmte Mindeststandards für Personenseilbahnen zu erlassen. Dass etwa die deutsche Bundesverfassung vorsieht, dass im Seilbahnwesen jedes Bundesland dafür ein eigenes Gesetz beschließen muss, dafür kann die EU nichts. Aber genau dieses innerdeutsche Spezifikum führt dazu, dass auch durchwegs flache Länder wie Berlin und Mecklenburg-Vorpommern eigene Landesgesetze über Personenseilbahnen erlassen müssen, selbst wenn es in ihnen gar keine Personenseilbahnen gibt.[106]

Kritiker führen das auf Basis dieser Seilbahnrichtlinie erlassene Landesgesetz ohne faktischen Anwendungsbereich im betreffenden Bundesland als »Beweis« für die Regulierungswut der EU an. Dass sich die EU auch mit der Umsetzung durch ein einziges Gesetz für ganz Deutschland zufriedengegeben hätte, verschweigen sie. Dass dieses Gesetz in anderen deutschen Bundesländern sehr wohl sinnvoll ist, weil es dort viele Personenseilbahnen gibt, wird ebenso nicht erwähnt.

Dieses Beispiel zeigt anschaulich, dass EU-Regeln sinnvolle Absichten verfolgen, selbst wenn die innerstaatliche Umsetzung im Einzelfall nicht so wichtig erscheint. Oft machen sehr komplizierte Zusammenhänge diese Regelungen erforderlich. Dadurch ist es oft schwer, den Sinn hinter den Regeln richtig und verständlich zu kommunizieren. EU-Gegner nützen das geschickt aus. Sie verdrehen Halbwahrheiten ins Absurde und finden so eingängige Schlagworte, die sich in den Köpfen der Unionsbürger einprägen und an sich sinnvolle EU-Regeln lächerlich erscheinen lassen. Die folgenden Seiten enthalten ein »Best-of« der absurdesten Verdrehungen, mit denen EU-Gegner der EU zu Unrecht an Schwachsinn grenzenden Regulierungswahn vorgeworfen haben.

Bayerns Wirte fürchten Dirndl-Verbot
Pläne der EU zu besserem Sonnenschutz von Arbeitnehmern haben in Bayern Entrüstung ausgelöst: Die EU will nackte Haut im Freien wegen Hautkrebsgefahr eindämmen – und die Wirte wittern ein »Dekolleté-Verbot« für Biergarten-Bedienungen und damit das Aus für das Dirndl.
(*Handelsblatt*, 1.8.2005)

Das Dekolleté-Verbot – Als die EU den europäischen Männern (fast) das Spannen verboten hätte

Ein Sturm der Entrüstung füllte das Sommerloch 2005 in Deutschland und Österreich. Nicht nur wolle die EU Kellnerinnen verbieten, tief ausgeschnittene Dirndlkleider zu tragen und so die armen männlichen Biertrinker in den Gastgärten um tiefe Einblicke bringen; auch um das Sommervergnügen der heimischen Frauen sorgten sich EU-Kritiker: Bauarbeiter würden wegen sinnloser EU-Vorschriften bald ihre braungebrannten Oberkörper vor der Damenwelt verhüllen müssen.

Anlass der Aufregungen war der »EU-Richtlinienentwurf für Minimalstandards zum Schutz der Arbeitnehmer vor optischer Strahlung«. Dieser Richtlinienentwurf sah für Arbeiten im Sonnenlicht weder Grenzwerte noch bestimmte Maßnahmen vor. Er verlangte von den Arbeitgebern lediglich, für seine besonders sonnenexponierten Arbeitnehmer (z.B. Bauarbeiter oder Kellner in Strandcafés) die Risiken abzuschätzen und angemessene Maßnahmen zu ergreifen, um eine Gesundheitsgefährdung zu vermeiden. Eine angemessene Maßnahme könnte beispielsweise der Schutz durch Sonnencreme sein. Dass sonnenexponierte Arbeitnehmer freie Hautstellen verhüllen müssen, hat die EU nie vorgeschrieben oder auch nur beabsichtigt.

Fazit: Das Dekolleté-Verbot ist eine freie Erfindung von EU-Kritikern.

Die EU will uns die deutsche Sprache verbieten

Die Schlagzeile der *Bild*-Zeitung offenbarte Unheimliches: Die EU will die deutsche Sprache abschaffen![107] Der Text relativierte, dass es sich offenbar um die Übersetzung von Dokumenten ins Deutsche handeln solle, die von der EU abgeschafft werden würde. Ein deutscher Abgeordneter hatte sich laut *Bild*-Exklusivmeldung des Problems bereits angenommen und forderte die deutsche Bundesregierung auf, »schnellstens in Brüssel dafür zu sorgen, dass die Dokumente wieder in die Sprache des größten Nettozahlers übersetzt werden«.

Die Vertretung der EU-Kommission in Deutschland nahm den Vorwurf zunächst mit Humor: »Schon wieder ist ein Bildredakteur ins Sommerloch gefallen.«[108] Die deutschen Gerichte waren weniger humorvoll. Das Landgericht Berlin verpflichtete die *Bild*-Zeitung mittels einstweiliger Verfügung zur Richtigstellung.

Tatsache ist, die deutsche Sprache war und ist nicht nur eine der 24 »normalen« Amtssprachen der EU. Deutsch genießt sogar einen Sonderstatus gegenüber anderen Amtssprachen. Gemeinsam mit Englisch und Französisch ist Deutsch eine der drei internen Verfahrenssprachen. Das bedeutet, dass Texte (neben Englisch und Französisch) auf Deutsch vorliegen müssen, damit sie von der EU-Kommission angenommen werden.

Abgesehen davon: Wie will die EU-Kommission einem Mitgliedsstaat oder dessen Staatsbürgern verbieten, in dessen Sprache zu kommunizieren? Die EU-Kommission betont vielmehr immer wieder, dass die EU und damit auch sie selbst der Vielsprachigkeit verpflichtet ist.

Fazit: Dass die EU Deutsch abschaffen wolle, ist eine Zeitungsente, zu deren Widerruf die betreffende Zeitung sogar gerichtlich verpflichtet wurde.

Die EU schreibt den Bauern Matratzen für Kühe vor

Tatsächlich schreibt die EU den europäischen Landwirten vor, dass Buchten und andere Einrichtungen in Kuhställen aus Materialien errichtet werden müssen, die für die Tiere ungefährlich sind. Überdies müssen alle Materialien, mit denen Nutztiere in Berührung kommen, gründlich zu reinigen und desinfizierbar sein (Richtlinie 98/58/EG des Rats vom 20. Juli 1998 über den Schutz landwirtschaftlicher Nutztiere). Dass die Landwirte für ihre Kühe Matratzen in den Ställen einrichten müssen, ist aber falsch.

Dennoch sind in der europäischen Landwirtschaft mit harten Plastikmatratzen ausgelegte Buchten und Kuhställe weitverbreitet. Ganz ohne EU-Vorschrift! Kuh-Komfort steht dabei aber nicht im Vordergrund. Plastikmatten sind schlichtweg leichter zu reinigen als andere Materialien, sie sind hygienischer und effektiver bei der Vorbeugung gegen Euterentzündungen als Streumaterialien wie Sägespäne oder Sand. Und günstig sind sie obendrein. So halten die europäischen Landwirte bei niedrigen Kosten Kühe und Euter sauber. Das soll die Lebensqualität und Gesundheit der Kühe, die Lebensmittelhygiene und die Milchqualität verbessern.

Fazit: Die EU schreibt den Bauern keine Matratzen für Kühe vor. Dennoch sind Plastikmatratzen in Kuhställen aufgrund zahlreicher Vorteile längst gängige Praxis.

Wegen der EU dürfen Eltern keinen Kuchen mehr in Kindergärten mitbringen, ohne die Zutatenlisten vorzulegen

Tatsächlich ist am 13. Dezember 2014 die EU-Lebensmittelinformationsverordnung in Kraft getreten. Sie schreibt Unternehmen, die regelmäßig Lebensmittel an Personen ausgeben (z.B. Restaurants oder Betriebskantinen), unter anderem vor, ihre Kunden über jene Inhalte ihrer Speisen aufzuklären, die allergische Reaktionen hervorrufen können. Diese Vorschrift soll dem Schutz von Allergikern dienen, denen beim unbewussten Verzehr von Allergenen schwerste Reaktionen drohen, die sogar zum Tod führen können. EU-Kritiker streuten aus Anlass dieser Verordnung das Gerücht, dass man nun nicht einmal mehr selbst gebackene Kuchen zur Geburtstagsfeier in Kindergärten und Schulen mitnehmen dürfe.

Das Gerücht ist falsch. Vielmehr hält die Lebensmittelinformationsverordnung selbst ausdrücklich fest, dass diese Vorschrift nur für Unternehmen gilt. »Tätigkeiten wie der gelegentliche Umgang mit Lebensmitteln und deren Lieferung, das Servieren von Mahlzeiten und der Verkauf von Lebensmitteln durch Privatpersonen, z.B. bei Wohltätigkeitsveranstaltungen oder auf Märkten und Zusammenkünften auf lokaler Ebene sollten nicht in den Anwendungsbereich dieser Verordnung fallen.«

Fazit: Die EU-Lebensmittelinformationsverordnung gilt nur für Unternehmen. Wer privat Gäste bewirten oder seinem Kind eine Geburtstagstorte in den Kindergarten mitgeben will, kann das weiterhin auch ohne Bekanntgabe der Zutaten tun.

Die EU schreibt Almkühen Windeln vor

Mit der Aktion »Windeln für Almkühe« reagierte der Bayerische Bauernverband auf eine geplante Verschärfung der EU-Regeln zur Düngung. Medien griffen das Schlagwort der Aktion auf, das sich in weiterer Folge verselbständigte und den Eindruck vermittelte, die EU würde Pampers für Almkühe fordern.[109]

Tatsächlich wollte die EU-Kommission weder den Kühen das Weiden auf Almwiesen verbieten, noch ihnen Windeln verordnen. Vielmehr sollte die EU-Nitratrichtlinie Bestimmungen festschreiben, wie Düngemittel auf Hanglagen aufgebracht werden dürfen. Die konkrete Umsetzung dieser Bestimmungen sollte den Mitgliedsstaaten obliegen. Österreich und Deutschland werden dabei die Besonderheiten ihrer Landwirtschaft berücksichtigen können.

Die EU-Nitratrichtlinie ist aufgrund eines schwerwiegenden Problems notwendig: Bei unsachgemäßer Düngung von Hanglagen werden die in den Düngemitteln enthaltenen Nitrate ausgewaschen und gelangen über das Grundwasser in das Trinkwasser. Dieses Problem ist keineswegs akademisch. Tatsächlich liegt der Nitratgehalt im Grundwasser in Österreich und Deutschland an vielen Orten über dem erlaubten Grenzwert.

Fazit: Die EU schreibt Almkühen keine Windeln vor. Diese Behauptung soll bloß Maßnahmen verunglimpfen, die eine Senkung des Nitratgehalts im Grundwasser unter die erlaubten Grenzwerte sicherstellen sollen.

Die EU verbietet die Brettljause und Bierkrüge aus Steingut

Was dem Österreicher seine Brettljause (eine auf einem Holzbrett servierte Brotzeit), ist dem Bayern sein Bierkrug aus Steingut. Nun kommt die EU und will beides verbieten. Gerüchte, die EU wolle in Holzbottichen gereiften Käse verbieten, machten ebenso die Runde.

Die Befürchtungen entstanden im Vorfeld zum Erlass von EU-Hygienevorschriften im Lebensmittelbereich. Skeptiker befürchteten, die EU würde traditionelle Erzeugungs- und Verabreichungsmethoden untersagen.

Tatsächlich sind all diese Bereiche von den EU-Hygienebestimmungen nicht betroffen. Die seit 2006 geltenden Bestimmungen erlauben ausdrücklich die Produktion von Lebensmitteln mit traditionellen Methoden und sichern so insbesondere kleine Hersteller regionaltypischer Produkte ab. Die Brettljause darf weiterhin auf Holzbrettern serviert werden. Auch der Tiroler Almkäse reift in manchen Betrieben noch immer im Holzbottich.

Ähnlich verhält es sich mit den bayerischen Bierkrügen. 2014 fand in manche Medien die Behauptung Eingang, die bayerische Regierung hätte erfolgreich ein Verbot von Bierkrügen aus Steingut abgewehrt. Tatsächlich verbietet eine EU-Richtlinie aus dem Jahr 2004 (Richtlinie 2004/22/EG) undurchsichtige Schankmessgeräte. Sie gilt für Geräte, die zum Messen der ausgeschenkten Menge eines Getränks dienen, etwa durchsichtige Biergläser, wie sie in Gaststätten verwendet werden: An ihrem Messstrich wird die Getränkemenge beurteilt. Steinkrüge fallen nicht darunter, da sie sich selbst bei Anbringung eines Eichstrichs aufgrund ihres undurchsichtigen Materials nicht als Messgeräte für den Ausschank schäumenden Biers eignen. Sie bleiben weiter erlaubt. Die Vertretung der EU-Kommission in Deutschland hat das auf ihrer Website ausdrücklich klargestellt.

Fazit: Die EU hat weder die Brettljause noch Bierkrüge aus Steingut verboten. Wer will, kann zur Jause vom Holzbrett weiterhin Bier aus irdenen Krügen trinken.

Die EU regelt sogar die Gurkenkrümmung

Richtig! Die Verordnung Nr. 1677/88 zur Festsetzung von Qualitätsnormen für Gurken regelte seit 1988 auch die maximal erlaubte Gurkenkrümmung bei Großhandelsware. Zumindest österreichische EU-Skeptiker sollten sich aber gut überlegen, ob sie gerade diese Verordnung als »Beweis« für den Regulierungswahn der EU anführen wollen. Denn Österreich hat schon 1967 ein Qualitätsklassengesetz erlassen, das ab dem Jahr 1968 gemeinsam mit der Qualitätsklassenverordnung den zulässigen Krümmungsgrad österreichischer Salatgurken regelte. Wer die »Gurkenkrümmungsverordnung« als EU-Regulierungswahnsinn ansieht, muss also auch anerkennen, dass Österreich nach dieser Betrachtungsweise dem »Brüsseler Regulierungswahn« um 20 Jahre voraus gewesen ist.

Seit Juli 2009 feiert die krumme Gurke übrigens ihr Comeback. Die EU hat die »Gurkenkrümmungsverordnung« gemeinsam mit anderen Regeln über Form und Größe von Obst und Gemüse abgeschafft. Der Handel hat dies im Fall der Gurke eher bedauert. Denn gerade Gurken sind leichter und billiger zu transportieren. Auch benötigen sie weniger Lagerplatz. Die »Gurkenkrümmungsverordnung« entsprang nicht dem »Brüsseler Regulierungswahn«, sondern war ein Wunsch des Handels. Die Idee zu einer solchen Verordnung hatten nicht Brüsseler Bürokraten, sondern die Wirtschaftskommission der UNO.

Fazit: Die »Gurkenkrümmungsverordnung« gab es wirklich. Sie sollte dem Handel helfen, mit geraden Gurken Transport und Lagerung von Gemüse zu vereinfachen.

Die EU fördert Skipisten auf einer dänischen Insel

Die »Sonneninsel« Bornholm ist einer der wärmsten Orte Skandinaviens. Dennoch fördert die EU dort eine Skipiste. Im ersten Winter war diese gerade einmal einen Tag in Betrieb. Trotzdem genehmigte die EU 2012 eine weitere Förderung.

Besonders sinnvoll klingt das nicht. Aber das kann man nur zum geringsten Teil der EU vorwerfen. Denn welche Projekte EU-Fördergelder erhalten, entscheiden in erster Linie die Behörden jenes Mitgliedsstaates, in dem das Projekt liegt. So hat die Förderung der Skipiste auf der warmen Sonneninsel eine dänische Behörde entschieden.

Im Bereich der ländlichen Entwicklung arbeitet jeder Mitgliedsstaat nationale Strategiepläne aus. Ein aus NGO-Vertretern und Vertretern des Mitgliedsstaates gebildeter Begleitausschuss wählt Projekte aus, die der EU-Kommission vorgelegt werden. In diese Auswahl mischt sich die Kommission nicht ein. Die Auswahlentscheidung trifft also der jeweilige Mitgliedsstaat. Wer das ändern will, muss den Mitgliedsstaaten diese Entscheidungsbefugnis wegnehmen. Genau dagegen wehren sich diese aber.

Fazit: Die EU fördert tatsächlich auch sinnlose Projekte. Die Auswahl der förderungswürdigen Projekte treffen aber die Mitgliedsstaaten. Sinnlose Projektförderung ist also vor allem diesen und nicht der EU vorzuwerfen.

Die EU schikaniert unsere Wirte mit Kalorienzählen

Groß war die Aufregung in Österreichs größter Tageszeitung. »Neue EU-Schikanen für unsere Wirte«, titelte die *Kronen Zeitung* am 13. November 2015 auf ihrer Seite eins. Im Blattinneren »informierte« der dazugehörende Artikel »Neue EU-Schikane für unsere Wirte: Jetzt werden Kalorien gezählt!« die Öffentlichkeit über die neuesten Schikanen aus Brüssel.

Mit dem Jahreswechsel 2015/16 würden alle Speisen in Lokalen wie Fertigprodukte in Supermärkten behandelt und deren Nährwerte auf der Speisekarte deklariert werden. Der Artikel lässt über die zitierte Meinung eines Gastwirts durchblicken, dass dies der Lebensmittelindustrie ermögliche, »unseren Wirten« Fertigprodukte aufzuzwingen.

Klingt empörend, ist aber falsch. Die EU-Lebensmittelinformationsverordnung (LMIV) beinhaltet zwar eine verpflichtende Nährwertdeklaration. Die betrifft aber nur verpackte Lebensmittel. Im Gasthaus kommt das Essen aber nicht in der Verpackung, sondern auf dem Teller zum Konsumenten. Auf die Gastwirte wirkt sich die Verordnung deshalb nicht aus. Laut Auskunft des Bundesministeriums für Gesundheit waren in Österreich auch keine nationalen Vorschriften für eine verpflichtende Nährwertinformation für unverpackte Lebensmittel geplant.

Fazit: Es gibt eine EU-Vorschrift über verpflichtende Nährwertinformationen. Diese gilt aber nur für verpackte Lebensmittel (trifft somit vor allem die Lebensmittelindustrie), nicht jedoch für unverpackte Lebensmittel (wie sie in Gasthäusern, Bäckereien oder auf Bauernmärkten verkauft werden). Dass »unsere Wirte« nun Kalorien zählen müssten, ist schlichtweg falsch!

EU-weites Aufführungsverbot für Wagner-Opern

Opern des Komponisten Richard Wagner sind besonders laut. Die österreichische Bundesanstalt für Arbeitsschutz und Arbeitsmedizin hat festgestellt, dass die Orchestermusiker bei der Aufführung von Wagner-Opern einem Lärmpegel von bis zu 120 Dezibel ausgesetzt sind. Aus Sicht des Arbeitnehmerschutzes ist das durchaus bedenklich.

Aber Richard Wagner war einer der berühmtesten Opernkomponisten. So berühmt, dass alljährlich die europaweit bekannten Bayreuther Festspiele eigens zu seiner Würdigung veranstaltet werden. Und gerade diese Opern will die EU mit einem Aufführungsverbot belegen?

Die Richtlinie zum »Schutz von Sicherheit und Gesundheit der Arbeitnehmer vor der Gefährdung durch physikalische Einwirkungen« soll Arbeitnehmer vor Gesundheitsschäden durch Lärm am Arbeitsplatz schützen. Tatsächlich gilt diese Richtlinie auch für Orchestermusiker. Sie sind eben auch Arbeitnehmer. Ihr Arbeitsplatz ist der Orchestergraben. Dennoch plant die EU kein Aufführungsverbot für klassische Opern (auch nicht für Wagner-Opern). Dass ein solches Verbot drohe, ist lediglich eine Behauptung von EU-Kritikern, die die guten Absichten eines EU-weiten Arbeitnehmerschutzes vor gesundheitsschädlichem Lärm ins Absurde verdreht. Tatsächlich enthält die Richtlinie Höchstwerte für die durchschnittliche Lärmbelastung in einer Arbeitswoche. Selbst wenn ein Orchestermusiker an mehreren Konzertaufführungen in einer Woche teilnimmt: Die Höchstwerte für die durchschnittliche Lärmbelastung während dieses Zeitraums erreicht er trotzdem nicht.

Fazit: Die mit dem behaupteten Opernaufführungsverbot diskreditierte Richtlinie schützt Arbeitnehmer vor Lärm am Arbeitsplatz. Die vorgesehenen Höchstgrenzen durchschnittlicher Lärmbelastung werden durch Opernaufführungen nicht erreicht.

Gut erfundene EU-Kritik

Die EU ist eine Organisation, unter deren gemeinsamem Dach mehr als eine halbe Milliarde Menschen leben. Natürlich kann eine so große Organisation nicht alles richtig machen. Selbstverständlich trifft sie auch Fehlentscheidungen. Kritik an der EU mag also durchaus richtig sein. Oft bauschen EU-Kritiker aber Halbwahrheiten oder schlichte Erfindungen um einen wahren Kern herum zu einprägsamen Absurditäten auf. Sie werden geglaubt, denn der EU wird ohnehin alles Mögliche zugetraut. Tatsächlich sind die hinter den besonders einprägsamen Absurditäten stehenden realen Absichten der EU meist nachvollziehbar und vernünftig.

Und die Wahrheit hinter dem eingangs erwähnten Schwalbenverbot in Ställen? Auch die ist dürftig. Die südösterreichische Regionalzeitung hat offenbar die Richtlinie 89/362 gründlich missverstanden. Die befasst sich mit Hygienestandards, die Landwirte während des Melkvorgangs einhalten müssen. Mit Schwalben haben diese Hygienestandards nichts zu tun. Die sind bis heute gern gesehene und erlaubte Gäste in den europäischen Kuhställen.

26. Homosexualität ist eine Krankheit

Homosexualität kommt in allen Kulturen und zu allen Zeiten konstant vor. Bisher konnten Wissenschaftler keine eindeutige Ursache finden, weshalb das so ist. Die Weltgesundheitsorganisation WHO hat Homosexualität schon vor Langem von der Liste der menschlichen Erkrankungen gestrichen. Homosexualität ist genauso normal wie Heterosexualität. Denn zwischenmenschliche Beziehungen haben mehr als nur eine Erscheinungsform.

Mann mit Mann und Frau mit Frau – das ist doch krank, hört man immer wieder. Aber ist Homosexualität tatsächlich so ungewöhnlich oder gar ansteckend?

Schwule und Lesben sind krank – das war bis vor gar nicht langer Zeit sogar offizielle Meinung. Erst im Jahr 1992 strich die Weltgesundheitsorganisation WHO Homosexualität von ihrer offiziellen Liste der Krankheiten. Die American Psychiatric Association, die Vereinigung der US-amerikanischen Psychiater, war schneller: Sie hatte Homosexualität schon im Jahr 1973 von der Liste der psychischen Störungen entfernt.

Heute ist klar dokumentiert, dass Homosexualität weder eine Krankheit ist noch unnatürlich. Sondern einfach eine Spielart der Liebe, die weder besser noch schlechter ist als Heterosexualität, die Liebe zwischen Frau und Mann. Aus diesem Grund hat etwa Kalifornien 2012 als erster US-Bundesstaat Therapien zur Umerziehung homosexueller Jugendlicher gesetzlich verboten. Denn Homosexualität, so steht es in diesem Gesetz, ist »keine Krankheit, keine Geistesstörung und kein Mangelzustand«. 2016 entkriminalisierten auch die Staaten Mosambik, Nauru und die Seychellen gleichgeschlechtliche Liebe. Trotzdem werden Schwule und Lesben auch heute noch in etwa 70 Staaten der Welt verfolgt.

Dabei kam und kommt gleichgeschlechtliche Liebe in allen Gesellschaften und zu allen Zeiten vor – egal ob sie gerade verboten ist oder nicht. Auch Religionsvertretern ist homosexuelle Leidenschaft nicht fremd: In Großbritannien outete sich der anglikanische Bischof von Grantham im September 2016 als schwul, in Italien gaben einander im Oktober darauf zwei ehemalige Nonnen das Ja-Wort, in Paris hat Imam Ludovic-Mohamed Zahed eine schwulenfreundliche Moschee eingerichtet und seit 2009 ist der Orthodoxe Ron Yosef Israels erster offen homosexueller Rabbiner.

Seit die Menschen schriftliche Zeugnisse hinterlassen, ist Homosexualität in jeder Kultur und in jeder Epoche belegt. Bereits das »Gilgamesch-Epos«, dessen früheste Fassung aus dem Jahr 1700 vor Christus stammt, erzählt, wie sich ein mystischer König in einen wilden Mann »wie in eine Ehefrau« verliebt. Spanische Entdecker berichteten von Bewohnern in der Neuen Welt, die Frauenkleider trugen und sich mit anderen Männern vergnügten. Homosexuelle Beziehungen sind in traditionellen afrikanischen Gesellschaften genauso belegt wie in der arabischen Kultur. Bildliche Darstellungen, wie Männer Sex mit anderen Männern haben, finden sich in Japan bereits im 8. Jahrhundert vor Christus.

Berühmte Homosexuelle

Die Hollywood-Schauspielerin Jodie Foster lebte viele Jahre gemeinsam mit der Filmproduzentin Cydney Bernard, mit der sie auch zwei Söhne großzog. Foster wurde für ihre Rollen in den Filmen »Das Schweigen der Lämmer« und »Angeklagt« mit Oscars ausgezeichnet.

Im Januar 2014 outete sich der frühere deutsche Fußball-Nationalspieler Thomas Hitzlsperger als erster deutscher Profifußballer in einem Interview als homosexuell.

Die Schauspielerin, Moderatorin und Komikerin Ellen deGeneres bekannte sich 1997 nicht nur selbst öffentlich zu ihrer Homosexualität, sondern outete auch ihre Filmfigur »Ellen« in der gleichnamigen Sitcom.

Mit 53 Jahren erklärte Tim Cook, Chef des Computerkonzerns Apple, im Oktober 2014 öffentlich: »Ich bin stolz darauf, schwul zu sein.«

Popstar Ricky Martin machte seine Homosexualität 2010 öffentlich bekannt und war danach vier Jahre lang mit einem Mann verheiratet.

Die deutsche Fernsehjournalistin und Starmoderatorin Anne Will hat ebenso seit vielen Jahren eine Lebensgefährtin wie die Schauspielerin und »Tatort«-Kommissarin Ulrike Folkerts.

Die österreichische Skispringerin und Gewinnerin des Gesamtweltcups 2014/15 Daniela Iraschko-Stolz heiratete im Jahr 2013 ihre Partnerin.

Im antiken Griechenland war es durchaus üblich, dass Männer Liebesbeziehungen zu meist jüngeren Männern oder teilweise sogar zu

Buben unterhielten. Selbst in der griechischen Mythologie spielt Homosexualität eine Rolle. So verliebte sich Götterkönig Zeus so sehr in den wunderschönen Hirtenjungen Ganymed, dass er ihn in den Olymp entführte. Zahlreiche antike Vasen sind mit Darstellungen homosexueller Liebesakte verziert.

Die Liebe des älteren Mannes zu einem jungen Knaben wurde im alten Griechenland »paiderastia« genannt, was auf Altgriechisch »Knabenliebe« heißt. Diese Bezeichnung steckt auch heute noch im Fremdwort »Päderast«, mit dem im Deutschen ein Erwachsener bezeichnet wird, der Kinder sexuell missbraucht.

Schon damals hatten auch Frauen Sex mit Frauen, doch über die weibliche Homosexualität ist viel weniger überliefert als über jene der Männer. Man weiß aber zum Beispiel, dass auf der griechischen Insel Lesbos die antike Dichterin Sappho lebte, die dort eine Schule für Mädchen im heiratsfähigen Alter führte, zu denen sie auch homosexuelle Beziehungen gehabt haben soll. Nach ihr und der Insel, auf der Sappho lebte, wird homosexuelles Lieben von Frauen »lesbisch« genannt.

Unter den griechischen Männern, die Beziehungen zu anderen Männern hatten, waren sehr viele bisexuell. Sie hatten Sex abwechselnd mit Frauen und mit Männern. Während manche griechischen Männer nur zusätzlich Liebesbeziehungen zu Jünglingen eingingen, waren andere auch Männern gleichen Alters zugeneigt. Die Burschen in der im antiken Griechenland üblichen Knabenliebe standen aber oftmals in einem Abhängigkeitsverhältnis zu dem älteren Liebhaber. Sie kann deshalb nicht mit heutigen, einvernehmlichen Liebesbeziehungen zwischen zwei Männern oder zwei Frauen gleichgesetzt werden.

Etwas strenger war die Sexualmoral später bei den Römern. Auch hier waren homosexuelle Handlungen nicht verpönt. Allerdings durfte der freie, erwachsene Römer beim gleichgeschlechtlichen Sex niemals die passive Rolle einnehmen. Diese war den Sklaven vorbehalten. Homosexualität zwischen freien Römern galt wiederum als unzüchtig und war strafbar. Geschlechtsverkehr zwischen freien Römern und erwachsenen Sklaven wurde zwar auch nicht gerne gesehen, war aber nicht strafbar, sondern geduldet.

Mit dem Aufstieg des Christentums änderte sich auch die Sichtweise auf die Homosexualität. Mit der christlichen Lehre rückte die

Fortpflanzung in das Zentrum der Sexualität. Sex war nicht mehr dazu da, Spaß zu haben, sondern um möglichst viele kleine Ebenbilder Gottes zu schaffen. So ist in der biblischen Schöpfungsgeschichte zu lesen: »Gott schuf den Menschen als Mann und Frau, damit sie sich zu einem Paar vereinen und Partner füreinander sind« (Gen 1,27 / 2,18.22–24).

Für Homoerotik war da – zumindest offiziell – kein Platz mehr. Im Buch Levitikus des Alten Testaments steht: »Schläft einer mit einem Mann, wie man mit einer Frau schläft, dann haben sie eine Gräueltat begangen; beide werden mit dem Tod bestraft; ihr Blut soll auf sie kommen.« Verwiesen wird auch gerne auf die biblischen Erzählungen über Sodom und Gomorrha. Die beiden Städte wurden von Gott unter einem Regen von Feuer und Schwefel begraben, weil sich deren Bewohner unzüchtig verhielten und auch homosexuell liebten. Mit diesen Bibelgeschichten ließ sich gut Jagd auf Homosexuelle machen.

So bestimmte der christliche Kaiser Theodosius im Jahr 390 nach Christus in seinem »Codex Theodosianus«, dass alle Homosexuellen verbrannt werden sollten. Diese Einstellung gegenüber gleichgeschlechtlicher Liebe hielt über Jahrhunderte an.

Der Dominikaner und Theologe Thomas von Aquin (geb. um 1225) entwarf eine Hierarchie an »Unzuchtsünden«, an deren unterster Stelle die »einfache Unzucht«, Sex mit Prostituierten, stand. Ganz oben auf der Liste fand sich die »Sünde wider die Natur«, die Thomas von Aquin wiederum unterteilte: Als Erstes die Selbstbefriedigung, als Zweites Sex mit Tieren, als Drittes Anal- oder Oralverkehr und als Letztes und Schlimmstes die Homosexualität.

Kaiser Karl V. verordnete im Jahr 1532: »Wenn ein Mann mit einem Mann, eine Frau mit einer Frau Unkeusches treibt, soll man sie der allgemeinen Gewohnheit nach mit dem Feuer vom Leben zum Tod richten.«

Im Mittelalter wurden Homosexuelle als »Sodomiten« bezeichnet, was ein sündiges Sexualverhalten bedeutet. Heute verwendet man diesen Begriff nur mehr für Sex mit Tieren. Menschen, die schwul oder lesbisch lebten, wurden verfolgt und ermordet. Das heißt aber nicht, dass es während des Mittelalters keine Homosexualität gab. Selbst wenn Liebe und Sex zwischen Männern oder Frauen verpönt war und brutal verfolgt wurde, gibt es zahlreiche schriftliche Belege dafür, dass auch während dieser Zeit gleichgeschlechtlich geliebt wurde.

Während der Renaissance, der historischen Epoche des Übergangs vom Mittelalter zur Neuzeit, entstand eine künstlerische Strömung, die durchaus als homophil (der Homosexualität gegenüber aufgeschlossen) bezeichnet werden kann. Mit der Rückorientierung auf die Antike setzten sich zahlreiche Künstler mit der Knabenliebe auseinander. Berühmt ist etwa Michelangelos Darstellung des Ganymed, des Jünglings, der einst schon Göttervater Zeus den Kopf verdreht haben soll.

Menschen, die gleichgeschlechtlich liebten, galten aber von der Antike bis zur Neuzeit weder als »homosexuell« noch als »krank«. Das änderte sich erst ab dem 19. Jahrhundert.

Das erste Homo-Ehepaar

Die Dänen Axel und Eigil Axgil waren das erste schwule Paar weltweit, das eine standesamtliche Ehe einging. Als Dänemark im Jahr 1989 als weltweit erstes Land die gleichgeschlechtliche Ehe erlaubte, heirateten die beiden am 1. Oktober 1989 im Rathaus von Kopenhagen. Damals waren sie bereits seit 49 Jahren ein Paar.

Wegen ihrer Homosexualität und weil sie mit ihrer Agentur Bilder von nackten Männern verkauften, wurden beide im Jahr 1955 zu einer kurzen Gefängnisstrafe verurteilt. Schon damals änderten beide im Gefängnis als Zeichen ihrer Liebe ihre Nachnamen in »Axgil«, den sie aus den Anfangsbuchstaben ihrer beiden Vornamen kreierten. Axel Axgil starb 1995 im Alter von 95 Jahren, sein Partner Eigil 2011 mit 96 Jahren.

Im Jahr 1869 verwendete der ungarische Schriftsteller Károly Mária Kertbeny als Erster den Ausdruck »homosexuell«. Im 19. Jahrhundert änderte sich auch die Sichtweise. Galten Schwule und Lesben zuvor als Sündige, die gegen Gottes Gesetze verstießen, hielt man sie jetzt für krank oder pervers. Dadurch entstand auch die Idee,

Homosexuelle zu therapieren, denn was als krank galt, sollte gesund gemacht werden.

Damals begann die Wissenschaft, Theorien zur Entstehung von Homosexualität zu entwickeln. Meinten manche Wissenschaftler, es sei die »Schuld« zu strenger, dominanter Mütter, dass ihre Söhne schwul wurden, argumentierten andere, es seien die zu zärtlichen Mütter, die ihre Söhne »verweiblichten«. Wieder andere sahen als Ursache für männliche Homosexualität eine Kastrationsangst, also dass der Penis beim Eindringen in die weibliche Vagina abgeschnitten wird.

Andere Wissenschaftler sahen die Wurzel der Homosexualität in den biologischen Erbanlagen, etwa in vermeintlich degenerierten Trieben oder in den Keimdrüsen. So wurde homosexuellen Männern Anfang des 20. Jahrhunderts Hodengewebe heterosexueller Männer transplantiert, um sie zu »kurieren«, anderen wurden Hoden entfernt, um ihre Homosexualität zu »heilen«.

Bis weit hinein in unsere Zeit wurden Homosexuelle den brutalsten Behandlungen ausgesetzt, von Operationen am Gehirn bis zu Schockbehandlungen mit Stromschlägen und vielem mehr. Brutaler Höhepunkt dieser Menschenversuche an Homosexuellen waren die Experimente, die die Nationalsozialisten an homosexuellen KZ-Häftlingen durchführten. Kurz nach ihrer Machtergreifung begannen die Nazis ab dem Jahr 1934 mit der Verfolgung von Schwulen und Lesben. Tausende Homosexuelle wurden von NS-Richtern verurteilt und landeten in Konzentrationslagern. Zahlreiche Homosexuelle dienten als menschliches Versuchsmaterial und wurden von KZ-Ärzten in Menschenversuchen misshandelt.

Heute steht fest, dass Homosexualität keine Krankheit ist. Gleichgeschlechtliche Liebe ist auch alles andere als unnatürlich.

Homosexualität ist auch unter Tieren durchaus verbreitet. Laut Forschern leben etwa 10 Prozent der Pinguine in homosexuellen Partnerschaften, die auch kleine Pinguin-Waisen ungeachtet des Geschlechts adoptieren. Als Zoologen unter einer Möwenkolonie Vaterschaftstests durchführten, entdeckten sie, dass 20 Prozent der Paare gleichgeschlechtlich waren.

Wale, Delfine, Schimpansen, Giraffen, Zwergkakadus – als 2007 im Naturhistorischen Museum in Oslo die Ausstellung »Wider die

Natur?« gezeigt wurde, konnten Forscher bereits bei 1.500 Tieren Beobachtungen von homosexuellen Handlungen nachweisen. Ein Zeichen, dass auch das Tierreich Vielfältigkeit in Lust und Liebe schätzt.

Homosexuelle in der Politik

Berlins früherer Bürgermeister Klaus Wowereit outete sich 2001 mit den Worten »Ich bin schwul und das ist auch gut so«. Der frühere, 2016 verstorbene FDP-Chef Guido Westerwelle war zwischen 2009 und 2013 Deutschlands erster offen schwuler Außenminister, Island hatte zwischen 2009 und 2013 mit Jóhanna Sigurdardóttir die weltweit erste offen lesbische Premierministerin. Die Grün-Politikerin Ulrike Lunacek zog 1999 als Österreichs erste offen homosexuelle Politikerin ins Parlament ein und ist heute Vizepräsidentin des EU-Parlaments. In Kolumbien gibt es sogar zwei bekennende Lesben in der Regierung: Wirtschaftsministerin Cecilia Alvarez Correa und Bildungsministerin Gina Parody haben im August 2014 bekannt gegeben, dass sie ein Paar sind. In Irland outete sich 2015 der Gesundheitsminister Leo Varadkar als erster irischer Minister als schwul.

In einigen Ländern wie etwa Somalia, dem Iran, Saudi-Arabien oder Brunai sind homosexuelle Handlungen mit der Todesstrafe bedroht. In Europa ist gleichgeschlechtliche Liebe zwar legal, in den meisten Staaten, darunter Österreich und Deutschland, können Homosexuelle zumindest eingetragene Lebenspartnerschaften schließen. Trotzdem sind Schwule und Lesben auch bei uns von Diskriminierung bis hin zu offener Gewalt bedroht. 2016 zählte das deutsche Innenministerium 205 Straftaten gegen Menschen aufgrund deren sexueller Orientierung. Im Jahr davor waren es 171 derartige Vorfälle.

Was ist LGBT?

Dieses Kürzel kommt aus dem englischen Sprachraum und steht für Lesbian, Gay, Bisexual und Transgender, also lesbisch, schwul, bi- und transsexuell. Als bisexuell bezeichnet man Menschen, die mit beiden Geschlechtern sexuell verkehren. Manchmal wird auch der Ausdruck LGBTI verwendet. Das I steht für intersexuell. Der Unterschied zwischen trans- und intersexuellen Menschen: Transsexuelle sind Menschen, die das Gefühl haben, mit dem falschen biologischen Geschlecht zur Welt gekommen zu sein. Als intersexuell werden Menschen bezeichnet, deren Geschlechtsorgane oder -hormone nicht eindeutig einem Geschlecht zugeordnet werden können. Und weil es so kompliziert ist, gibt es auch noch die Abkürzung LGBTQ. Hier steht das Q für queer. Queer heißt wörtlich übersetzt »seltsam« und war anfänglich wie der Ausdruck »schwul« eigentlich ein Schimpfwort. Es wurde aber von der LGBTQ-Community »rückerobert« und bezeichnet alles, was sich außerhalb der klassischen Mann-Frau-Beziehung abspielt: von A wie asexuell über homosexuelle Beziehungen bis zu P wie polyamourös. Das sind Menschen, die offen mehrere Beziehungen führen, gleich- oder ungleichgeschlechtlich.

Aber woher kommt eigentlich Homosexualität? Auf diese Frage gibt es zwar mögliche Erklärungsansätze, aber keine endgültigen Antworten. Fest steht, dass es kein Homosexuellen-Gen gibt. Dafür ist der Bauplan der Menschen auch zu komplex, dass ein einziges Gen die gesamte sexuelle Orientierung bestimmen könnte. Ebenfalls widerlegen konnten Wissenschaftler, dass die Erziehung entscheidet, wie ein Mensch als Erwachsener liebt. Die These, dass Männer schwul wurden, weil sie als Muttersöhnchen von ihren Müttern verhätschelt wurden, ist schlichtweg Blödsinn.

Ein aktueller Forschungsansatz besagt, dass »epigenetische Marker«, die regulieren, wann und wie stark ein Gen aktiv ist, mit Homosexualität in Verbindung stehen könnten. Allerdings stellte sich im Zuge von Studien auch heraus, dass manche Träger dieser Marker heterosexuell waren. Und es gab auch Männer, die diese DNA-Marker nicht hatten, aber trotzdem homosexuell waren. Es gibt also in der Wissenschaft immer noch mehr Fragen als Antworten.

Wahrscheinlich ist Homosexualität eine Folge biologischer wie auch sozialer Faktoren. Das bedeutet, die sexuelle Zuneigung zu Menschen des eigenen Geschlechts ist wohl zum Teil angeboren, zum Teil durch Umwelterfahrungen entwickelt. Eines ist Homosexualität aber ganz bestimmt nicht: eine Krankheit.

27. Bei den Nazis war nicht alles schlecht

Manche Mythen über die Nazizeit halten sich hartnäckig – und sind trotzdem falsch: Adolf Hitler hat weder die Arbeitslosigkeit besiegt, noch war den Nationalsozialisten die Familie etwas wert. Selbst dass die Nazis die Autobahn erfunden hätten, stimmt nicht.
Der Wendepunkt der Wirtschaftskrise war schon erreicht, bevor die Nazis die Macht übernahmen, die NS-Familienpolitik hatte nur ein Ziel: die Züchtung eines »Herrenmenschen«. Und die ersten Autobahnen wurden bereits 1921 erbaut, die Nationalsozialisten kamen aber erst 1933 an die Macht.

Mehr als 70 Jahre nach dem Ende des Nationalsozialismus scheint sich manches, was Adolf Hitler und seine Getreuen verbrochen haben, in der Wahrnehmung der Bevölkerung zu verklären. Jeder zehnte Deutsche wünscht sich einen starken Führer, der das Land zum Wohle seiner Bewohner autoritär regiert. 11 Prozent meinen, die Juden hätten zu viel Einfluss. Und 12 Prozent finden überhaupt, die Deutschen seien anderen Völkern von Natur aus überlegen. Das sind einige der Ergebnisse der Leipziger »Mitte«-Studie über autoritäre und rechtsextreme Strömungen in der Gesellschaft.

In Österreich zeigt sich ebenfalls ein Trend zum Autoritären: Lehnten 2007 noch 71 Prozent der befragten Österreicher die Behauptung ab, »Es wäre besser, einen starken Führer zu haben, der sich nicht ums Parlament scheren muss«, waren es 2015 nur noch 36 Prozent.

Und auch dass doch nicht alles schlimm gewesen sei, was die Nazis zwischen 1933 und 1945 gemacht haben, hört man wieder öfter. Hier drei besonders häufige Behauptungen, was Adolf Hitler und die Nationalsozialisten Gutes getan haben sollen:

Im Dritten Reich gab es keine Arbeitslosigkeit

Die Behauptung, dass Hitler den Menschen zu Arbeit verholfen und die Arbeitslosigkeit erfolgreich bekämpft habe, hält sich hartnäckig. Aber stimmt das auch?

Die Arbeitslosigkeit in Deutschland erreichte schon 1932 ihren historischen Höchststand. Damals hatten 6,04 Millionen Menschen keine Arbeit. 1933, als Adolf Hitler in Deutschland an die Macht kam, war die Arbeitslosigkeit bereits leicht auf 6,01 Millionen abgesunken. Der Wendepunkt der damaligen Wirtschaftskrise war also bereits erreicht, bevor Hitler die Macht übernahm.

Es stimmt, dass sich die Arbeitslosigkeit unter Hitler weiter stark verringerte. Das hatte verschiedene Gründe:

1. Hitler und die Nationalsozialisten nutzten dafür statistische Tricks: Ab November 1933 wurden Menschen, die nur unregelmäßig Arbeit hatten oder als Hilfsarbeiter in der Landwirtschaft arbeiteten, sowie Arbeitslose mit einer Behinderung einfach aus der Arbeitslosenstatistik gestrichen. So hatte man auf dem Papier ganz schnell weniger Arbeitslose, ohne dass tatsächlich mehr Menschen Arbeit hatten.

2. Die Nationalsozialisten verfolgten Juden und politisch Andersdenkende brutal. Viele Menschen mussten deshalb ab 1933 ins Ausland fliehen oder wurden in Konzentrationslager gesperrt. Diese Menschen kamen in der Arbeitslosenstatistik ebenfalls nicht vor und ihre Arbeitsplätze wurden für andere Personen frei.

3. Als Hitler 1933 an die Macht kam, gab der Staat 7,5 Prozent seines Geldes für Kriegsgerät aus. Bis zu den Jahren 1938/39 stieg der Anteil der Rüstungsausgaben auf 60 Prozent. Weil zur Vorbereitung des Zweiten Weltkriegs besonders viele Panzer, Bomben und Granaten gebaut werden mussten, stieg die Beschäftigung in der Kriegsindustrie rasant und die Arbeitslosigkeit verschwand. Ab 1939 musste ein großer Teil der Männer in den Krieg ziehen. Dadurch wurden ihre Arbeitsplätze in der Heimat für die Daheimgebliebenen frei.

4. Gleich nachdem sie die Macht übernahmen, versuchten die Nationalsozialisten, die Frauen aus dem Arbeitsmarkt zurück an den Herd zu drängen. Sie erfanden ein »Ehestandsdarlehen« für frisch verheiratete deutsche Paare, mit dem diese sich eine Wohnung einrichten konnten. Dieses Darlehen erhielten Ehepaare aber nur, wenn die Frau sich verpflichtete, für die Laufzeit des Darlehens nicht arbeiten zu gehen. Weil den Nazis bald die Arbeitskräfte ausgingen, strichen sie dieses Beschäftigungsverbot später aber wieder.

Durch diese Maßnahmen gab es tatsächlich so gut wie keine Arbeitslosigkeit im Dritten Reich. Aber wie ging es eigentlich den Arbeiterinnen und Arbeitern unter Hitler? Von der heutigen 40-Stunden-Woche konnten die Beschäftigten damals nur träumen. Im Jahr vor Hitlers Machtübernahme lag die wöchentliche Arbeitszeit bei 41,47 Stunden. Bis 1937 stieg sie auf 46,06 Stunden, im Jahr

1941 lag die durchschnittliche Wochenarbeitszeit in der Industrie sogar bei 50 Stunden.

Im September 1939 erließen die Nationalsozialisten einen allgemeinen Lohnstopp. Außerdem strichen sie den Arbeitern mit Kriegsbeginn alle Zuschläge für Mehrarbeit, Nachtarbeit, Wochenend- oder Feiertagsarbeit. Die Menschen mussten also unter den Nazis mehr arbeiten als davor und bekamen dafür weniger Geld. Gleichzeitig konnten sie sich für ihren Lohn weniger kaufen. Denn die Kosten für Lebensmittel und Bekleidung stiegen zwischen 1933 und 1941 deutlich.

Während des Zweiten Weltkriegs errichteten die Nationalsozialisten auch »Arbeitserziehungslager«. Dort landeten Menschen, die verdächtigt wurden, während der Arbeit zu bummeln, oder die unentschuldigt nicht an ihrem Arbeitsplatz erschienen. Dort mussten sie für einige Wochen Zwangsarbeit leisten und kehrten danach zurück auf ihren Arbeitsplatz. Wer als »unverbesserlich« galt, wurde ins Konzentrationslager geschickt.

Fazit

Wer Kanonen für den Dritten Weltkrieg bauen möchte, gerne mehr Stunden als heute schuften will – und das für weniger Lohn bei höheren Kosten für Lebensmittel, dem könnte Hitlers Beschäftigungspolitik tatsächlich gefallen. Allen anderen nicht.

Adolf Hitler haben wir die Autobahnen zu verdanken

Gegen Autobahnen ist tatsächlich nichts zu sagen, auf denen fahren wir ja noch heute. Aber wer hat sie tatsächlich erfunden?

Als die Nationalsozialisten 1933 in Deutschland an die Macht kamen, war die erste »Autostrada«, die 130 Kilometer lange italienische Autobahn zwischen Mailand und den oberitalischen Seen, schon seit zehn Jahren in Betrieb. Selbst im eigenen Land waren die Nazis nicht die Ersten, die Autobahnen gebaut haben. Das erste Autobahnteilstück in Deutschland, die innerstädtische Berliner AVUS (Automobil-Verkehrs- und Übungs-Straße), war 1913 begonnen und 1921 für den öffentlichen Verkehr freigegeben worden. Vor ihrer Machtübernahme lehnten führende Nationalsozialisten den Autobahnbau sogar ab.

Als die Nazis an der Macht waren, änderten sie ihre Meinung. Während des NS-Regimes wurden mehr als 3.000 Kilometer Autobahnnetz gebaut. Das entspricht fast einem Viertel aller Autobahnen, die es heute in Deutschland gibt. Allerdings bauten die Nazis die Autobahnen mit dem Plan, sie für ihre kriegerischen Vorhaben zu nutzen. Die Wehrmachtführung griff von Anfang an in die Streckenführung ein. Die Autobahnen wurden so geplant, dass ihr Oberflächenbelag den Ketten von Panzerfahrzeugen standhalten sollte. Tatsächlich benutzte die deutsche Wehrmacht sowohl bei der Besetzung des Rheinlands im März 1936 als auch beim Überfall auf Polen im September 1939 die Reichsautobahnen für militärische Aufmärsche.

In Deutschland ließen die Nazis tatsächlich viele Autobahnkilometer errichten, nicht zuletzt mit Sklavenarbeit von KZ-Häftlingen und Zwangsarbeitern. Eines ist aber schlichtweg falsch: dass Hitler in Österreich für Autobahnen gesorgt habe. Zwar hat der Nazi-Führer am 7. April 1938 unter großem Getöse am Walserberg an der deutsch-österreichischen Grenze mit einem Spatenstich den Bau der österreichischen Westautobahn eingeleitet. Geplant waren in der »Ostmark« insgesamt 1.422 Autobahnkilometer. Zu Kriegsende waren aber gerade einmal zwei Teilstücke fertiggestellt, eines nahe dem Walserberg und ein zweites von Salzburg-Mitte nach Salzburg-Süd. Gesamtlänge dieser beiden Nazi-Autobahnen: 16,8 Kilometer. Das sind nicht einmal 2 Prozent des Autobahnnetzes, das Hitler der »Ostmark« versprochen hat.

Fazit

Die Nationalsozialisten haben zwar viele Kilometer deutscher Autobahnen gebaut. »Erfunden« hat die Autobahn aber jemand anderer. Die ersten Autobahnen wurden 1921 in Berlin und 1923 in Italien eröffnet. Für den Autobahnbau setzten die Nazis auch KZ-Häftlinge und Zwangsarbeiter unter unmenschlichen Bedingungen ein. Österreich, der damaligen »Ostmark«, hat Hitler ein 1.422 Kilometer langes Autobahnnetz versprochen. Geworden sind es dann aber nur 16,8 Kilometer.

Im Dritten Reich war die Familie noch etwas wert

Es mag ja sein, dass die Nationalsozialisten viele Fehler gemacht haben, aber die Familienpolitik der Nazis sei doch besser gewesen, heißt es manchmal. Hatten es Mutter und Vater im Dritten Reich tatsächlich so toll?

Das bekannteste Symbol nationalsozialistischer Familienpolitik ist das Mutterkreuz, das die Nazis Frauen mit besonders vielen Kindern verliehen. Ab vier Kindern gab es das Mutterkreuz in Bronze, ab sechs in Silber und wer acht und mehr Kinder zur Welt brachte, bekam das goldene Mutterkreuz verliehen.

Aber nicht jeder Nachwuchs war erwünscht. Den Nationalsozialisten ging es nicht darum, familienfreundlichere Bedingungen zu schaffen. Ihr Ziel war es, die Züchtung eines »deutschen Herrenmenschen« voranzutreiben. Deshalb bekamen nur »arische« Mütter diese Auszeichnung. Und auch diese nur, wenn keines ihrer Kinder eine geistige oder körperliche Beeinträchtigung hatte oder wenn in der »Sippe« der Frau keine »asozialen Elemente« anzutreffen waren (etwa weil ein Verwandter Alkoholiker war oder als arbeitsscheu galt). Wurde einer Frau »sexuelle Hemmungslosigkeit« oder eine unordentliche Haushaltsführung vorgeworfen, bekam sie ebenfalls kein Mutterkreuz.

Neben dem Mutterkreuz führten die Nazis auch ein Kindergeld ein. Dieses wurde aber nur an bedürftige »arische« Familien mit mindestens fünf Kindern ausbezahlt. Hatten die Eltern oder ein Kind ein vererbbares körperliches oder geistiges Gebrechen, dann taugte die Familie nicht für die Herrenmenschenzucht und es gab kein Kindergeld.

Auch wen man heiratete, konnten die Menschen nicht frei wählen. Ab 1935 durfte nur vor den Traualtar treten, wer ein »Ehetauglichkeitszeugnis« vorlegen konnte. So ein Zeugnis bekam aber nur, wer die rassischen und erbbiologischen Kriterien der Nazis erfüllte. Sex zwischen »Ariern« und Juden wurde unter Strafe gestellt. Mehr als 400.000 Menschen wurden zwischen 1933 und 1945 zwangssterilisiert, darunter viele Obdachlose und Menschen mit körperlichen Behinderungen.

Während es »arischen« Frauen unter Androhung strenger Strafen verboten war, abzutreiben, töteten die Nationalsozialisten jeden, der in ihren Augen »unwertes Leben« war. Kinder mit Behinderungen wurden ihren Familien entrissen und ermordet. Im August

1939 wurde die Erfassung aller »missgebildeten« Kinder angeordnet. Ärzte und Hebammen erhielten zwei Reichsmark für jedes Baby mit Behinderung, das sie den Behörden meldeten. In der Führerkanzlei waren drei Ärzte beschäftigt, die diese Meldungen sichteten und die Namen der Kinder, die ermordet werden sollten, an die örtlichen Gesundheitsämter weiterleiteten.

Die vielbeschworene Treue war den Nazi-Führern nicht so wichtig, wenn es um die Rassenzucht ging: Heinrich Himmler, Reichsführer-SS und einer der wichtigsten Politiker der Nazis, befahl während des Kriegs seinen im Reich verbliebenen SS-Männern in einer geheim gehaltenen Anweisung, »ihre im Felde stehenden Kameraden bei deren Ehefrauen zu vertreten«.[110] Das sollte den »Nachschub« an Kindern auch in Kriegszeiten sicherstellen. Für die Zeit nach dem Krieg plante Himmler, hochdekorierten Frontkämpfern die Erlaubnis zu erteilen, zwei Frauen zu heiraten. Damit sollten noch bessere »Zuchterfolge« erreicht werden.

Fazit

Die familienpolitischen Maßnahmen der Nationalsozialisten hatten ein Ziel: die Schaffung eines »deutschen Herrenmenschen«. Es ging nie darum, eine familienfreundliche Gesellschaft zu ermöglichen, sondern um die Vervielfältigung von Erbgut, das die Nationalsozialisten als »arisch rein« erachteten. Frauen wurden zu Gebärmaschinen degradiert, Menschen, die nicht den rassischen Vorstellungen entsprachen, wurden zwangssterilisiert, in Konzentrationslager gesperrt oder ermordet.

28. Den Holocaust hat es nie gegeben

Der Holocaust ist millionenfach bewiesen.[111] Wer anderes behauptet, will entweder bewusst provozieren und lügen oder ist nicht in der Lage, einfachste Zusammenhänge zu begreifen. Einzelne Details und auch die eine oder andere Opferzahl werden sich mit Fortschreiten der Holocaust-Forschung wohl noch ändern. Denn noch sind nicht alle Quellen aufgearbeitet. An der unermesslichen Schuld deutscher und österreichischer Täter jener Zeit werden diese Korrekturen jedoch nichts ändern.

Der Holocaust – der Massenmord an Juden, Osteuropäern, Roma und Sinti, Homosexuellen und Widerstandskämpfern durch die Nazis – ist historisch unbestritten. Dennoch gibt es Menschen, die den Holocaust abstreiten und von der »Auschwitzlüge« sprechen. Kann es am Holocaust tatsächlich noch Zweifel geben?

Wer das Morden der Nationalsozialisten abstreiten oder verharmlosen will, zeigt meist viel Detailliebe.[112] So erzählen Holocaustleugner gerne von einer im Konzentrationslager Buchenwald angeblich unbenutzt vorgefundenen Gaskammer. Das soll belegen, dass auch die Tötungskammern anderer Lager nie benutzt oder gar erst nach Kriegsende von Gegnern Deutschlands eingebaut worden seien. Sie behaupten, dass in den Wänden der Gaskammern von Auschwitz-Birkenau, dem bekanntesten Vernichtungslager der Nationalsozialisten, kaum Giftgasrückstände gefunden wurden. Das soll beweisen, dass in diese Räume nie Giftgas eingeleitet wurde.

Holocaustleugner arbeiten mit Halbwahrheiten. Es stimmt, dass sich an den Wänden von Gaskammern keine größeren Giftmengen abgelagert haben. Es ist aber längst wissenschaftlich nachgewiesen, dass das auch gar nicht möglich war. Die Nazis stopften ihre Opfer in derart großer Zahl in die Gaskammern, dass diese das Giftgas restlos einatmeten. Haarproben aus Auschwitz belegen: Die Giftgasrückstände finden sich nicht in den Mauern, sondern in den Haaren der Opfer. Aber solche Details verschweigen Holocaustleugner. Denn ihr Ziel ist es, Zweifel zu schüren: Die Morde seien nicht so systematisch gewesen wie behauptet, die Opferzahlen überhöht, Beweismittel gefälscht. Ein Morden wie in Auschwitz, insbesondere industrielle Menschentötungen, sei technisch zur damaligen Zeit gar nicht machbar gewesen.

Ist es heute noch wichtig, über den Holocaust Bescheid zu wissen?

Der Holocaust-Überlebende Max Mannheimer hat es auf den Punkt gebracht: »Ihr seid nicht verantwortlich für das, was

geschah. Aber dass es nicht wieder geschieht, dafür schon!«
Um dieser Verantwortung gerecht zu werden, sollte man schon ein wenig Bescheid wissen über das, was im Holocaust geschehen ist.

Und gerade das ist in den letzten Jahren für junge Leute wieder schwieriger geworden. Denn was machen wir, wenn wir rasch Informationen suchen? Wir fragen Google! Wer auf Google Begriffe wie »Holocaust« oder »Holocaust wahr« eingibt, landet nicht immer auf seriösen Seiten. Die Algorithmen der Suchmaschine reihen nämlich gerade die Seiten von Holocaustleugnern und Geschichtsfälschern an prominenter Stelle.

Google behauptet, das Problem erkannt zu haben. Tatsächlich hat Google im Dezember 2016 offenbar einen neonazistischen Text von Holocaustleugnern aus den englischsprachigen Ergebnislisten entfernt. Überhaupt soll Google nun Algorithmen installiert haben, die Websites von Holocaustleugnern in den Ergebnislisten weiter hinten reihen.

Ganz gelungen scheint dies aber noch nicht zu sein. Ein Selbstversuch führt die Autoren am 2. Februar 2017 im Zuge einer Google-Recherche mit den Suchbegriffen »Holocaust Beweise« zu einem Artikel, der die Tatsache der Ermordung von Millionen Menschen in den Vernichtungslagern Treblinka, Belzec und Sobibor leugnet und behauptet, es habe sich bloß um Durchgangslager für emigrierende Juden gehandelt. »Jüdische Führer« hätten nach dem Krieg unter Berufung auf religiöse Gebote eine genaue Untersuchung der Vernichtungsstätten verhindert, weil sie gewusst hätten, »dass Treblinka ein Durchgangslager war und sich die Opferzahl höchstenfalls in der Größenordnung von einigen zehntausend bewegt haben kann«. So sollte »die Holocaust-Lüge erhalten bleiben – als Instrument zur Versklavung der einfältigen Goyim [Nichtjuden; Anm.]«. Dieser Artikel findet sich nicht versteckt in den hinteren Reihen der Ergebnisliste. Er prangt auf Platz eins (!) der ersten Seite, noch vor dem Wikipedia-Artikel zur Holocaustleugnung.

Wer Informationen zum Holocaust sucht, landet also rasch auch bei Falschinformationen. Nur wer zumindest über ein verlässliches Grundwissen zum Holocaust verfügt, kann solche

Falschinformationen von echten Informationen zum Holocaust unterscheiden. Wer zu wenig über den Holocaust weiß oder zu gutgläubig ist, geht den Holocaustleugnern auf den Leim. Aktivisten haben übrigens einen Lösungsvorschlag für die Google-Ergebnislisten parat. Sie wollen sich auf Google nicht verlassen, sondern Holocaustleugner und Fake-News-Verbreiter mit deren eigenen Waffen schlagen. Sie regen an, seriöse Artikel bewusst mit bestimmten Schlüsselwörtern zu gestalten. Würde beispielsweise der Wikipedia-Artikel zur Holocaustleugnung mit den Worten »Oft kommt die Leugnung in Form der Frage, ob es den Holocaust tatsächlich gegeben hat«, beginnen, wären in diesem Artikel die notwendigen Keywords versteckt, damit er auch bei den Holocaust bezweifelnden Suchanfragen in den Ergebnislisten hoch gereiht werden würde.[113]

Manche Holocaustleugner legen Grundrisse des Stammlagers Auschwitz aus dem Jahr 1940 vor. Damit wollen sie belegen, dass die für eine massenhafte Menschenvernichtung erforderliche Raumaufteilung gar nicht vorhanden war. Sie erwähnen natürlich nicht, dass sich die Vernichtung in Auschwitz auf mehrere Lager verteilte und ihr Schwerpunkt nicht im Stammlager Auschwitz, sondern im nahe gelegenen Vernichtungslager Auschwitz-Birkenau lag. Ebenso gerne verschweigen sie den Umstand, dass erste »Probevergasungen« in Auschwitz erst im September 1941 erfolgten und das Lager damals bereits umgebaut war, sodass es den vorgelegten Grundrissen aus dem Jahr 1940 gar nicht mehr entsprach.[114]

Wer mit Auschwitzlüge und Holocaustleugnung provozieren oder seine Dummheit unter Beweis stellen will, dem bleibt auch nichts anderes als die Flucht in scheinlogische, manipulierte oder unbedeutende Details.[115] Denn dass die Nationalsozialisten Millionen Menschen vergast, erschlagen, erschossen oder dem absichtlichen Hungertod ausgeliefert haben, ist historisch eindeutig belegt. Aber warum ist das so sicher? Was macht das Wissen über den Holocaust so unangreifbar?

Es ist schlicht die erdrückende Fülle an Beweisen verschiedenster Herkunft. Historiker konnten schon früh Opferlisten sichern.

Mehr noch wissen wir direkt aus der Hand der Opfer. Wir kennen »die Erinnerungen einer jungen jüdischen Frau, die sich aus dem Massengrab in Babij Jar in Kiew hervorgrub, und die einer anderen, der dasselbe in Ponary bei Vilnius (Wilna) gelang. Wir besitzen die Memoiren einiger der wenigen Dutzend Überlebenden aus Treblinka. Wir besitzen ein Archiv des Warschauer Ghettos, das sorgfältig gesammelt, vergraben und dann zum größten Teil wiedergefunden wurde. [...] Wir besitzen Notizzettel, die von Polen aus den Bussen geworfen wurden, als man sie bei den deutschen Mordaktionen [...] zu Massengräbern fuhr. Wir besitzen die Wörter, die an die Wand der Synagoge von Kowel [in der Ukraine, Anm.] geritzt wurden, und die an der Wand des Gestapo-Gefängnisses von Warschau.«[116]

Im Memorial Center des ehemaligen Vernichtungslagers Auschwitz-Birkenau stehen Besucher vor Hunderten Porträtfotos Ermordeter, die Angehörige nach dem Krieg zur Erinnerung an ihre Familienmitglieder an diese Stätte der Unmenschlichkeit gebracht haben. Sie stehen vor einem rostigen Haufen verbogener Messer, Gabeln und Löffel, die an jenem Ort der Ewigkeit entgegenrosten, an dem »Kanada« abgebrannt ist – jenes Warenhaus, in dem die Lagerwache von Auschwitz geplünderte Wertsachen aufbewahrte. In anderen Räumen lagern Berge von Schuhen. Besucher starren fassungslos auf einen Haufen achtlos übereinandergeworfener Bein- und Armprothesen. Wenig weiter betreten sie einen bis unter die Decke mit Koffern vollgestopften Raum, jeder Koffer fein säuberlich und gut lesbar mit dem Namen und der Adresse eines Menschen versehen, der dieses Schlachthaus nicht mehr verlassen durfte. Man sieht Berge von Haaren, glatt oder lockig, teilweise seit über 70 Jahren zu kleinen blonden Mädchenzöpfen geflochten. Haare zum Kilopreis von 0,50 Reichsmark. Im ehemaligen Vernichtungslager liegen bis heute die Sauger, Beißringe und Kleidungsstücke ermordeter Säuglinge, genauso wie elegante Schnürstiefel vergaster Frauen und Gebetsriemen erschlagener Männer. Lagerzäune, Toiletten und Galgen haben die Jahrzehnte ebenso überdauert wie in die Zellenwände des Todesblocks geritzte Nachrichten, Kruzifixe und Jesusbilder verzweifelter Häftlinge. Wir sehen eine komplette Lagerinfrastruktur und die Ruinen riesiger Leichenverbrennungsanlagen.

All das existiert nicht nur in Auschwitz, sondern auf ähnliche Weise auch an anderen Orten nationalsozialistischen Wütens. In vielen baltischen, weißrussischen und ukrainischen Dörfern kennen Einheimische noch heute jene Wiesen und Hecken, unter denen in wenigen Zentimetern Tiefe Tausende und Abertausende Knochen und Zähne von Opfern des nationalsozialistischen Blutrauschs modern. Das Memorial Museum auf dem Gelände des Vernichtungslagers Bełżec im damals von den Nationalsozialisten besetzten Polen ist auf Asche und Knochenstaub Hunderttausender Opfer errichtet. Besucher sehen dort einen Berg rostiger Haustürschlüssel, von den hilflosen Opfern kurz vor ihrer Ermordung fortgeworfen und später von anderen aus jener Leichenasche geborgen, die das Gelände nun bedeckt. Viel mehr hat das gründliche Spurenverwischen der Täter in Bełżec nicht überdauert.

Erste Berichte über den Holocaust gab es bereits vor Kriegsende. Jan Karski, ein polnischer Widerstandskämpfer, ließ sich als Hilfswachmann verkleidet in ein Vernichtungslager einschleusen und berichtete 1943 dem amerikanischen Präsidenten Franklin D. Roosevelt von den unvorstellbaren Gräueln, die er dort mit ansehen musste.[117] Es existieren Tagebücher junger Mädchen aus dem Konzentrationslager Theresienstadt[118] und ebenso junger Häftlinge aus kleinen Nebenlagern.[119] Wir wissen über Auschwitz aus zahlreichen Büchern ehemaliger Häftlinge[120], ebenso über Dachau und andere Konzentrationslager.[121]

Das am 16. September 1946 aus der Asche des von nazideutschen Truppen niedergebrannten Warschauer Ghettos ausgegrabene »Ringelblum-Archiv« zeichnet eine beinahe vollständige Geschichte des Warschauer Ghettos in all seinen Lebensaspekten und Grausamkeiten nach. Der jüdische Historiker Emanuel Ringelblum, selbst Gefangener des Ghettos und schließlich von den Nazis ermordet, hatte Abertausende Botschaften, Notizbücher, Berichte und Alltagsschilderungen der Ghettobewohner zusammengetragen und zwischen 1942 und 1943, in großen Milchkannen geschützt, im Ghetto vergraben.

Aber es sind nicht nur die toten Opfer, denen wir viele Informationen verdanken. Vieles haben die Täter selbst erzählt; sosehr sie sich auch gegen Ende des Kriegs um Vertuschung ihrer Verbrechen bemühten. Schon unmittelbar nach Kriegsende waren viele verwundert, wie genau und umfangreich die Täter ihre Verbrechen in Behördenakten, offiziellen Dienstanweisungen, Befehlen und Dienstberichten dokumentiert hatten.[122] Tonnenweise erhalten sind Schreiben, in denen deutsche Behörden in zynischem Amtsdeutsch Angehörige über den Tod von Familienmitgliedern in den Konzentrationslagern informierten (meist unter Angabe falscher, »unverdächtiger« Todesursachen).

Mancher Bericht fand über verschlungene Wege in die Archive, zum Beispiel die Lebensbeichte des SS-Generals Jürgen Stroop, der die Vernichtung des Warschauer Ghettos befehligte und dabei den Mord an 17.000 Juden zu verantworten hatte. Der als Kriegsverbrecher inhaftierte Stroop hat sie Kazimierz Moczarski gegenüber abgelegt, einem polnischen Untergrundkämpfer gegen die deutsche Besatzung. Moczarski war im kommunistischen Nachkriegspolen fälschlich der Kollaboration mit den Nazis bezichtigt worden. Um seinen Willen zu brechen, steckte man ihn nach Kriegsende mit dem SS-General in eine Zelle.[123]

Außerdem sind Briefe und Berichte deutscher Polizisten und Soldaten erhalten, die in Osteuropa Hunderttausende Juden und andere Zivilisten erschossen. Zum Beispiel jener des Wiener »Polizeisekretärs« Walter Mattner an seine Frau: »Bei den ersten Wagen [die die Opfer brachten, Anm.] hat mir etwas die Hand gezittert, als ich geschossen habe, aber man gewöhnt das. Beim zehnten Wagen zielte ich schon ruhig und schoss sicher auf die vielen Frauen, Kinder und Säuglinge [...] Säuglinge flogen in grossem Bogen durch die Luft und wir knallten sie schon im Fliegen ab, bevor sie in die Grube und ins Wasser flogen.«[124]

Eine wichtige Quelle ist das Protokoll der Wannseekonferenz, bei der die beteiligten Nazigrößen am 20. Januar 1942 die Vernichtung der europäischen Juden beschlossen und festhielten, dass weitere elf Millionen Juden zu ermorden seien. SS-Obersturmbannführer Adolf Eichmann, verantwortlich für die Judendeportationen, bestätigte noch 20 Jahre später den Inhalt des Protokolls und seine Umsetzung. Die Aussagen einer Unzahl deutscher Massenmörder, unter anderem der deutschen Hauptkriegsverbrecher, darunter von Rudolf Höß, dem Lagerkommandanten von Auschwitz, und vielen anderen

Lagerkommandanten, Einsatzgruppenkommandeuren und Gestapo-Folterern, sind penibel protokolliert und aufbewahrt (teilweise auch auf Tonband). Die hochrangigen Angeklagten selbst haben die Tatsache des Holocaust nie in Abrede gestellt, sondern lediglich Art und Umfang sowie den eigenen Beitrag zu relativieren versucht. Das gilt für die Angeklagten in den großen Hauptkriegsverbrecherprozessen genauso wie für jene in vielen Einzelprozessen. Das große Holocaustleugnen begann erst später.

Zu manchen Verbrechen gibt es auch Schilderungen von Nebentätern und unfreiwilligen Helfern, etwa die detaillierte Aussage eines deutschen Lastwagenfahrers zum Massenmord in Babij Jar nahe Kiew (Ukraine), bei dem deutsche Truppen in nur zwei Tagen 33.771 Juden ermordeten.[125]

Erhalten geblieben sind auch Tagebücher und Berichte einiger deutscher Soldaten, die inmitten des Schlachtens ihr Mitleid für die russische Zivilbevölkerung bewahrten und die Leiden dieser Menschen dokumentierten.[126] Erhalten sind außerdem Berichte schockierter Wehrmachtssoldaten, deren Züge auf dem Weg an die russische Front in Bahnhöfen neben Lastenzügen mit Viehwaggons hielten – Viehwaggons voll mit verhungernden, verdurstenden und sonst wie sterbenden Männern, Frauen und Kindern.[127]

Beweismittel im Nürnberger Prozess gegen die Hauptkriegsverbrecher

Vom 20. November 1945 bis 1. Oktober 1946 führte ein internationaler Militärgerichtshof in Nürnberg einen Gerichtsprozess gegen die 24 »Hauptkriegsverbrecher« durch. Angeklagt waren hohe Repräsentanten der nationalsozialistischen Führung, der deutschen Kriegswirtschaft, des deutschen Militärs, der nationalsozialistischen Propagandamaschinerie und des Reichssicherheitshauptamtes (dem unter anderem die Geheime Staatspolizei und die SS unterstanden). Bereits in diesem Verfahren kurz nach Kriegsende stand dem Gericht eine Fülle an Beweismitteln zur Verfügung. Der Gerichtshof hat:
403 öffentliche Sitzungen abgehalten;
113 Zeugen direkt bei Gericht vernommen;

101 weitere Zeugen durch beauftragte Richter vernommen; mehr als 300.000 per Eid bekräftigte schriftliche Zeugenaussagen entgegengenommen.
Das Sitzungsprotokoll von Nürnberg umfasste am Ende vier Millionen Wörter und 16.000 eng beschriebene Papierseiten. Die Gerichtsschreiber verschrieben während des Prozesses 22.000 Bleistifte und verbrauchten 20 Tonnen Papier. Die Tonbandaufnahmen des Verhandlungsverlaufs sind insgesamt 27 Kilometer lang.[128]

Wer soll in der Lage sein, eine derartige Fülle an Beweisen zu fälschen? Das ist unmöglich. Ebenso unmöglich ist übrigens, dass dieses immense Beweismaterial in sich völlig widerspruchsfrei ist. Zu groß ist die Zahl der Quellen, Dokumente, Fragmente, die Anzahl der Sprachen, in denen sie abgefasst sind, zu ungenau die Erinnerungen von Tätern und Opfern, die oft erst Jahrzehnte später hervorgeholt und dokumentiert wurden. Einzelne Widersprüche, Ungenauigkeiten oder – auch das wird es geben – Unwahrheiten in diesem Quellenmaterial beweisen gar nichts. Schon gar nicht, dass es den Holocaust nicht gegeben hat.

Wer soll im Jahr 1945 Interesse daran gehabt haben, unermesslich viel Energie und Aufwand in eine riesige Lügenkonstruktion zu stecken, bloß um »die Deutschen« zu diffamieren? Das Deutsche Reich hatte soeben einen Weltkrieg entfesselt und verloren, halb Europa ausgeplündert und zerstört, Zehntausende Menschen in Westeuropa und Millionen in Osteuropa ermordet, ohne sich um besondere Geheimhaltung zu bemühen. Schon diese bei Kriegsende bekannten Untaten Nazideutschlands genügten, um Deutschland und Österreich auf Jahrzehnte hinaus mit Schuld zu belasten. Einen Holocaust zu »erfinden« oder zu übertreiben war gar nicht notwendig.

Kriegstote in Europa

Im Zweiten Weltkrieg starben insgesamt ungefähr 50 Millionen Menschen, davon unter anderem:

410.000 Griechen (6 Prozent der Vorkriegsbevölkerung);
1 Million Jugoslawen (6,3 Prozent der Vorkriegsbevölkerung);
8 bis 9 Prozent aller Letten, Esten und Litauer;
7 Millionen Deutsche und Österreicher (9,5 Prozent der Vorkriegsbevölkerung);
25 Millionen Bürger der Sowjetunion (12,1 Prozent der Vorkriegsbevölkerung), davon 7 bis 8 Millionen Ukrainer (etwa 20 Prozent der Vorkriegsbevölkerung);
6 Millionen Polen (17 Prozent der Vorkriegsbevölkerung).
Die Opfer deutscher Massenverbrechen waren:
etwa 6 Millionen Juden;
mehr als 3 Millionen sowjetische Kriegsgefangene;
mindestens 100.000, wahrscheinlich aber über 200.000 Roma und Sinti;
über 250.000 Euthanasieopfer (insbesondere Menschen mit Behinderung oder einer psychischen Erkrankung);
über 4 Millionen nichtjüdische Zivilisten (Zwangsarbeiter, Deportierte, nichtjüdische KZ-Häftlinge, Homosexuelle, Zeugen Jehovas).
Das an die israelische Holocaust-Gedenkstätte »Yad Vashem« angeschlossene Forschungsinstitut konnte bis 2010 über 4 Millionen jüdische Opfer namentlich erfassen.

29. Die Auschwitzlüge: Das wird man ja noch sagen dürfen!

Mit der Auschwitz- und anderen Nazilügen verhält es sich wie mit jeder Lüge, die nachvollziehbare Interessen anderer verletzt. Sie sind verboten und unter Strafe gestellt. Die Meinungsäußerungsfreiheit verletzt das nicht. Ein seriöser wissenschaftlicher Diskurs über den Holocaust ist ohnehin nicht verboten. Plumpes Hetzen mit falschen Informationen ist in einer Demokratie aber verzichtbar, ja sogar gefährlich.

Den Massenmord an den Juden habe es nicht gegeben und Gaskammern seien eine Fälschung, behaupten Holocaustleugner. Dass es den Holocaust gegeben hat, ist unwiderlegbar bewiesen. Lasst diese Spinner trotzdem in Ruhe, meinen manche, denn auch das sei Meinungsfreiheit. Diese funktioniere eben nur, wenn sie für alle – auch falsche – Meinungen gilt. Stimmt das? Muss eine Demokratie wirklich alle Meinungen aushalten?

Am 27. Januar 1945 befreiten sowjetische Truppen das Konzentrationslager Auschwitz. In diesem von den Nationalsozialisten errichteten KZ fanden sie eine industrielle Vernichtungsanlage für Menschen vor, in der binnen weniger Jahre zwischen 1,1 und 1,5 Millionen Menschen ermordet wurden. Auschwitz wurde zu einem Symbol für das dunkelste Kapitel deutscher und österreichischer Geschichte.

Trotzdem gibt es bis heute Personen, die den Holocaust leugnen. So wie Auschwitz das bekannteste Symbol für den Holocaust ist, ist die »Auschwitzlüge« der prägende Begriff der Holocaustleugnung.

Gerichte in ganz Europa haben über Jahrzehnte hinweg unverändert ausgesprochen, dass Auschwitzlüge und Holocaustleugnung verboten sind. Wer am rechtsextremen Rand beeindrucken will, aber zu feige für das offene Äußern der Auschwitzlüge ist, greift deshalb zu einem anderen Mittel und verteidigt Holocaustleugner mit der Behauptung, dass die Meinungsäußerungsfreiheit jeder Meinung zugestanden werden müsse, gleich ob sie richtig oder falsch ist.

Schrankenlose Freiheit gibt es nicht – auch nicht für Meinungen

Diese Argumentation scheint auf den ersten Blick bestechend – sie ist aber dennoch falsch. Sie übersieht, dass von allen Grundrechten nur ein einziges ausnahmslos und uneingeschränkt gilt: das Folterverbot. Alle anderen Grundrechte gelten nur innerhalb bestimmter Schranken. Das gilt nicht nur für die Meinungsäußerungsfreiheit, sondern sogar für das Recht auf Leben. Die Europäische Menschenrechtskonvention (EMRK) erlaubt ihren Mitgliedsstaaten ausdrücklich, bestimmte Tötungshandlungen zu gestatten, etwa bei Notwehr. Der Staat muss ein bestimmtes Grundrecht also zunächst gewähren, darf es allerdings in einem genau umrissenen Rahmen wieder einschränken.

Für die Meinungsäußerungsfreiheit bedeutet dies, dass der Staat seinen Bürgern grundsätzlich die freie Äußerung ihrer Meinungen gestatten muss. Das ordnet der erste Absatz des Artikels 10 der Europäischen Menschenrechtskonvention an. Aber schon der zweite Absatz dieses Artikels mahnt die Bürger, dass »die Ausübung dieser Freiheiten mit Pflichten und Verantwortung verbunden« ist. Sie kann daher Schranken unterworfen werden, die »in einer demokratischen Gesellschaft notwendig« sind.

Artikel 10 EMRK

Freiheit der Meinungsäußerung

(1) Jedermann hat Anspruch auf freie Meinungsäußerung. Dieses Recht schließt die Freiheit der Meinung und die Freiheit zum Empfang und zur Mitteilung von Nachrichten oder Ideen ohne Eingriffe öffentlicher Behörden und ohne Rücksicht auf Landesgrenzen ein. Dieser Artikel schließt nicht aus, dass die Staaten Rundfunk-, Lichtspiel- oder Fernsehunternehmen einem Genehmigungsverfahren unterwerfen.

(2) Da die Ausübung dieser Freiheiten Pflichten und Verantwortung mit sich bringt, kann sie bestimmten, vom Gesetz vorgesehenen Formvorschriften, Bedingungen, Einschränkungen oder Strafandrohungen unterworfen werden, wie sie vom Gesetz vorgeschrieben und in einer demokratischen Gesellschaft im Interesse der nationalen Sicherheit, der territorialen Unversehrtheit oder der öffentlichen Sicherheit, der Aufrechterhaltung der Ordnung und der Verbrechensverhütung, des Schutzes der Gesundheit und der Moral, des Schutzes des guten Rufes oder der Rechte anderer unentbehrlich sind, um die Verbreitung von vertraulichen Nachrichten zu verhindern oder das Ansehen und die Unparteilichkeit der Rechtsprechung zu gewährleisten.

Jeder Mensch hat also das Recht auf freie Meinungsäußerung. Wer mit dieser Freiheit nicht verantwortungsvoll umgeht, wird aber in seine Schranken verwiesen. Das trifft keineswegs nur Holocaustleugner. Wer das nicht glaubt, kann jederzeit einen Selbstversuch unternehmen und zum Beispiel bei der nächsten Polizeistelle die »Meinung« äußern, der Nachbar sei ein lange gesuchter Serienmörder. Diese Äußerung kann schwere Konsequenzen haben – und zwar eher für den Äußernden als für den verleumdeten Nachbarn.

Denn selbst wenn man von seiner »Meinung« noch so überzeugt ist: Manche Meinungen darf im Einklang mit der Europäischen Menschenrechtskonvention nur äußern, wer sie auch beweisen kann. Denn das Strafrecht sieht – ebenfalls im Einklang mit der Menschenrechtskonvention – auch einen jedermann zustehenden »Beleidigungsschutz« vor. Niemand muss sich sozial verpöntes, möglicherweise sogar strafbares Verhalten vorwerfen oder sich plump beleidigen lassen.

Jedenfalls gilt das für inhaltlich falsche Informationen. Diese können kein von der Meinungsäußerungsfreiheit geschütztes Gut sein, weil sie nicht der Meinungsbildung dienen. Die offensichtlich falsche Auschwitzlüge kann deshalb ebenso wenig auf den Schutz durch die Meinungsäußerungsfreiheit hoffen wie die Unterstellung, dass der Nachbar ein Serienkiller sei. Im Zusammenhang mit der Auschwitzlüge hat der Europäische Gerichtshof für Menschenrechte sogar ausdrücklich ausgesprochen, dass sich hier die Frage nach einer Verletzung der Meinungsäußerungsfreiheit erst gar nicht stellt. Es besteht nämlich »kein Zweifel, dass die Rechtfertigung der Pro-Nazi-Politik sowie irgendwelche anderen Äußerungen, die sich gegen die der [Europäischen Menschenrechts-]Konvention zugrunde liegenden Werte richten«, nicht durch die Meinungsäußerungsfreiheit geschützt sind.[129]

Das Verbot der Auschwitzlüge ist also keine Verletzung der Meinungsäußerungsfreiheit. Sie ist auch keine Schikane ideologisch gesteuerter Gesinnungsjustiz, sondern schlichtweg eine notwendige Voraussetzung für das Funktionieren eines Grundrechts, dessen verantwortungslose Ausübung für eine demokratische Gesellschaft gefährlicher wäre als seine punktuellen Beschränkungen. Wer das bezweifelt, braucht sich bloß vorzustellen, Opfer eines groß angelegten Internet-Bashings im Freundeskreis oder an der Schule zu sein. Das ist die schrankenlose Ausübung der Meinungsäußerungsfreiheit in Reinform.

Was muss die Demokratie aushalten?

Hartnäckige Verteidiger der Auschwitzlüge kontern gerne mit einem dem französischen Philosophen Voltaire zugeschriebenen Ausspruch: »Ich verachte Ihre Meinung, aber ich gäbe mein Leben dafür, dass Sie sie sagen dürfen.«

Eine echte Demokratie müsse eben auch die Auschwitzlüge aushalten. Muss sie das wirklich?

Gegenfrage: Was soll eine Demokratie daraus gewinnen, wenn NS-Opfer und deren Nachkommen straffrei verhöhnt werden dürfen? Der gesellschaftliche Nutzen der Möglichkeit, den Holocaust zu leugnen, ist denkbar gering. Und der wissenschaftliche Diskurs über den Holocaust ist vom Verbot der Auschwitzlüge ohnehin nicht umfasst. Seriöse Diskussionen über den Holocaust sind natürlich erlaubt, selbst wenn sie den historischen Wahrheitsgehalt einzelner Aspekte des Holocaust (seriös) hinterfragen. Nur das plumpe Leugnen des von den Nazis verübten Massenmords an den Juden ist verboten.

Unrichtige Informationen sind nun einmal kein »schützenswertes Gut«. Das hat der oberste Grundrechtswächter Europas, der Europäische Gerichtshof für Menschenrechte, unmissverständlich klargestellt. Das gilt nicht bloß für unrichtige Informationen über den Holocaust, sondern auch zu anderen Themen. Denn unrichtige Informationen sind gefährlich. Sie können verletzen, aufhetzen, manipulieren, Rachegefühle auslösen oder sogar die gesellschaftliche Ordnung bedrohen. Gleichzeitig ist ihre Verbreitung heute dank Internet einfacher denn je.

Fake-News, Meinungsfreiheit und Demokratie

Spätestens seit dem Brexit, der Abstimmung der Briten, aus der EU auszutreten, und der Wahl von Donald Trump zum US-Präsidenten sind sie in aller Munde: Fake-News sind als Nachrichten

verkleidete Lügen. Vor allem im Internet sind sie überall zu finden – und oft gar nicht so leicht zu enttarnen.
Fake-News sind keine harmlosen Spinnereien. Sie werden gezielt in Umlauf gebracht, um Aufmerksamkeit und Aufregung zu erzeugen, im besten Fall Empörung. Fake-News wollen negative Emotionen gegen bestimmte Gruppen kanalisieren: gegen Asylwerber, Homosexuelle, politische Parteien oder ganz allgemein gegen »die da oben«. Oft zielen sie punktgenau gegen tragende Säulen der aufgeklärten Gesellschaft, gegen unsere Demokratie und deren Institutionen.
Fake-News werden nicht von mutigen Whistleblowern und Robin Hoods verfasst, die es gut mit uns meinen und Missstände aufdecken wollen. Sie werden verfasst, um das Vertrauen in die Gesellschaft und die Funktionsfähigkeit staatlicher Organe zu erschüttern und die Zuverlässigkeit von Amtsträgern in Zweifel zu ziehen. Deshalb geht es ihren Verfassern auch nicht um inhaltliche Richtigkeit. Vielmehr geht es ihnen darum, dass der Inhalt geeignet ist, Vertrauen zu zerstören, Zwiespalt zu schüren und Zweifel zu säen.
Fake-News kommen nicht »von unten«. Sie werden oft von großen Institutionen entworfen und zur Unterstützung mächtiger Leute in die Welt gesetzt. Hauptinvestor des unter anderem von der ARD und der *Süddeutschen Zeitung* als Verbreiter von Fake-News eingeordneten Nachrichtenportals *Breitbart News* ist der Milliardär und Hedgefonds-Manager Robert Leroy Mercer. Dieses von einem Milliardär finanzierte Nachrichtenportal unterstützte den Milliardär Donald Trump bei der US-Präsidentenwahl 2016. Im November 2016 zählte *Breitbart News* zu den 36 einflussreichsten Internetnachrichtendiensten der USA. Nachrichten »von unten« oder »aus der Mitte des Volks« entstehen woanders.
Fake-News sind als Falschinformationen – wie die Auschwitzlüge – von der Meinungsäußerungsfreiheit nicht geschützt. Deshalb darf der Staat Fake-News eher beschränken als andere Meinungsäußerungen. Fake-News zielen auf die Zerstörung unserer über Jahrzehnte und Jahrhunderte mühsam erkämpften aufgeklärten liberalen Demokratien und ihrer

Institutionen ab. Sie werden von Leuten und Gruppierungen in die Welt gesetzt, die diesen Demokratien den Krieg erklärt haben. Unsere Demokratie muss so etwas nicht aushalten und kampflos hinnehmen. Eine wehrhafte Demokratie sollte sich gegen solche Angriffe wehren.
Der Teufel steckt allerdings im Detail. Anders als die Auschwitzlüge haben Fake-News viele verschiedene Themen. Ihr Inhalt ist nicht immer auf den ersten Blick als wahr oder falsch erkennbar. Aber wer stellt fest, welche Nachricht echt und welche ein Fake ist? Die Einrichtung einer »Wahrheitsbehörde« wäre nicht nur demokratiepolitisch und verfassungsrechtlich extrem problematisch. Sie widerspräche auch den Grundsäulen europäischer Demokratien. Bislang oblag im Streitfall die Beurteilung, ob eine Nachricht richtig oder falsch ist, unabhängigen Gerichten. Das sollte auch so bleiben. Die Anzahl an Fake-News nimmt aber ständig zu. Unsere Gerichte werden sich nicht um alle kümmern können. Deshalb sind wir hier alle gefordert: Aufklären und Gegenargumentieren hilft.

Deshalb gewährt heute kein Staat der Welt schrankenlose Meinungsäußerungsfreiheit. Selbst die diesbezüglich sehr freizügigen USA verbieten manche Arten von Meinungsäußerung, zum Beispiel Beleidigungen oder unvorteilhafte falsche Behauptungen über andere.

Zu Zeiten Voltaires mag dessen Ausspruch über die Freiheit der Meinungsäußerung in ihrer Radikalität noch richtig gewesen sein. Damals ging es vorrangig darum, die gerade erst erkämpfte Meinungsäußerungsfreiheit gegen mächtige Staatsapparate zu schützen. Heute stehen jedem Einzelnen ungleich mehr Mittel zur Äußerung und Verbreitung von Meinungen zur Verfügung. Über das Internet können Lügen und Beleidigungen jederzeit und weltweit verbreitet werden. Deshalb ist inzwischen der Schutz des Einzelnen vor falschen, boshaften oder bloß beleidigenden Meinungen zumindest im Alltag Europas oft dringlicher als der Schutz einzelner Meinungsäußerer vor staatlich gelenkten Repressalien. Voltaires Ausspruch »Ich verachte Ihre Meinung, aber ich gäbe mein Leben dafür, dass Sie sie sagen dürfen« kann daher auch nicht mehr als Argument für die zwingende Zulässigkeit von Auschwitzlüge und Holocaustleugnung dienen. Die Zeiten ändern sich eben.

Glossar

Akademikerquote sagt aus, wie hoch der Anteil der Hochschulabsolventen an der Gesamtbevölkerung ist.

Arbeitnehmerfreizügigkeit ist eine der vier Grundfreiheiten der EU, die wiederum die Grundlage des Europäischen Binnenmarktes sind. Die Arbeitnehmerfreizügigkeit besagt, dass jeder Unionsbürger in einem anderen EU-Staat als seinem eigenen arbeiten darf.

Arbeitslosenquote sagt aus, wie hoch der Anteil der Arbeitslosen an der erwerbsfähigen Bevölkerung ist. In die Arbeitslosenquote fallen aber nur arbeitslos gemeldete Personen.

Arbeitsmigranten sind -> Migranten, die ihr Land nicht wegen Verfolgung, Krieg oder sonstiger Bedrohung verlassen, sondern gezielt zur Arbeitssuche in ihr Einwanderungsland immigrieren.

Arier oder arisch waren nach der pseudowissenschaftlichen Rassentheorie der Nationalsozialisten Menschen, die bestimmte – wissenschaftlich nicht belegbare – Merkmale erfüllten (insbesondere jenes einer norddeutschen oder skandinavischen Abstammung). Dem gegenüber standen »Untermenschen«, die es zu unterwerfen und vernichten galt. Die Unterteilung in Arier und Nichtarier schuf die Grundlage für die Massenverbrechen der Nationalsozialisten, zum Beispiel den -> Holocaust.

Asylwerber sind -> Migranten, die in einem anderen Staat um Aufnahme und Schutz ansuchen. Sie müssen ein Asylverfahren durchlaufen und erhalten entweder einen positiven Asylbescheid; dann sind sie Flüchtlinge. Oder einen negativen Bescheid; dann müssen sie das Land verlassen. Es kann aber auch sein, dass sie kein Asyl bekommen, aber in Österreich oder Deutschland bleiben dürfen, weil sie als -> subsidiär Schutzberechtigte ein Aufenthaltsrecht erhalten.

Ausländer bezeichnet eine Person, die eine andere Staatsbürgerschaft besitzt als jene des Landes, in dem sie sich gerade aufhält oder lebt.

Babyboom ist ein Synonym für eine rasant steigende Geburtenrate, etwa nach Kriegen.

Diskriminierung ist die Ungleichbehandlung (Benachteiligung) eines Menschen oder einer Gruppe aus unsachlichen (ungerechten) Gründen, für die die Betroffenen meist nichts können. Häufige Diskriminierungsgründe sind Hautfarbe, Herkunft, Religion, politische Überzeugung, Geschlecht oder sexuelle Orientierung einer Person.

Diversion ist eine Maßnahme im österreichischen Strafrecht. Das Strafgericht kann einem Verdächtigen bei wenig schweren Delikten anstatt einer Verurteilung die »diversionelle Erledigung« anbieten. Der Verdächtige muss dann zum Beispiel gemeinnützige Arbeit leisten oder einen Geldbetrag an den Staat zahlen, wird aber nicht verurteilt (und gilt dementsprechend weiter als unbescholten).

Emigration ist die Auswanderung von Menschen mit dem Ziel, sich woanders dauerhaft niederzulassen. Emigration bezeichnet den Vorgang der -> Migration aus der Sicht des Auswanderungslandes. Siehe auch -> Immigration.

Erste Generation bezeichnet Menschen mit Migrationshintergrund, die nicht in Deutschland oder Österreich geboren wurden, die also erst nach ihrer Geburt eingewandert sind.

Europäische Menschenrechtskonvention oder EMRK ist ein Vertrag zwischen insgesamt 47 europäischen Staaten, mit dem sich diese verpflichten, allen Menschen grundlegende Rechte (-> Grundrechte oder Menschenrechte) zu gewähren. Deutschland, Österreich und die Schweiz sind Mitglieder der EMRK. Der Europäische Gerichtshof für Menschenrechte (EGMR) wacht über die Einhaltung der zugesicherten Grundrechte.

Fatwa ist ein Rechtsgutachten eines Scheichs oder Islam-Gelehrten zur Auslegung der Scharia.

Fertilitätsrate ist die Zahl der lebend geborenen Kinder, die jede Frau eines Landes statistisch gesehen bekommt.

Flüchtling nennt man eine Person, der vom Staat, in den er oder sie geflüchtet ist, offiziell Schutz zugesichert wird, da sie nach der -> Genfer Flüchtlingskonvention in ihrem Heimatland verfolgt wird. In westlichen Staaten wird der Status des -> Konventionsflüchtlings nach einem behördlichen Verfahren zuerkannt. Viele Entwicklungsländer, in denen besonders viele Flüchtlinge leben, kennen derartige Verfahren hingegen nicht.

Gaskammern waren Einrichtungen in sechs Tötungsanstalten und mehreren -> Konzentrationslagern (Vernichtungslagern), in denen während der Zeit des Nationalsozialismus Menschen durch Kohlenstoffmonoxid oder Blausäure (Cyanwasserstoff) ermordet wurden.

Gastarbeiter wurden -> Migranten genannt, die ab den 1960er-Jahren gezielt nach Deutschland und Österreich geholt wurden, da den Unternehmen in Zeiten des -> Wirtschaftswunders die Arbeitskräfte ausgingen.

Genfer Flüchtlingskonvention (»Abkommen über die Rechtsstellung der Flüchtlinge vom 28. Juli 1951«) ist ein völkerrechtliches Abkommen, das definiert, wer als Flüchtling anzusehen ist und welche Rechte Flüchtlinge genießen. Es ist die wichtigste Grundlage des internationalen Flüchtlingsrechts.

Gestapo war die »Geheime Staatspolizei« des nationalsozialistischen deutschen Reichs. Sie war für die Verbrechensbekämpfung zuständig. Vor allem aber war sie auch die politische Polizei der Nazis, also deren Werkzeug zur Verfolgung politisch Andersdenkender. Die Gestapo ging ausgesprochen brutal und gesetzlos vor. Sie folterte ihre Gefangenen regelmäßig und ermordete sie manchmal sogar. Nach Kriegsende wurde sie zu einer verbrecherischen Organisation erklärt.

Ghetto ist ein abgesondertes Wohnviertel. In Europa wohnten insbesondere jüdische Menschen ab dem Spätmittelalter in Ghettos (auch Judenviertel oder Judengassen genannt). Während des Zweiten Weltkriegs (1939 bis 1945) pferchten die Nationalsozialisten Hunderttausende Juden aus allen Teilen Europas unter erbärmlichen Lebensverhältnissen in viel zu kleinen Ghettos in Polen und der Tschechoslowakei zusammen (z.B. in Warschau). Diese Ghettos dienten meist nur als einstweilige Übergangsstation für den Weitertransport in weiter östlich gelegene Vernichtungslager.

Grundrecht ist ein verfassungsrechtlich gewährleistetes Recht, also ein Recht, das nicht bloß in »normalen« (einfachen) Gesetzen, sondern in der Verfassung eines Staates festgeschrieben ist. Grundrechte werden umgangssprachlich auch als »Menschenrechte« bezeichnet.

Holocaust ist der Völkermord an 5,6 bis 6,3 Millionen Juden zur Zeit des Nationalsozialismus. Manchmal, wie im vorliegenden Buch, bezieht sich der Begriff auf sämtliche Opfer der Vernichtungspolitik im Dritten Reich, wie beispielsweise die wegen ihrer politischen oder religiösen Überzeugung, sexuellen Orientierung, Zugehörigkeit zur Minderheit der Roma und Sinti sowie körperlichen oder geistigen Beeinträchtigungen Verfolgten.

Immigration ist der Zuzug von Menschen aus dem Ausland mit dem Ziel, sich im Inland niederzulassen. Immigration ist -> Migration aus der Sicht des Einwanderungslandes. Siehe auch -> Emigration.

Integration ist die Einbeziehung von Menschen in Lebens- und Arbeitsgemeinschaften (z.B. in eine Schulklasse oder eine Gemeinde), die zuvor aus unterschiedlichen Gründen von diesen Gemeinschaften ausgeschlossen waren. Ausländerintegration meint die Einbeziehung von -> Migranten in das inländische Lebensumfeld.

Kollaboration bedeutet Zusammenarbeit. Gemeint ist im politischen und historischen Zusammenhang die (unerwünschte) Zusammenarbeit mit dem Feind. Personen, die mit dem Feind kollaborieren, nennt man Kollaborateure.

Kommission oder Europäische Kommission ist ein Organ der EU. Sie nimmt in der EU vor allem Aufgaben der Exekutive (Verwaltung) wahr und entspricht damit am ehesten den Regierungen der Mitgliedsstaaten.

Konventionsflüchtling ist laut -> Genfer Flüchtlingskonvention eine Person, die in ihrem Land aufgrund ihrer Rasse, Religion, Nationalität, der Zugehörigkeit zu einer bestimmten sozialen Gruppe oder wegen ihrer politischen Überzeugung eine wohlbegründete Furcht vor Verfolgung hat.

Konzentrationslager oder KZ bezeichnet im deutschen Sprachraum die Arbeits- und Vernichtungslager des nationalsozialistischen Regimes, in denen mehrere Millionen Menschen zu Zwangsarbeit gezwungen, misshandelt, gefoltert und ermordet wurden.

Legitimation ist die Rechtfertigung, weshalb jemand Macht über andere ausübt. In einer Demokratie liegt diese Rechtfertigung darin, dass der Machtausübende entweder vom »Volk« gewählt wird oder seine Macht von jemandem erhalten hat, der seinerseits vom »Volk« gewählt wurde (Legitimationskette).

Lobbyismus ist die Interessenvertretung einer bestimmten Gruppe in Politik und Gesellschaft. Der Lobbyist versucht die Meinung der Bevölkerung oder von politischen Entscheidungsträgern in eine für seinen Auftraggeber vorteilhafte Richtung zu beeinflussen, um so für seinen Auftraggeber günstige Gesetze herbeizuführen. Oft erfolgt Lobbyismus im Verborgenen und führt so zu undurchsichtigen Entscheidungsvorgängen in der Politik.

Migration bezeichnet den Vorgang, bei dem Menschen ihre bisherigen Wohnorte verlassen, um sich an anderen Orten dauerhaft oder zumindest für längere Zeit niederzulassen. Diese Menschen nennt man Migranten. Siehe auch -> Emigration und -> Immigration.

Migrationsrate oder Netto-Zuwanderung bezeichnet die Differenz zwischen Einwanderung und Auswanderung in einem Land.

Niederlassungsfreiheit ist eine der vier Grundfreiheiten der EU, die wiederum die Grundlage des Europäischen Binnenmarktes sind.

Die Niederlassungsfreiheit besagt, dass jeder Unionsbürger in einem anderen EU-Staat als seinem eigenen wohnen und sich niederlassen darf.

Notwehr bezeichnet das Recht, sich gegen unberechtigte Angriffe anderer zu wehren (allenfalls auch mit Gewalt). Wer einen unrechtmäßigen Angreifer abwehrt und diesen dabei zum Beispiel am Körper verletzt, handelt rechtmäßig und wird nicht bestraft (obwohl Körperverletzung an sich – ohne Notwehr – eine strafbare Handlung ist).

Patriarch ist der »Erste unter den Vätern« (griechisch). Mit diesem Begriff bezeichnet man heute Männer, die in Gesellschaft und Familie eine Vorherrschaft der Väter und Männer verfechten und den Frauen lediglich eine niedrigere, dienende oder »häusliche« Rolle zubilligen. In manchen (vor allem orthodoxen) Kirchen bezeichnet der Begriff des Patriarchen auch das Kirchenoberhaupt.

Rat oder Europäischer Rat ist ein Organ der EU. Seine Mitglieder sind die Minister der einzelnen Mitgliedsstaaten.

Richtlinie ist ein Rechtsakt (eine Vorschrift) der EU ohne unmittelbare Wirksamkeit (vergleiche umgekehrt die -> Verordnung). Das bedeutet, Richtlinien müssen zunächst von den Mitgliedsstaaten in deren innerstaatliches Recht umgewandelt werden, bevor sie für die -> Unionsbürger gelten. Sie geben den Mitgliedsstaaten bloß Rahmenbedingungen für die Umsetzung vor. Über die Details der Umsetzung entscheidet der einzelne Mitgliedsstaat.

Sozialprofil ist eine Sammlung jener möglichst messbaren Merkmale, die das Lebensumfeld einer bestimmten Person oder Personengruppe beschreiben (z.B. Einkommen, Alter, Geschlecht, Bildungsgrad, Wohngegend, Staatsbürgerschaft, ethnische Herkunft, sozialer Status der Eltern, Hautfarbe, Religionszugehörigkeit).

Sozialwesen bezeichnet die Grundaufgabe eines Staates. Zum Sozialwesen zählen etwa die Bereitstellung von Sozialhilfe, Altenpflege, Jugendhilfe, Arbeitslosenunterstützung und die Unterstützung von Menschen mit Behinderungen.

Staatenlose sind Menschen, die von keinem Staat als Bürger anerkannt sind. Gründe dafür können sein, dass der Staat, deren Bürger sie waren, nicht mehr existiert, dass ein Staat einem Bürger die Staatsbürgerschaft aberkennt, oder dass sie auf der Flucht ihre Staatsbürgerschaft verlieren. In manchen Staaten kann die Staatsbürgerschaft nur vom

Vater, aber nicht von der Mutter auf die Kinder übertragen werden. Ist die Mutter bei der Geburt allein auf der Flucht, bleibt das Kind staatenlos. Weltweit leben etwa zehn Millionen Staatenlose.

Stereotyp ist die vereinfachende, gleichmachende und bildhafte Beschreibung einer ganzen Gruppe mit einem als typisch für diese Gruppe behaupteten Sachverhalt (zum Beispiel »die Deutschen sind fleißig«).

Subsidiär Schutzberechtigte sind Personen, die nicht im Sinne der -> Genfer Flüchtlingskonvention verfolgt werden, deren Leben in ihrem Heimatland aber dennoch wegen Todesstrafe, Krieg oder Ähnlichem bedroht ist.

Unionsbürger ist jeder Staatsbürger eines Mitgliedsstaats der Europäischen Union.

Verordnung ist ein Rechtsakt (eine Vorschrift) der EU mit allgemeiner Gültigkeit und unmittelbarer Wirksamkeit. Das bedeutet, dass sich alle Mitgliedsstaaten und alle -> Unionsbürger an in Verordnungen enthaltene Vorschriften halten müssen, ohne dass die Mitgliedsstaaten die Verordnung zuerst in innerstaatliches Recht umwandeln.

Vertriebene sind Menschen, die aus ihrer Heimat vertrieben wurden, etwa durch Bürgerkriege. Finden sie in einem anderen Teil ihres Heimatlandes Schutz, werden sie »Internally Displaced Persons« oder Binnenflüchtlinge genannt. 2015 waren 62,5 Prozent aller Flüchtlinge auf der Welt Binnenflüchtlinge.

Wirtschaftsflüchtling ist eine Person, die aus wirtschaftlicher Not ihr Land verlässt, um sich in einem ökonomisch stabileren Land eine bessere Existenz aufzubauen. Wirtschaftsflüchtlinge bezeichnet man auch als Armutsflüchtlinge. Wirtschaftliche Not ist aber kein anerkannter Fluchtgrund im Sinne der -> Genfer Flüchtlingskonvention.

Wirtschaftswunder ist die Bezeichnung für das unerwartet schnelle wirtschaftliche Wachstum und die starke Zunahme des Wohlstands in Österreich und Deutschland ab 1950. Wird auch als »Nachkriegsboom« bezeichnet.

Zweite Generation bezeichnet die in Deutschland oder Österreich geborenen Nachkommen von Eltern mit ausländischem Geburtsort.

Anmerkungen und Literatur

1. Was ist ein Vorurteil?

Anmerkungen

1 Vgl. Werner Bergmann: Was sind Vorurteile? In: Informationen zur politischen Bildung: Vorurteile (Heft 271), www.bpb.de/izpb/9680/was-sind-vorurteile, abgerufen am 3.2.2017

2 Ebd.

3 Erdal Kayhan: Eine Studie über die Wahrnehmung von Ausländern und Ausländerkriminalität in Österreich. Diplomarbeit, Universität Wien, 2002

4 Die Nürnberger Rassengesetze enthielten zahlreiche schwerwiegende und gegen Juden gerichtete Diskriminierungen. Sie sprachen Juden die deutsche Staatszugehörigkeit ab, schlossen sie von öffentlichen Ämtern aus und verboten ihnen unter anderem die Eheschließung mit Nichtjuden.

5 Kenneth Clark/Mamie Clark: Racial identification and preference in Negro children. In: Newcombe/Hartley (Hg.): Readings in social psychology (1947), S. 169 ff.

6 Sachverständigenrat deutscher Stiftungen für Integration und Migration (SVR): Diskriminierung am Ausbildungsmarkt, 2014

7 Markus Appel: Anti-immigrant propaganda by radical right parties and the intellectual performance of adolescents. In: Political Psychology 33/2012, S. 483 ff; Zusammenfassung: Maria Sterkl: Ausländerfeindlichkeit verringert die Denkleistung. In: Der Standard, 3.9.2013, www.derstandard.at/1376535472021/Auslaenderfeindlichkeit-verringert-die-Denkleistung, abgerufen am 3.2.2017

8 Mathematik: Mädchen können's genauso gut. In: Schulspiegel, 6.1.2010, www.spiegel.de/schulspiegel/wissen/mathematik-maedchen-koennen-s-genauso-gut-a-670460.html, abgerufen am 3.2.2017

2. Ausländer kosten uns mehr, als sie bringen

Anmerkungen

9 Nicht in die Untersuchung einberechnet wurden Steuern, da etwa bei Steuern aus Konsum nicht die Staatsbürgerschaft erhoben wurde.

10 Holger Bonin: Der Beitrag von Ausländern und künftiger Zuwanderung zum deutschen Staatshaushalt, Mannheim 2014, S. 1

11 Weitere Studien zu Deutschland: Holger Bonin: Der Finanzierungsbeitrag der Ausländer zu den deutschen Staatsfinanzen: Eine Bilanz für 2004. IZA Diskussionspapier Nr. 2444, Bonn 2006; Gert Wagner/Joachim Frick/Jürgen Schupp: The German Socio-Economic Panel Study (SOEP) – Scope, Evolution and Enhancement. Schmollers Jahrbuch, 127. Jg., Berlin 2007; zu Österreich: Gudrun Biffl: Die Zuwanderung von Ausländern nach Österreich. Kosten-Nutzen-Überlegungen und Fragen des Sozialtransfers. In: Wifo-Monatsberichte 9/1997, Wien 1997; Gudrun Biffl/Julia Bock-Schappelwein: »Kosten und Nutzen« der sozialen Sicherheit von Ausländern. In: Gudrun Biffl u.a.: Arbeitsmarktrelevante Effekte der Ausländerintegration in Österreich, Wien 2002

Verwendete Literatur

Holger Bonin: Der Beitrag von Ausländern und künftiger Zuwanderung zum deutschen Staatshaushalt, Mannheim 2014, www.bertelsmann-stiftung.de/fileadmin/files/Projekte/28_Einwanderung_und_Vielfalt/Bonin_Beitrag_Zuwanderung_zum_dt_Staatshaushalt_141204_nm.pdf, abgerufen am 14.1.2015

Bundesministerium für Arbeit, Soziales und Konsumentenschutz: AusländerInnen und der Sozialstaat Österreich, Wien 2016

Karl Ettinger: Jede vierte Sozialhilfe geht an Ausländer. In: Die Presse, 25.6.2014, http://diepresse.com/home/politik/innenpolitik/3827481/Jede-vierte-Sozialhilfe-geht-an-Auslaender, abgerufen am 1.4.2015

Peter Huber/Doris A. Oberdabernig: Decomposing Welfare Wedges. An Analysis of Welfare Dependence of Immigrants and Natives in Europe. WIFO Working Papers, No. 459, Wien 2014

Christa Imlinger: Wer die Mindestsicherung bezieht. In: Die Presse, 15.8.2016, http://diepresse.com/home/innenpolitik/5069189/Wer-die-Mindestsicherung-bezieht, abgerufen am 8.2.2107

Eva Linsinger/Martin Staudinger u.a.: 99 Wahrheiten. In: profil 34/2016

N.N.: Flüchtlinge – Ausgaben in Bundesbetreuung seit 2014 verdoppelt. APA-Meldung, 19.11.2016

N.N.: Mehr ausländische Bezieher von Arbeitslosenhilfe in Deutschland. APA-Meldung, 1.8.2016

N.N.: Mehr Wirtschaftswachstum durch Flüchtlinge in Deutschland. APA-Meldung, 15.1.2017

N.N.: Sozialbezüge: Nicht-EU-Ausländer beziehen fünf Milliarden Euro Hartz IV. In: Spiegel online, 21.5.2014, www.spiegel.de/politik/deutschland/hartz-iv-fuenf-milliarden-euro-gehen-an-nicht-eu-auslaender-a-970905.html, abgerufen am 8.2.2017

Franz Prettenthaler/Dominik Janisch/Karolin Gstinig u.a.: Ökonomische Effekte von Asylberechtigten in Österreich, Graz 2016

Pro Asyl: Basiswissen Rechte der Flüchtlinge, www.proasyl.de/de/themen/basics/basiswissen/rechte-der-fluechtlinge/, abgerufen am 14.1.2015

Norbert Rief: Flüchtlinge kosten zwei Milliarden Euro. In: Die Presse, 11.10.2016

Hans-Werner Sinn: Ökonomische Effekte der Migration. In: Frankfurter Allgemeine Zeitung, 29.12.2014

Christa Zöchling: Asylwerber dürfen nicht arbeiten – außer als Prostituierte und Erntehelfer. In: profil, 20.7.2012, www.profil.at/articles/1229/560/335349/asyl-asylwerber-prostituierte-erntehelfer, abgerufen am 14.1.2015

3. Ausländer nehmen uns die Arbeitsplätze weg

Anmerkungen

12 Zitiert nach Tobias Kaiser: Auch Deutsche kosten mehr als sie dem Staat bringen. In: Die Welt, 19.12.2016

13 Daniel Bax: Das Foto nimmt einen doch sehr gefangen. In: taz, 17.12.2014, S. 7

Verwendete Literatur

Arbeitsmarktservice Austria: Registrierte offene Stellen des Arbeitsmarktservice nach Berufen und Ländern, erstellt am 4.2.2016

Arbeitsmarktservice Österreich: Spezialthema zum Arbeitsmarkt 2016, www.ams.at/_docs/001_spezialthema_aktuell.pdf, abgerufen am 3.2.2017

Gudrun Biffl: WIFO-Weißbuch. Mehr Beschäftigung durch Wachstum auf Basis von Innovationen und Qualifikation. Teilstudie 6: Bevölkerungsentwicklung und Migration, Wien 2006

Bundesagentur für Arbeit: Arbeitsmarkt in Zahlen, Dezember 2016, https://statistik.arbeitsagentur.de/Statistikdaten/Detail/201612/iiia4/gem-stellen/gem-stellen-d-0-201612-pdf, abgerufen am 14.1.2017

Bundesagentur für Arbeit: Auswirkungen der Arbeitnehmerfreizügigkeit und der EU-Schuldenkrise auf den deutschen Arbeitsmarkt, Nürnberg 2014, personnel-international.de/attachments/article/72/Auswirkungen-der-Arbeitnehmerfreizuegigkeit-und-der-EU-Schuldenkrise-auf-den-Arbeitsmarkt.pdf, abgerufen am 7.2.2017

Amelie F. Constant: Do migrants take the jobs of native workers? In: IZA World of Labour 10/2014, http://wol.iza.org/articles/do-migrants-take-the-jobs-of-native-workers-1.pdf, abgerufen am 3.2.2017

Eures: Europäisches Portal zur beruflichen Mobilität, https://ec.europa.eu/eures/public/de/homepage, abgerufen am 3.2.2017

August Gächter: Der Integrationserfolg des Arbeitsmarktes. In: Herbert Langthaler (Hg.): Integration in Österreich, Innsbruck 2010, S. 154 ff.

Cerstin Gammelin: Niedrigste Arbeitslosigkeit seit 25 Jahren. In: Süddeutsche Zeitung, 3.11.2016

Birgit Goormann-Prugger: Zermürbungstaktik. In: Süddeutsche Zeitung, 18.1.2017

Tina Groll: So viele offene Lehrstellen wie noch nie. In: Zeit online, 13.8.2016, www.zeit.de/karriere/beruf/2016-08/ausbildungsmarkt-lehrstellen-bewerber-statistik, abgerufen am 3.2.2017

Nina Horaczek: Schaffa, schaffa, yalla, yalla! In: Falter 32/2016

Christian Jakob, Jana Anzlinger: EU ist nicht gleich EU. In: taz, 9.1.2017

Carmen Juravle/Tina Weber/Emanuela Canetta/Elena Fries Tersch/Martina Kadunc: Fact finding analysis on the impact on Member States' social security systems of the entitlements of non-active intra-EU migrants to special non-contributory cash benefits and healthcare granted on the basis of residence, www.iab.de/764/section.aspx/Publikation/k140123r04, abgerufen am 15.1.2015

Thorsten Kalina/Claudia Weinkopf: Arbeitsmarktchancen von gering Qualifizierten, Duisburg 2016, www.iaq.uni-due.de/iaq-report/2016/report2016-03.pdf, abgerufen am 3.2.2017

Sofia Kirilova/Gudrun Biffl u.a.: Anerkennungen von Qualifikationen. Fakten, Erfahrungen, Perspektiven, Wien 2016, www.integrationsfonds.at/fileadmin/content/AT/Fotos/Publikationen/Forschungsbericht/Forschungsbericht_Anerkennung_von_Qualifikationen.pdf, abgerufen am 3.2.2017

N.N.: Allein gegen die Arbeitslosigkeit. In: Wiener Zeitung, 28.3.2016, www.wienerzeitung.at/nachrichten/oesterreich/politik/809127_Allein-gegen-die-Arbeitslosigkeit.html, abgerufen am 1.1.2017

N.N.: Der Arbeitsmarkt hat die Flüchtlingswelle gut überstanden. In: Frankfurter Allgemeine Zeitung, 4.1.2017

N.N.: Eine Million Einwanderer haben Italien wegen Krise verlassen. APA-Meldung, 27.8.2012

N.N.: Nur ein Bruchteil der Flüchtlinge hat Arbeit. In: taz, 20.12.2016

N.N.: Stoff für Populisten. In: Der Spiegel, 17.12.2016

Österreichischer Integrationsfonds: Migration & Integration. Schwerpunkt Arbeit und Beruf, Wien 2014

Petra Pinzler: Arme, junge, kluge Einwanderer. In: Die Zeit, 2.5.2013

Statista: Ausländeranteil in verschiedenen Berufsgruppen in Deutschland am 30. Juni 2015, https://de.statista.com/statistik/daten/studie/167622/umfrage/auslaenderanteil-in-verschiedenen-berufsgruppen-in-deutschland, abgerufen am 12.1.2017

Statistik Austria: Arbeitsmarktstatistik 2016, Mikrozensus Arbeitsmarkterhebung, Wien 2016

Statistik Austria: Migration & Integration. Zahlen, Daten Fakten, Wien 2016

Statistisches Bundesamt: Bevölkerung mit Migrationshintergrund auf Rekordniveau. Presseaussendung vom 16.9.2016, www.destatis.de/DE/PresseService/Presse/Pressemitteilungen/2016/09/PD16_327_122pdf.pdf;jsessionid=AC7639AC315472BF7CD85E2C4D57D420.cae4?__blob=publicationFile, abgerufen am 20.9.2016

Statistisches Bundesamt: Bevölkerung und Erwerbstätigkeit, Wiesbaden 2016, www.destatis.de/DE/Publikationen/Thematisch/Bevoelkerung/MigrationIntegration/AuslaendBevoelkerung2010200157004.pdf?__blob=publicationFile, abgerufen am 29.1.2017

4. Ausländische Sozialtouristen nutzen unseren Staat aus

Anmerkungen

14 EuGH, 11.11.2014, RS C-333/13 (Jobcenter Leipzig)

Verwendete Literatur

Herbert Brücker/Andreas Hauptmann/Ehsan Vallizadeh: Arbeitsmigration oder Armutsmigration. In: IAB-Kurzbericht 16/2013, http://doku.iab.de/kurzber/2013/kb1613.pdf, abgerufen am 8.1.2017

Bundesministerium des Innern: Polizeiliche Kriminalstatistik 2015, www.bmi.bund.de/SharedDocs/Downloads/DE/Broschueren/2016/pks-2015.pdf?__blob=publicationFile, abgerufen am 8.2.2017

Institut für Arbeitsmarkt- und Berufsforschung: Zuwanderungsmonitor Januar 2017, http://doku.iab.de/arbeitsmarktdaten/Zuwanderungsmonitor.pdf, abgerufen am 8.1.2017

Gerald John: »Viele werden Kinder holen«. In: Der Standard, 15.12.2016

Christian Kerl: Regierung will Kindergeld-Regel für EU-Ausländer verschärfen. In: WAZ, 19.12.2016, www.waz.de/politik/regierung-will-kindergeld-regel-fuer-eu-auslaender-verschaerfen-id209034603.html, abgerufen am 8.2.2017

N.N.: Deutschland zahlt 470 Millionen Kindergeld an EU-Ausländer. In: Frankfurter Allgemeine Zeitung, 18.12.2016, www.faz.net/aktuell/wirtschaft/deutschland-zahlt-470-millionen-kindergeld-an-eu-auslaender-14581362.html, abgerufen am 8.1.2017

N.N.: Familienbeihilfe – Kern für Kürzung bei Kindern im Ausland. APA-Meldung, 19.11.2016

N.N.: Familiengeld: »Koalition der Willigen« macht Druck auf die EU. In: Kurier, 20.12.2016

N.N.: Rumänen und Bulgaren – schnell im Job, schnell in Hartz IV. In. Frankfurter Allgemeine Zeitung, 4.10.2015, www.faz.net/aktuell/wirtschaft/wirtschaftspolitik/arbeitsmarktintegration-rumaenen-und-bulgaren-schnell-im-job-schnell-in-hartz-iv-13838115.html, abgerufen am 8.2.2017

N.N.: Sozialbetrug durch Flüchtlinge gering. In: Sächsische Zeitung, 30.1.2017

N.N.: Taschengeld doppelt kassiert. In: Süddeutsche Zeitung, 30.1.2017

N.N.: Weniger Geld für EU-Ausländer. In: Die Presse, 14.12.2016

Statistisches Bundesamt: Bevölkerung und Erwerbstätigkeit, Wiesbaden 2016, www.destatis.de/DE/Publikationen/Thematisch/Bevoelkerung/Wanderungen/vorlaeufigeWanderungen5127101157004.pdf?__blob=publicationFile, abgerufen am 7.2.2017

5. Ausländer kriegen viel mehr Kinder als wir

Verwendete Literatur

Eva Beaujouan/Zuzanna Brzozowska/Krystof Zeman: The limited effect of increasing educational attainment on childlessness trends in the twentieth-century Europe, women born 1916–65. In: population Studies 3/2016, www.tandfonline.com/doi/full/10.1080/00324728.2016.1206210, abgerufen am 7.2.2017

Deutsche Stiftung Weltbevölkerung: Länderdatenbank, http://laenderdatenbank.weltbevoelkerung.de, abgerufen am 7.2.2017

Gesellschaft für deutsche Sprache e.V.: Ausführliche Auswertung: Die beliebtesten Vornamen 2015, http://gfds.de/ausfuehrliche-auswertung-die-beliebtesten-vornamen-2015, abgerufen am 7.2.2016

Tobias Kaiser: »Brangelina-Effekt« führt zu mehr Geburten in Metropolen. In: welt.de, 1.5.2016, www.welt.de/wirtschaft/article154902120/Brangelina-Effekt-fuehrt-zu-mehr-Geburten-in-Metropolen.html, abgerufen am 7.2.2017

Kersten Knipp: Modernisierungsschub in der islamischen Welt. In: Deutschlandfunk, 25.3.2011, www.deutschlandfunk.de/modernisierungsschub-in-der-islamischen-welt.691.de.html?dram:article_id=55348, abgerufen am 7.2.2017

Nadja Milewski: In Deutschland bekommen türkische Zuwanderinnen später und seltener Kinder. In: Demographische Forschung 1/2012, www.demografische-forschung.org/archiv/defo1201.pdf, abgerufen am 7.2.2017

Robert Naderi: Kinderzahl und Migrationshintergrund. In: Zeitschrift für Familienforschung 3/2015

N.N.: Wiegen bleiben leer – Rom kämpft gegen Rekordtief an Geburten. APA-Meldung, 21.10.2016

Saskia Nothofer/Sascha Venohr: Deutschlands neue Kinder. In: Zeit online, 19.10.2016, www.zeit.de/gesellschaft/2016-10/geburtenrate-deutschland-auslaendische-muetter-alter-bundeslaender, abgerufen am 7.2.2017

Pew Research Center: The Future of Global Muslim Population, Region: Europe, 27.1.2011, www.pewforum.org/2011/01/27/future-of-the-global-muslim-population-regional-europe, abgerufen am 7.2.2011

Gabriele Rath: Irland: Die wahre Insel der Seligen. In: Die Presse, 11.6.2016

Andrea Spalinger: Italiens Bevölkerung schrumpft: Fertig-Kindersegen. In: Neue Zürcher Zeitung, 26.7.2016

Stadt Wien: Geburten in Wien – nach Staatsbürgerschaft und Bezirk 2015, www.wien.gv.at/statistik/bevoelkerung/tabellen/geburten-staat-bez.html, abgerufen am 7.2.2016

Statistik Austria: Häufigste Vornamen 2015, www.statistik.at

Statistik Austria: Migration & Integration. Zahlen, Daten, Indikatoren, Wien 2016

United Nations Conference on Trade and Development: UN List of Least Developed Countries, http://unctad.org/en/pages/aldc/Least%20Developed%20Countries/UN-list-of-Least-Developed-Countries.aspx, abgerufen am 7.2.2017

Wirtschaftskammer Österreich: Geburten- und Sterberaten, Stand 2015, http://wko.at/statistik/eu/europa-geburtenrate.pdf, abgerufen am 7.2.2017

6. Ausländer sind viel weniger gebildet als wir

Anmerkungen

15 Sachverständigenrat deutscher Stiftungen für Integration und Migration (SVR): Doppelt benachteiligt? Kinder und Jugendliche mit Migrationshintergrund im deutschen Bildungssystem, Berlin 2016, S. 3

Verwendete Literatur

11. Bericht der Beauftragten der Bundesregierung für Migration, Flüchtlinge und Integration – Teilhabe, Chancengleichheit und Rechtsentwicklung in der Einwanderungsgesellschaft Deutschland (Dezember 2016), www.bundesregierung.de/Content/Infomaterial/BPA/IB/11-Lagebericht_09-12-2016.pdf;jsessionid=6E886D000A02ADD302867A99289BEB9F.s4t1?__blob=publicationFile&v=4, abgerufen am 3.2.2017

Susmita Arp/Philipp Seibt: Fünf Mythen über den Aufstieg in Deutschland. In: Spiegel online, 31.10.2016, www.spiegel.de/lebenundlernen/schule/aufstieg-in-deutschland-fuenf-mythen-ueber-bildung-und-chancen-a-1118555.html, abgerufen am 3.2.2017

Deutsches Studentenwerk: 20. Sozialerhebung des Deutschen Studentenwerks, www.studentenwerke.de/de/content/20-sozialerhebung-des%C2%A0deutschen-studentenwerks, abgerufen am 3.2.2017

Claudia Diehl/Christian Hunkler/Cornelia Kristen (Hg.): Ethnische Ungleichheiten im Bildungsverlauf. Mechanismus, Befunde, Debatten, Wiesbaden 2016

Inna Hartwich: Türken in Deutschland. Warum sie ganz unten bleiben. In: Neue Zürcher Zeitung, 6.1.2017, www.nzz.ch/international/probleme-der-integration-von-immigranten-warum-es-tuerken-in-deutschland-so-schwer-haben-ld.138334, abgerufen am 3.2.2017

Institut für Arbeitsmarkt und Berufsforschung: Flüchtlinge und andere Migranten am deutschen Arbeitsmarkt: Der Stand im September 2015, http://doku.iab.de/aktuell/2015/aktueller_bericht_1514.pdf, abgerufen am 3.2.2017

Kultusministerkonferenz und Bundesministerium für Bildung und Forschung: Bildung in Deutschland 2016. Ein indikatorengestützter Bericht mit einer Analyse zu Bildung und Migration, 2016

N.N.: Gastarbeiterkind Zaimoglu wird Ehrenprofessor, www.ndr.de/nachrichten/schleswig-holstein/Gastarbeiterkind-Zaimoglu-wird-Ehrenprofessor,professorzaimoglu100.html, abgerufen am 3.2.2017

N.N.: Studenten aus Nichtakademiker-Familien. Informationen zum Aufstieg. In: taz, 30.6.2016, www.taz.de/!5318210/, abgerufen am 3.2.2017

Nationaler Bildungsbericht. Österreich, 2015, www.bifie.at/system/files/dl/NBB_2015_Band1_v2_final_WEB.pdf, abgerufen am 3.2.2017

OECD: Data on Germany, www.oecd.org/germany/, abgerufen am 3.2.2017

Statistik Austria: Kinder in Kindertagesheimen nach der Staatsbürgerschaft und Muttersprache 2015, bereitgestellt am 15.9.2016

Statistik Austria: Migration & Integration. Zahlen, Daten, Indikatoren 2015, www.integrationsfonds.at/fileadmin/content/Statistisches_Jahrbuch_migration_integration_2015_.pdf, abgerufen am 3.2.2017

Statistik Austria: Migration & Integration. Zahlen, Daten, Indikatoren 2016, www.integrationsfonds.at/fileadmin/content/migrationintegration-2016.pdf, abgerufen am 3.2.2017

Birgit Suchań/Simone Breit (Hg.): PISA 2015. Grundkompetenzen am Ende der Pflichtschulzeit im internationalen Vergleich, www.bifie.at/system/files/buch/pdf/PISA15_Erstbericht_Gesamt_final_web.pdf, abgerufen am 3.2.201716
Als Ausländer wertet die Kriminalstatistik jeden Täter, der nicht Staatsbürger des jeweiligen Staates ist.

7. Ausländer sind viel krimineller als wir

Anmerkungen

17 Zum Erscheinungszeitpunkt lagen die Daten der deutschen Kriminalstatistik lediglich für das Jahr 2014 vor; Statistisches Bundesamt: Bevölkerung auf Grundlage des Zensus 2011, www.destatis.de/DE/ZahlenFakten/GesellschaftStaat/Bevoelkerung/Bevoelkerungsstand/

Tabellen/Zensus_Geschlecht_Staatsangehoerigkeit.html, abgerufen am 7.2.2017

18 Stichtag 31.12.2014; Statistische Ämter des Bundes und der Länder: Gebiet und Bevölkerung – Ausländische Bevölkerung, www.statistik-portal.de/statistik-portal/de_jb01_jahrtab2.asp, abgerufen am 7.2.2017

19 Stichtag 1.1.2016; Statistik Austria: Bevölkerung nach Staatsangehörigkeit und Geburtsland, www.statistik.at/web_de/statistiken/bevoelkerung/bevoelkerungsstruktur/bevoelkerung_nach_staatsangehoerigkeit_geburtsland/, abgerufen am 7.2.2017

20 Zitiert nach N.N.: Wenn je ein Problem vorhersehbar war. In: Der Spiegel 10/1989

21 Statistisches Bundesamt, Justiz auf einen Blick (Ausgabe 2015), 16, www.destatis.de/DE/Publikationen/Thematisch/Rechtspflege/Querschnitt/BroschuereJustizBlick0100001159004.pdf, abgerufen am 7.2.2017

22 Andreas Scheil, Kriminalität von AusländerInnen: Was wissen wir wirklich? Vortragsabend »Feindbild AsylwerberIn«, Amnesty International, Gruppe 13, in Zusammenarbeit mit der Rechtswissenschaftlichen Fakultät Innsbruck am 22.4.2009; Vortragsunterlagen abrufbar unter www.uibk.ac.at/strafrecht/scheil/kriminalitaet-von-auslaenderinnen.ppt; vgl. auch Arno Pilgram: Migration und innere Sicherheit. In: Heinz Fassmann (Hg.): 2. Österreichischer Migrations- und Integrationsbericht 2001–2006, Wien 2007, S. 363

23 Bundeskriminalamt – Kriminalistisches Institut (Hg.): Polizeiliche Kriminalstatistik 2015 (2016), S. 64 ff., www.bmi.bund.de/SharedDocs/Downloads/DE/Broschueren/2016/pks-2015.pdf, abgerufen am 7.2.2017; vgl. auch ARD, Polizeiliche Kriminalitätsstatistik: Starker Anstieg – aber nur auf den ersten Blick (23.5.2016), im Internet abrufbar unter www.tagesschau.de

24 Weniger Straftaten durch Zuwanderer. In: Süddeutsche Zeitung, 31.12.2016

25 Bundeskriminalamt – Kriminalistisches Institut (Hg.): Polizeiliche Kriminalstatistik 2012 (2013), S. 54

26 Rainer Geißler: Der »kriminelle Ausländer« – Vorurteil oder Realität? Zum Stereotyp des »kriminellen Ausländers«. In: IDA-NRW 1/2008, S. 3, www.uni-siegen.de/phil/sozialwissenschaften/soziologie/mitarbeiter/geissler/ueberblick_1_08.pdf, abgerufen am 7.2.2017

27 Pilgram, Migration und innere Sicherheit, S. 367

28 Geißler, Der »kriminelle Ausländer«

29 Ebd.

30 Vgl. z.B. Mechthild Küpper: Ein Spalier aus Dealern – Drogenhandel im Görlitzer Park, Frankfurter Allgemeine Zeitung, 12.10.2013, www.faz.net/

aktuell/gesellschaft/kriminalitaet/drogenhandel-im-goerlitzer-park-ein-spalier-aus-dealern-12614165.html, abgerufen am 7.2.2017

31 Kriminologisches Forschungsinstitut Niedersachsen: Zeitschrift für Jugendkriminalrecht und Jugendhilfe 2009/2

32 Pilgram, Migration und innere Sicherheit, S. 365

33 Geißler, Der »kriminelle Ausländer«

34 Ebd.

35 Renate Storz: Sind Ausländer krimineller als Schweizer? Statistik Schweiz, Pressemitteilung 42/1996

36 Ebd.

37 Geißler, Der »kriminelle Ausländer«

38 Bundeskriminalamt: Kriminalität im Kontext von Zuwanderung, Stand 8.2.2016

8. Die Jugend wird immer gewalttätiger

Anmerkungen

39 Z.B. die Süddeutsche Zeitung (www.sueddeutsche.de/thema/Jugendgewalt), die Zeit (www.zeit.de/schlagworte/themen/jugendgewalt/index) oder Focus (www.focus.de/schlagwoerter/themen/j/jugendgewalt)

40 Deutschlands Jugendliche werden immer friedlicher. In: Die Welt, 24.10.2013, www.welt.de/politik/deutschland/article121177689/Deutschlands-Jugendliche-werden-immer-friedlicher.html, abgerufen am 7.2.2017

41 Deutsche Strafverfolgungsstatistik, zitiert nach: Der Spiegel 45/2016, S. 62

42 Statistik Austria: Verurteilungsstatistik – Ergebnisse im Zeitvergleich 1947 bis 2015, www.statistik.at/web_de/statistiken/soziales/kriminalitaet/index.html, abgerufen am 7.2.2017

43 Statistik Austria: Verurteilungsstatistik 2015 – Detailergebnisse, www.statistik.at/web_de/statistiken/soziales/kriminalitaet/index.html, abgerufen am 7.2.2017

44 Überdies waren 2015 in Deutschland 3,4 Prozent aller Tatverdächtigen Kinder unter 14 Jahren sowie 9,8 Prozent Heranwachsende zwischen 18 und 21 Jahren. Bundesministerium des Innern: Polizeiliche Kriminalitätsstatistik 2015, www.bmi.bund.de/SharedDocs/Pressemitteilungen/DE/2016/05/pks-und-pmk-2015.html, abgerufen am 7.2.2017

45 Christian Pfeiffer, Justizminister Niedersachsen a.D. (2000 bis 2003), Direktor des kriminologischen Forschungsinstituts Niedersachsen.

Zitiert nach: Junge Türken neigen am meisten zu Gewalt. In: Frankfurter Allgemeine Zeitung, 10.1.2008, www.faz.net/aktuell/gesellschaft/kriminalitaet/jugendkriminalitaet-junge-tuerken-neigen-am-meisten-zur-gewalt-1514647.html, abgerufen am 7.2.2107. Der gesamte Absatz bezieht sich auf den Artikel.

9. Wir können nicht alle Flüchtlinge aufnehmen

Anmerkungen

46 UNHCR: Genfer Flüchtlingskonvention, siehe unter: www.unhcr.de/mandat/genfer-fluechtlingskonvention.html

47 Das UNHCR listet Deutschland nicht auf Platz 5, weil ein Großteil der Asylanträge der 2015 ins Land eingereisten Personen erst 2016 von den Behörden aufgenommen wurde. Da diese Menschen aber 2015 ins Land kamen, um einen Antrag auf internationalen Schutz zu stellen, haben wir Deutschland auf Platz 5 gereiht.

48 N.N.: Flüchtlinge – Deutschland rechnet 2015 mit bis zu 800.000 Asylwerbern. APA-Meldung, 19.8.2015

49 Armin Hermann: Einstein. Der Weltweise und sein Jahrhundert, München 1994, S. 390, zitiert nach: www.exil-archiv.de/grafik/biografien/einstein/EinsteinExilOkt05.pdf, abgerufen am 23.2.2017

50 Siehe Lars Jacob: Apropos Marlene Dietrich, zitiert nach: Baustein zur nicht-rassistischen Bildungsarbeit: Marlene hatte andere Pläne, http://baustein.dgb-bwt.de/PDF/C8-Marlene.pdf, abgerufen am 23.2.2017

51 Interview mit Marlene Dietrich im Jahr 1966 in Le Nouveau Candide, zitiert nach: http://baustein.dgb-bwt.de/PDF/C8-Marlene.pdf, abgerufen am 23.2.2017

Verwendete Literatur

Amnesty International: Refugees Welcome Survey 2016 – The Results, 19.5.2016, www.amnesty.org/en/latest/news/2016/05/refugees-welcome-survey-results-2016, abgerufen am 20.1.2016

Bundesministerium des Innern: 26.438 Asylanträge im Monat November. Pressemitteilung vom 9.12.2016

Bundesministerium für Inneres: Vorläufige Asylstatistik November 2016, www.bmi.gv.at/cms/BMI_Asylwesen/statistik/files/2016/Asylstatistik_November_2016.pdf, abgerufen am 8.1.2017

Eurostat: Asylum and first time asylum applicants by citizenship, age and sex Annual aggregated data (rounded). Last update 23.12.2016, http://appsso.eurostat.ec.europa.eu/nui/show.do?dataset=migr_asyappctza&lang=en, abgerufen am 6.1.2017

Eurostat: Asylum applicants (including first time asylum applicants), Q3 2015 – Q2 2016, http://ec.europa.eu/eurostat/statistics-explained/index.php/File:Asylum_applicants_(including_first_time_asylum_applicants),_Q3_2015_%E2%80%93_Q3_2016.png, abgerufen am 3.1.2017

Eurostat: EU-Mitgliedstaaten erkannten im Jahr 2015 über 330.000 Asylbewerber als schutzberechtigt an. Pressemitteilung vom 20.4.2016, http://ec.europa.eu/eurostat/documents/2995521/7233422/3-20042016-AP-DE.pdf/caf97549-b14d-45f3-bf91-20cfa5e6f072, abgerufen am 20.1.2017

Eurostat: Statistiken über Asyl, http://ec.europa.eu/eurostat/statistics-explained/index.php/Asylum_statistics/de#Wichtigste_statistische_Ergebnisse, abgerufen am 20.1.2017

Philip Faigle/Karsten Polke-Majewski/Sascha Venohr: Merkel war es wirklich nicht. In: Zeit online, 11.11.2016, www.zeit.de/politik/ausland/2016-10/fluechtlingspolitik-fluechtlinge-angela-merkel-balkanroute-offene-grenze, abgerufen am 11.11.2016

Christoph Hofinger: Der Kampf um die Mitte. In: Falter 21/2016

N.N.: 13 Übergriffe auf Asyl-Quartiere im ersten Quartal. In: kurier.at, 7.6.2016, https://kurier.at/chronik/oesterreich/oesterreich-13-uebergriffe-auf-asyl-quartiere-im-ersten-quartal/203.148.998, abgerufen am 24.1.2017

N.N.: Brandanschläge auf Asylheime: Polizei nützt deutsche Erfahrungen. APA-Meldung, 27.9.2016

N.N.: IOM: Mehr als 7.400 Menschen 2016 weltweit auf der Flucht umgekommen. APA-Meldung, 6.1.2017

N.N.: Ungarn hat im Schnitt die meisten Asylwerber. In: Zeit online, 21.3.2016, www.zeit.de/politik/ausland/2016-03/fluechtlinge-asyl-ungarn-deutschland-oesterreich-statistik, abgerufen am 23.12.2016

10. Es kommen nur Wirtschaftsflüchtlinge zu uns

Verwendete Literatur

Bundesministerium des Innern: 280.000 Asylsuchende im Jahr 2016, www.bmi.bund.de/SharedDocs/Pressemitteilungen/DE/2017/01/asylantraege-2016.html, abgerufen am 7.2.2017

Bundesministerium für Inneres: Vorläufige Asylstatistik, Dezember 2016, www.bmi.gv.at/cms/BMI_Asylwesen/statistik/files/2016/Asylstatistik_Dezember_2016.pdf, abgerufen am 7.2.2017

Human Rights Council: Report of the detailed findings of the Commission of Inquiry on Human Rights in Eritrea, www.ohchr.org/Documents/HRBodies/HRCouncil/CoIEritrea/A_HRC_29_CRP-1.pdf, abgerufen am 7.2.2017

ILO: Globale Arbeitslosigkeit steigt 2017 um 3,4 Millionen Menschen, www.ilo.org/berlin/presseinformationen/WCMS_541382/lang--de/index.htm, abgerufen am 7.2.2017

N.N.: Was vom Hühnchen übrig blieb. Geflügelreste ruinieren die Märkte in Afrika. In: 3sat.de, 21.10.2014, www.3sat.de/page/?source=/nano/astuecke/122605/index.html, abgerufen am 7.2.2017

Stephanie Pieper: Oxfam-Studie. Kluft zwischen Arm und reich immer größer. In: tagesschau.de, 16.1.2017, www.tagesschau.de/ausland/oxfam-115.html, abgerufen am 7.2.2017

World Food Programme: Hunger weltweit – Zahlen und Fakten, http://de.wfp.org/hunger/hunger-statistik, abgerufen am 7.2.2017

11. Die Asylwerber kriegen alles und wir nichts

Verwendete Literatur

Bundesverfassungsgericht Deutschland: Regelungen zu den Grundleistungen in Form der Geldleistungen nach dem Asylbewerberleistungsgesetz verfassungswidrig. Pressemitteilung vom 18. Juli 2012, www.bundesverfassungsgericht.de/pressemitteilungen/bvg12-056.html, abgerufen am 28.1.2016

Deutsche Bundesregierung: Höhere Leistungen für Asylbewerber. Pressemitteilung vom 27. August 2014

Deutsche Bundesregierung: Welche Leistungen stehen anerkannten Flüchtlingen zu?, www.bundesregierung.de/Content/DE/Lexikon/FAQ-Fluechtlings-Asylpolitik/2-was-bekommen-fluechtlinge/03b-Leistungen-Anerkannte.html#GlossarEntry2085790, abgerufen am 7.2.2017

Deutsche Bundesregierung: Welche Leistungen stehen Asylbewerbern zu?, www.bundesregierung.de/Content/DE/Lexikon/FAQ-Fluechtlings-Asylpolitik/2-was-bekommen-fluechtlinge/03-Leistungen.html, abgerufen am 7.2.2017

Marion Hundt: Aufenthaltsrecht und Sozialleistungen für Geflüchtete, Regensburg 2016

Thomas Öchsner: Ein paar Euro mehr. Mindestlohn und Hartz-IV-Sätze steigen. In: Süddeutsche Zeitung, 29.12.2016

Anna Reimann/Vera Kämper: Taschengeld für Flüchtlinge – die Fakten. In: Spiegel online, 17.8.2015, www.spiegel.de/politik/deutschland/fluechtlinge-in-deutschland-antworten-zum-taschengeld-a-1048432.html, abgerufen am 7.2.2107

Almut Siefert/Maria Wetzel/Arnold Rieger/Willi Reiners: »Flüchtlinge bekommen mehr als Hartz-IV-Empfänger«. In: Stuttgarter Nachrichten, 24.10.2015, www.stuttgarter-nachrichten.de/inhalt.asylbewerber-10-thesen-zur-fluechtlingsdiskussion-im-faktencheck-page7.386c3932-a37d-4ab9-8b5b-b99d5dbdfa71.html, abgerufen am 28.1.2016

Jean-Pierre Ziegler: Flüchtlinge mussten rund 860.000 Euro abgeben. In: Spiegel online, 25.12.2016, www.spiegel.de/panorama/fluechtlinge-in-deutschland-mussten-rund-860-000-euro-abgeben-a-1120759.html, abgerufen am 28.1.2017

12. Die Flüchtlinge sind alle ungebildet

Verwendete Literatur

Arbeitsmarktservice Österreich: Arbeitsmarktintegration geflüchteter Menschen: Bilanz und Ausbllick. Pressekonferenz vom 17.2.2017.

Bundeszentrale für politische Bildung: Welche Abschlüsse erreichten Schüler gestern und heute?, www.bpb.de/gesellschaft/kultur/zukunft-bildung/159282/welche-abschluesse-erreichten-schueler-frueher-und-heute, abgerufen am 1.2.2017

Nina Horaczek: Vom Schutz- zum Jobsuchenden. In: Falter 27/2016

Pia Kranawetter: Bildungstransmissionen in Österreich unter besonderer Berücksichtigung von Gender-Aspekten. Diplomarbeit, Wien 2012

N.N.: Flüchtlinge mit gutem Bildungsniveau. In: Die Presse, 24.9.2016

Statistik Austria: Migration & Integration. Zahlen, Daten, Indikatoren, Wien 2016

13. Die Flüchtlinge vergewaltigen unsere Frauen und Kinder

Anmerkungen

52 Christian Pfeiffer (Kriminologe): »Nationalität spielt bei Kriminalität keine Rolle«. In: WDR, 6.12.2016, www1.wdr.de/nachrichten/interview-pfeiffer-auslaender-kriminalitaet-100.html, abgerufen am 7.2.2017

53 Bundeskriminalamt: Bundeslagebericht Kriminalität im Kontext von Zuwanderung 2015, www.bka.de/DE/AktuelleInformationen/StatistikenLagebilder/Lagebilder/KriminalitaetImKontextVonZuwanderung/KriminalitaetImKontextVonZuwanderung_node.html, abgerufen am 7.2.2017

54 Parlamentarische Anfragenbeantwortung Nr. 9970/AB durch Innenminister Wolfgang Sobotka am 5. Dezember 2016, www.parlament.gv.at/PAKT/VHG/XXV/AB/AB_09970/imfname_576696.pdf, abgerufen am 7.2.2017

Verwendete Literatur

N.N.: Jugendlicher nach Vergewaltigung in Traiskirchen in Haft. In: derstandard.at, 20.11.2015, http://derstandard.at/2000026130930/Jugendlicher-nach-Vergewaltigung-in-Traiskirchen-in-Haft, abgerufen am 2.2.2017

N.N.: »Vergewaltigung« durch drei Schwarzafrikaner nur ausgedacht.

In: Niederösterreichische Nachrichten, 18.1.2016, www.noen.at/baden/vergewaltigung-durch-schwarzafrikaner-nur-ausgedacht/11.344.111, abgerufen am 2.2.2017

14. Islamische Staaten sollen die muslimischen Flüchtlinge aufnehmen

Anmerkungen

55 www.welt.de/debatte/henryk-m-broder/article152256557/Wo-bleibt-die-islamische-Solidaritaet-fuer-Fluechtlinge.html, abgerufen am 7.2.2017

56 www.spiegel.de/politik/ausland/syrien-fluechtlinge-in-den-golfstaaten-sind-rechtlos-a-1107170.html, abgerufen am 7.2.2017

Verwendete Literatur

Bianca Blei: Staatenlose: Menschen, die kein Staat will. In: Der Standard, 3.8.2016

Henryk M. Broder: Wo bleibt die islamische Solidarität für Flüchtlinge? In: Die Welt, 15.2.1016, www.welt.de/debatte/henryk-m-broder/article152256557/Wo-bleibt-die-islamische-Solidaritaet-fuer-Fluechtlinge.html, abgerufen am 17.2.2016

Katharina Kühn: Warten und hoffen. In: Die Zeit, 8.12.2016

N.N.: Saudi-Arabien nahm zwei Millionen Syrer auf. In: Frankfurter Allgemeine Zeitung, 27.5.2016, www.faz.net/aktuell/politik/ausland/f-a-z-exklusiv-saudi-arabien-nahm-zwei-millionen-syrer-auf-14256243.html, abgerufen am 29.7.2016

N.N.: UNO-Experte fordert Ende des Fahrverbots für Frauen in Saudi-Arabien. APA-Meldung, 19.1.2017

Christoph Sydow: Wie Golfstaaten mit syrischen Flüchtlingen umgehen. In: Spiegel online, 11.8.2016, www.spiegel.de/politik/ausland/syrien-fluechtlinge-in-den-golfstaaten-sind-rechtlos-a-1107170.html, abgerufen am 20.9.2016

UNHCR: Global Trends 2015, www.unhcr.org/statistics/unhcrstats/576408cd7/unhcr-global-trends-2015.html, abgerufen am 2.11.2016

World Food Programme: Contributions to WFP in 2015, www.wfp.org/funding/year/2015, abgerufen am 20.11.2016

15. Unsere Großeltern haben ihr Land auch selbst aufgebaut

Verwendete Literatur

Ernst Bruckmüller (Hg.): Wiederaufbau in Österreich 1945–1955. Rekonstruktion oder Neubeginn? Wien 2006

Bundeszentrale für politische Bildung: 65 Jahre Marshallplan, www.bpb.de/politik/hintergrund-aktuell/137605/65-jahre-marshallplan-05-06-2012, abgerufen am 20.1.2017

Michael Gehler: Vom Marshallplan bis zur EU. Österreich und die europäische Integration von 1945 bis zur Gegenwart. Innsbruck/Wien 2006

Josef Haas: 60 Jahre Marshall-Plan. Eine Würdigung aus österreichischer Sicht. In: Geldpolitik und Wirtschaft Q2/2007

Jochen Oltmer: Migration und Zwangswanderungen im Nationalsozialismus, www.bpb.de/themen/WTCUS2,0,0,Migration_und_Zwangswanderungen_im_Nationalsozialismus.html, abgerufen am 20.1.2017

Leonie Treber: Mythos Trümmerfrauen. Von der Trümmerbeseitigung in der Kriegs- und Nachkriegszeit und der Entstehung eines deutschen Erinnerungsortes, Essen 2014

16. Frauen sind doch längst gleichberechtigt

Anmerkungen

57 N.N.: Fehlende Frauen kosten Unternehmen Milliarden. In: Der Standard, 3.11.2016, www.derstandard.at/2000046884571-1192182008435/Fehlende-Frauen-kosten-Unternehmen-Milliarden, abgerufen am 26.1.2017

Verwendete Literatur

Arbeitsmarktservice Österreich: Trends im Berufsbereich, http://bis.ams.or.at/qualibarometer/berufsbereich.php?id=73&show_detail=1&query=, abgerufen am 15.1.2017

Deutsches Statistisches Bundesamt: Verdienstunterschiede zwischen Männern und Frauen, www.destatis.de/DE/ZahlenFakten/GesamtwirtschaftUmwelt/VerdiensteArbeitskosten/VerdiensteVerdienstunterschiede/Tabellen/UGPG_02_Bundeslaender.html, abgerufen am 23.12.2016

European Commission: Board Members, http://ec.europa.eu/justice/gender-equality/gender-decision-making/database/business-finance/supervisory-board-board-directors/index_en.htm, abgerufen am 15.1.2017

European Commission: Report on equality between women and men. European Union 2016, http://ec.europa.eu/justice/gender-equality/files/annual_reports/2016_annual_report_2015_web_en.pdf, abgerufen am 15.1.2017

Eurostat: Gender Pay Gap Statistic, http://ec.europa.eu/eurostat/statistics-explained/index.php/Gender_pay_gap_statistics, abgerufen am 1.1.2017

Grant Thornton International Business Report 2015: Women in business: the path to leadership, www.grantthornton.global/globalassets/1.-member-firms/global/insights/ibr-charts/ibr2015_wib_report_final.pdf, abgerufen am 15.1.2017

Lydia Lohmüller/Hanna Mentges/Joachim Gerd Ulrich: »Männerberufe« sind für Männer nicht mehr ganz so typisch. Hintergrundpapier des Bundesinstituts für Berufsbildung, April 2016, www.bibb.de/dokumente/pdf/a24_hintergrundpapier_girl-day_2016.pdf, abgerufen am 2.1.2017

Rasha Abd El Mawgoud/Christiane Wieser: Frauen. Management. Report. 2016. Herausgegeben von der Kammer für Arbeiter und Angestellte Wien, Wien 2016, https://media.arbeiterkammer.at/wien/PDF/studien/AK_Frauen_Management_Report_2016.pdf, abgerufen am 1.1.2017

Andreas Maisch: Frauenquote? In den Ministerien haben die Männer Topjobs. In: stern.de, 15.1.2016, www.stern.de/politik/deutschland/frauenquote-in-der-regierung--spitzenjobs-in-ministerien-haben-oft-maenner-6649146.html, abgerufen am 12.1.2017

Uta Meier-Gräwe/Nina Klünder: Gleichstellung und interfamiliale Arbeitsteilung, Wiesbaden 2016, www.destatis.de/DE/UeberUns/Veranstaltungen/VeranstaltungenArchiv/Zeitverwendung2016/GleichstellunginnerfamilialeArbeitsteilungPraes.pdf?__blob=publicationFile, abgerufen am 2.1.2017

Alwine Mohnen: Familienunternehmen als Arbeitgeber. Studie der Stiftung Familienunternehmen, München 2016

Marcus Noland/Tyler Moran/Barbara Kotschwar: Is Gender Diversity Profitable? Evidence from a Global Survey. In: Working Paper 16-3 des Peterson Institute for International Economics, Februar 2016, https://piie.com/publications/wp/wp16-3.pdf, abgerufen am 20.12.2016

N.N.: Deutsche Ministerin zieht positive Bilanz zu gesetzlicher Frauenquote. APA-Meldung, 29.12.2016

N.N.: Die Quote wird erfüllt. In: Spiegel online, 11.11.2016, www.spiegel.de/karriere/frauenquote-in-aufsichtsraeten-wird-von-konzernen-erfuellt-a-1120811.html, abgerufen 15.1.2017

N.N.: Fehlende Frauen kosten Unternehmen Milliarden. In: derstandard.at, 3.11.2016, http://derstandard.at/2000046884571-1192182008435/Fehlende-Frauen-kosten-Unternehmen-Milliarden, abgerufen am 1.1.2017

N.N.: Frauen bleiben in der Chefetage die Ausnahme. In: derstandard.at, 19.9.2016, http://derstandard.at/2000044493385-1192182008435/Frauen-bleiben-in-der-Chefetage-die-Ausnahme, abgerufen am 1.1.2017

N.N.: Männer haben genug von Gleichberechtigung. In: Spiegel online, 30.9.2013, www.spiegel.de/panorama/gesellschaft/allensbach-studie-maenner-haben-genug-von-gleichberechtigung-a-925249.html, abgerufen am 15.1.2017

N.N.: Quote erfüllt. In: Spiegel online, 10.6.2016, www.spiegel.de/wirtschaft/unternehmen/dax-aufsichtsraete-frauenquote-erfuellt-a-1096943.html, abgerufen am 15.1.2017

N.N.: Spanien, Italien, Schweden und Südafrika: Die Frauenquote im internationalen Vergleich. In: Kölner Stadt-Anzeiger, 6.3.2015, www.ksta.de/politik/spanien--italien--schweden-und-suedafrika-die-frauenquote-im-internationalen-vergleich-1639030-seite4, abgerufen am 11.1.2017

N.N.: Women CEOs Of The S&P 500s, www.catalyst.org/knowledge/women-ceos-sp-500, abgerufen am 15.1.2017

Jonas Schaible: Elterngeld ist auch Männersache. In: Tagesspiegel, 7.10.2016

Statista: Frauenanteil in Führungspositionen in Deutschland nach Bundesländern im Jahr 2016 (Stand: 30. Juni), https://de.statista.com/statistik/daten/studie/182457/umfrage/frauenanteil-in-fuehrungspositionen-nach-bundeslaendern/, abgerufen am 11.12.2016

World Economic Forum: Global Gender Gap Report 2016, http://reports.weforum.org/global-gender-gap-report-2016/results-and-analysis, abgerufen am 15.1.2017

Carsten Wippermann: Was junge Frauen wollen. Studie der Friedrich-Ebert-Stiftung, Berlin 2016, http://library.fes.de/pdf-files/dialog/12633.pdf, abgerufen am 2.1.2017

17. Der Islam hat in Europa nichts verloren

Anmerkungen

58 www.deutschlandfunk.de/der-islam-gehoert-zu-deutschland-die-geschichte-eines-satzes.1783.de.html?dram:article_id=308619

59 www.bundespraesident.de/SharedDocs/Reden/DE/Christian-Wulff/Reden/2010/10/20101003_Rede.html

Verwendete Literatur

Stefan von Borstel: Für die meisten gehört der Islam nicht zu Deutschland. In: Die Welt, 6.10.2015, www.welt.de/politik/deutschland/article147280667/Fuer-die-meisten-gehoert-der-Islam-nicht-zu-Deutschland.html, abgerufen am 19.1.2017

Stephan Detjen: Die Geschichte eines Satzes. In: Deutschlandfunk, 13.1.2015, www.deutschlandfunk.de/der-islam-gehoert-zu-deutschland-die-geschichte-eines-satzes.1783.de.html?dram:article_id=308619, abgerufen am 19.1.2017

Emran Feroz: Es gibt sie, die orientalischen Schindlers. In: Frankfurter Allgemeine Zeitung, 7.8.2014, www.faz.net/aktuell/feuilleton/muslime-retten-juden-es-gibt-sie-die-orientalischen-schindlers-13084545.html, abgerufen am 19.1.2017

Nina Horaczek/Sebastian Wiese: Handbuch gegen Vorurteile, Wien 2011, S. 228 ff.

N.N.: Erste muslimische Gemeinde erhält Kirchenstatus. In: Zeit online, 13.6.2013, www.zeit.de/gesellschaft/zeitgeschehen/2013-06/islam-kirche-hessen-koerperschaft, abgerufen am 19.1.2017

Conrad Seidl: Jeder Zweite sieht Islam als Gefahr für unsere Kultur. In: Der Standard, 9.1.2015, http://derstandard.at/2000010210943/Jeder-Zweite-sieht-Islam-als-Gefahr-fuer-Oesterreichs-Kultur, abgerufen am 19.1.2017

Christian Wulff: Rede zum 20. Jahrestag der Deutschen Einheit am 3.10.2010, www.bundespraesident.de/SharedDocs/Reden/DE/Christian-Wulff/Reden/2010/10/20101003_Rede.html, abgerufen am 19.1.2017

18. Das Kopftuch ist ein politisches Symbol

Anmerkungen

60 Integrationshindernis Kopftuch? Ressourcen stärken, Zukunft sichern – Erwerbsperspektiven für Mütter mit Migrationshintergrund

61 Bernd Dicks: Muslimische Schülerinnen. Wie Rektoren das Kopftuchverbot ausweiten wollen. In: Spiegel online, 16.10.2008, www.spiegel.de/lebenundlernen/schule/muslimische-schuelerinnen-wie-rektoren-das-kopftuchverbot-ausweiten-wollen-a-584023.html, abgerufen am 4.2.2017

62 Koran, Vers 33:32–33. Die »Zeit der Unwissenheit« bezeichnet die Zeit des vorislamischen Heidentums.

63 Z.B. Halima Krausen, die rund 400 deutschsprachige muslimische Familien in Hamburg seelsorgerisch betreut.

64 Indre Monjezi Brown: Muslimische Frauen und das Kopftuch. In: Sabine Berghahn, Petra Rostok (Hg.): Der Stoff, aus dem Konflikte sind. Debatten um das Kopftuch in Deutschland, Österreich und der Schweiz, Bielefeld 2009, S. 454

65 Ebd., S. 434

66 Bundesamt für Migration und Flüchtlinge (Hg.): Muslimisches Leben in Deutschland (2009), zitiert nach: Die Welt, 25.9.2014, www.welt.de/132596199, abgerufen am 2.2.2017

67 Integrationshindernis Kopftuch? Ressourcen stärken, Zukunft sichern – Erwerbsperspektiven für Mütter mit Migrationshintergrund

Verwendete Literatur

Nina Horaczek: Der Prophet hat im Haushalt mitgearbeitet. In: Falter, 10.12.2014, Sonderbeilage Feminismus, S. 28 f.

19. Wer ein Kopftuch trägt, will sich nicht integrieren

Anmerkungen

68 Frank Jessen/Ulrich von Wilamowitz-Moellendorf: Das Kopftuch – Entschleierung eines Symbols? Zukunftsforum Politik, Berlin 2006, S. 41

69 Demokratiemonitoring 2012 der Sozialwissenschaftlichen Studiengesellschaft, zitiert nach N.N.: Umfrage, Kopftuch als größtes Integrations-Hindernis. In: Die Presse, 21.2.2012

70 Brown: Muslimische Frauen und das Kopftuch, S. 452

71 Ebd., S. 438

72 Zitiert nach Karim El-Gawhary: Frauenpower auf Arabisch. Jenseits von Klischee und Kopftuchdebatte, Wien 2013

73 Dieter Schwulera, Vorstandschef des Fußballvereins Borussia Hannover, zitiert nach Eberle/Eder/Gilbert, Die verlorenen Töchter

74 Bundesamt für Migration und Flüchtlinge (Hg.): Muslimisches Leben in Deutschland (2009), S. 202 f.

75 N.N.: Kopftuch für Polizistinnen »Unsinn«: Polizeigewerkschaft gegen Hijab-Uniform. In: Epoch Times, 14.6.2016, www.epochtimes.de/politik/europa/kopftuch-fuer-polizistinnen-unsinn-polizeigewerkschaft-gegen-hijab-uniform-a1336776.html, abgerufen am 4.2.2017

76 Pädagogische Hochschule Freiburg: Toleriert und benachteiligt – Jugendliche mit Migrationshintergrund auf dem Ausbildungsmarkt im Landkreis Breisgau-Hochschwarzwald (2012)

Verwendete Literatur

Subel Bhandari: Burkini: Musliminnen entdecken ihre Freiheit. In: Mittelbayerische Zeitung, 27.8.2016, www.mittelbayerische.de/politik-nachrichten/burkini-musliminnen-entdecken-freiheit-21771-art1423814.html, abgerufen am 8.2.2017

Anna Faltner: Badeordnung: Burkini doch verboten. In: Niederösterreichische Nachrichten, 26.7.2016, www.noen.at/melk/melk-badeordnung-burkini-doch-verboten/18.799.114, abgerufen am 8.2.2017

Christian Jakob: Kein Tag am Meer. In: taz, 29.8.2016

20. Der Islam ist eine kriegerische Religion

Anmerkungen

77 Sure 9, 5

78 Sure 47, 4

79 So zum Beispiel der inzwischen verstorbene, einflussreiche Großscheich der Azhar-Universität in Kairo, Muhammad Sayyid Tantawi

80 Altes Testament, Buch Numeri 31, 7.15.17

81 Neues Testament, Matthäus 10, 34

82 Levitikus 19, 18

83 Sure 4, 36

84 Sure 16, 67, Sure 4, 43 und zuletzt Sure 5, 90

85 Sure 3, 7

86 Deniz Yücel: Suren-Bingo für Fortgeschrittene. In: taz, 30.10.2014

87 Sure 4, 89

88 www.islam.de

89 Lexikon der Religion, Herder (1987), S. 124 (G. Riße) unter Berufung auf Koran 16, 125

90 Matthäus 28, 18–20; Lukas 24, 46–48; Johannes 20, 21; Apostelgeschichte 1, 8

91 Der Spiegel 52/2016, S. 18 f.

92 Europol: EU Terrorism Situation and Trend Report 2013

93 Datenbank des National Consortium for the Study of Terrorism and Responses to Terrorism der Universität Maryland

94 PewReserchCenter: Extremist Concerns growing in Western and Predominantly Muslim Countries, 16.7.2015, www.pewglobal.org/2015/07/16/extremism-concerns-growing-in-west-and-predominantly-muslim-countries/, abgerufen am 7.2.2017

95 Ortwin Renn: Eher werde ich vom Blitz erschlagen. In: Südkurier, 9.4.2016

21. Wir dürfen in islamischen Staaten auch keine Kirchen bauen

Verwendete Literatur

Bundesministerium für Inneres: Verfassungsschutzbericht 2013, www.bmi.gv.at/cms/BMI_Verfassungsschutz/Verfassungsschutzbericht_2013.pdf, abgerufen am 16.2.2015

Bundesministerium für Inneres: Verfassungsschutzbericht 2014, www.bmi.gv.at/cms/BMI_Verfassungsschutz/BVT_VSB_2014_V20140613_online.pdf, abgerufen am 16.2.2015

Bundesministerium für Inneres: Verfassungsschutzbericht 2015, www.bmi.gv.at/cms/BMI_Verfassungsschutz/Verfassungsschutzbericht_2015.pdf, abgerufen am 24.1.2017

Oliver Decker/Johannes Kiess/Elmar Brähmer (Hg.): Die enthemmte Mitte. Autoritäre und rechtsextreme Einstellungen in Deutschland. Die Leipziger »Mitte«-Studie 2016, Gießen 2016

Dokumentationsstelle für Muslime in Österreich: Antimuslimischer Rassismusreport 2015, Wien 2016

Theresa Dräbing: Wilmersdorfer Gebetshaus: Die älteste Moschee Deutschlands wird saniert. In: Berliner Zeitung, 21.10.2016, www.berliner-zeitung.de/berlin/wilmersdorfer-gebetshaus-die-aelteste-moschee-deutschlands-wird-saniert-24956174, abgerufen am 15.1.2017

Farid Hafez: Minarettverbot: In Österreich ist man einen Schritt weiter. In: Der Standard, 1.12.2009, http://derstandard.at/1259280879061/Kommentar-der-Anderen-Minarettverbot-In-Oesterreich-ist-man-einen-Schritt-weiter, abgerufen am 16.2.2015

Kirche in Not: Wir sind eine sichtbare Kirche, www.kirche-in-not.de/aktuelle-meldungen/2014/05-21-wir-sind-eine-sichtbare-kirche-interview-camillo-ballin-apostolischer-vikar-noerdliches-arabien, abgerufen am 16.2.2015

Medien-Servicestelle Neue Österreicher/innen: Massiver Anstieg rechtsextremer Gewalttaten, http://medienservicestelle.at/migration_bewegt/2016/05/04/massiver-anstieg-rechtsmotivierter-straftaten, abgerufen am 15.1.2017

N.N.: Weniger islamfeindliche Straftaten. In: taz, 4.8.2016, www.taz.de/Angriffe-auf-Muslime-in-Deutschland/!5328934, abgerufen am 15.1.2017

N.N.: Afghanen droht Todesurteil wegen »Abfall vom Islam«. In: Die Welt, 3.1.2011, www.welt.de/politik/ausland/article11955492/Afghanen-droht-Todesurteil-wegen-Abfall-vom-Islam.html, abgerufen am 16.2.2015

N.N.: Der Weg ist frei. Erster Kirchenneubau in der Türkei. In: Domradio, 18.5.2016, www.domradio.de/themen/christenverfolgung/2016-05-18/erster-kirchen-neubau-der-tuerkei, abgerufen am 15.1.2017

N.N.: Land bremst Minarett-Pläne. In: Vorarlberger Nachrichten, 25.2.2008, www.vol.at/land-bremst-minarett-plaene/news-20080225-06512011, abgerufen am 16.2.2015

N.N.: Moscheen in Deutschland öffnen ihre Tür. In: Deutsche Welle, 3.10.2013, www.dw.de/moscheen-in-deutschland-öffnen-ihre-tür/a-17133205, abgerufen am 16.2.2015

Open Doors: Weltverfolgungsindex 2017, www.opendoors.de/verfolgung/weltverfolgungsindex2016, abgerufen am 15.1.2017

Ralf Pauli: Jede Woche ein Angriff. In: taz, 8.5.2016, www.taz.de/!5299037, abgerufen am 15.1.2017

Hans Rauscher: Muslime in Österreich. Politisierung einer stark wachsenden Glaubensgemeinschaft. In: Der Standard, 12.9.2014, http://derstandard.at/2000005451456/Muslime-in-Oesterreich, abgerufen am 20.3.2016

22. Bei uns gilt sogar schon die Scharia

Anmerkungen

96 Christoph Zehetgruber: Islamisches Strafrecht versus europäische Werteordnung. Ein Rechtsvergleich, Wien 2010, S. 84

97 EGMR, 13.2.2003, Bsw41340/98 – Refah Partisi gegen die Türkei

98 Ist die Scharia auch deutsches Recht? In: Rheinische Post, 3.4.2014

99 Es war erniedrigend. In: Der Spiegel 2/2017

23. Die EU ist undemokratisch

Anmerkungen

100 Der Begriff »Gesetzesvorhaben« ist bei EU-Recht unscharf. Die EU hat begrifflich keine Gesetze. Ihre »Gesetze« heißen »Verordnungen« und »Richtlinien«.

Verwendete Literatur

Berücksichtigung der EU. In: Zeitschrift für Politik 3/1998

Wolfgang Böhm/Otmar Lahodynsky: EU for You! So funktioniert die Europäische Union, Wien 2008

Christoph Gusy: Demokratiedefizite postnationaler Gemeinschaften unter Werner Weidenfeld: Die Europäische Verfassung verstehen, Gütersloh 2006

Winfried Kuth: Die demokratische Legitimation der Europäischen Union, Berlin 1995

Gerd Strohmeier: Die EU zwischen Legitimität und Effektivität. In: Aus Politik und Zeitgeschichte 10/2007

24. Die EU ist ein Verwaltungsmoloch

Anmerkungen

101 European Comission 2016: HR Key Figures Staff Members, http://ec.europa.eu/civil_service/docs/hr_key_figures_en.pdf, abgerufen am 4.2.2017; Homepage der Europäischen Union: EU-Verwaltung, Bedienstete, Sprachen und Standorte, https://europa.eu/european-union/about-eu/figures/administration_de, abgerufen am 4.2.2017; Heinrich

Wefing: EuGH – Die stillen Herrscher. In: Die Zeit, 16.4.2014, www.zeit.de/2014/17/europaeische-gerichtshof-eugh/komplettansicht, abgerufen am 4.2.2017

102 Homepage der Stadt Wien: Die Stadt Wien als Dienstgeberin: Zahlen und Fakten, www.wien.gv.at/verwaltung/personal/aufnahme/zahlen-fakten.html, abgerufen am 4.2.2017

103 Frederik Bombosch: Stellenausbau in Berliner Verwaltung. In: Berliner Zeitung, 19.1.2016, www.berliner-zeitung.de/berlin/stellenausbau-in-berliner-verwaltung--berlin-will-11-000-neue-mitarbeiter-im-oeffentlichen-dienst-einstellen-23466380, abgerufen am 4.2.2017

104 Florian Eder: 4365 EU-Beamte verdienen mehr als die Bundeskanzlerin. In: Welt am Sonntag, 3.2.2013

25. Die EU schikaniert uns mit sinnlosen Verboten

Anmerkungen

105 Richtlinie 2000/9/EG vom 20. März 2000 über Seilbahnen für den Personenverkehr

106 Z.B. das Gesetz über Seilbahnen im Land Mecklenburg-Vorpommern vom 20. Juli 2004 (LSeilbG M-V)

107 EU schafft Deutsch ab. In: Bild-Zeitung, 24.8.2005

108 Zitiert nach www.bildblog.de

109 Bauern protestieren gegen EU-Plan: »Windeln für Almkühe?«. In: Augsburger Allgemeine, 7.10.2014

26. Homosexualität ist eine Krankheit

Verwendete Literatur

Robert Aldrich: Gleich und anders. Eine globale Geschichte der Homosexualität, London 2007

Nadine Achoui-Lesage/Greg Keller: Gay imam helps young Muslims in France to balance religion, sexuality. In: Global News, 11.2.2016, http://globalnews.ca/news/2511806/gay-imam-helps-young-muslims-in-france-balance-religion-sexuality, abgerufen am 3.1.2017

Yermi Brenner: Gay Rabbi Seeks Recognition. In: Huffington Post, 21.5.2010, www.huffingtonpost.com/yermi-brenner/israeli-orthodox-rabbi-se_b_581098.html, abgerufen am 1.1.2017

Deutscher Bundestag: Stenographischer Bericht der 205. Sitzung vom 30.11.2016, http://dip21.bundestag.de/dip21/btp/18/18205.pdf, abgerufen am 1.1.2017

Bastian Dornbach: »Missbrauch durch die Politik«. In: Zeit online, 23.5.2008, www.zeit.de/online/2008/22/homosexualitaet-tiere-interview, abgerufen am 18.11.2014

Gerhard Fischer: Die rosa Liste. In: Süddeutsche Zeitung, 17.5.2010, www.sueddeutsche.de/wissen/2.220/tierwelt-die-rosa-liste-1.622417, abgerufen am 18.11.2014

Benno Gammerl: Eine Regenbogengeschichte. In: Aus Politik und Zeitgeschichte 15–16/2010, S. 7 ff.

Gabriel Girard/Daniela Rojas Castro: Liebe, Freiheit, Paragraphen. In: Le Monde Diplomatique, 9.11.2012

Markus Hengstschläger: Kranke Gene, Wien 2003

Björn Lohmann: Das Rätsel der »vererbten« Homosexualität. In: Die Welt, 12.12.2012

Florian Mildenberger u.a. (Hg.): Was ist Homosexualität? Forschungsgeschichte, gesellschaftliche Entwicklungen und Perspektiven, Hamburg 2014

N.N.: Kalifornien verbietet Therapie. In: taz, 5.10.2012

N.N.: Wenn zwei Nonnen sich das Ja-Wort geben. In: Süddeutsche Zeitung, 28.9.2016, www.sueddeutsche.de/panorama/italien-wenn-zwei-nonnen-sich-das-ja-wort-geben-1.3183757, abgerufen am 2.1.2017

Udo Rauchfleisch: Schwule, Lesben, Bisexuelle. Lebensweisen – Vorurteile – Einsichten, Göttingen 2011

Christoph Seidler: Homosexualität bei Tieren: Männchen mit Männchen, Weibchen mit Weibchen. In: Spiegel online, 25.10.2006, www.spiegel.de/wissenschaft/natur/homosexualitaet-bei-tieren-maennchen-mit-maennchen-weibchen-mit-weibchen-a-444512.html, abgerufen am 11.11.2016

Harriet Sherwood: Bishop of Grantham first C of E bishop to declare he is in a gay relationship. In: The Guardian, 2.9.2016, www.theguardian.com/world/2016/sep/02/nicholas-chamberlain-bishop-of-grantham-c-of-e-gay-relationship, abgerufen am 3.1.2017

Volkmar Sigusch: Homosexuelle zwischen Verfolgung und Emanzipation. In: Aus Politik und Zeitgeschichte 15–16/2010, S. 3 ff.

27. Bei den Nazis war nicht alles schlecht

Anmerkungen

110 Ralph Giordano: Wenn Hitler den Krieg gewonnen hätte. Die Pläne der Nazis nach dem Endsieg, Köln 2006, S. 298

Verwendete Literatur

Karl Almhofer: Der Wirtschaftsbetrieb und die Arbeitnehmervertretungen im Nationalsozialismus von 1933 bis 1936. Diplomarbeit, Linz 1994

Wolfgang Benz: Legenden, Lügen, Vorurteile, München 1982

Oliver Decker/Johannes Kiess/Elmar Brähler: Die enthemmte Mitte. Autoritäre und rechtsextreme Einstellungen in Deutschland. Die Leipziger »Mitte«-Studie, Leipzig 2016

Helmut Dubiel/Alfons Söllner (Hg.): Wirtschaft, Recht und Staat im Nationalsozialismus. Analysen des Instituts für Sozialforschung 1939–1942, Frankfurt am Main 1981

Rüdiger Hachtmann: Labour Policy in Industry. In: Christoph Buchheim (Hg.): German Industry in the Nazi Peroid, Stuttgart 2008

Florian Klenk/Barbara Tóth: Die wachsende Sehnsucht nach einem starken Führer. In: Falter 37/2016

Hans Pohl: Wirtschaft, Unternehmen, Kreditwesen, soziale Probleme. Ausgewählte Aufsätze. In: Vierteljahreszeitschrift für Sozial- und Wirtschaftsgeschichte, Stuttgart 2005

Benjamin Schulz: Deutschlands hässliche Fratze. In: Spiegel online, 15.6.2016, www.spiegel.de/panorama/gesellschaft/rechtsextremismus-studie-die-enthemmte-mitte-a-1097321.html, abgerufen am 28.1.2017

28. Den Holocaust hat es nie gegeben

Anmerkungen

111 Eine leicht lesbare Gesamtschau über den Holocaust enthält Guido Knopp: Holocaust, München 2000. Eine detaillierte Darstellung der Judenvernichtung enthält Raul Hilberg: Die Vernichtung der europäischen Juden, Berlin 1982. Eine sehr persönliche und unkonventionelle Darstellung der Judenverfolgung im besetzten Polen sowie der Judenvernichtung in Auschwitz enthält die Graphic Novel »MAUS« von Art Spiegelman (englische Originalausgabe: Art Spiegelman: Maus. A Survivor's Tale, New York 1986). Für jugendliche Leser empfehlen sich unter anderem Judith Kerr: Als Hitler das rosa Kaninchen stahl, Ravensburg 1974 (Roman); Max von der Grün: Wie war das eigentlich. Kindheit und Jugend im Dritten Reich, Darmstadt 1979 (Sachbuch) und insbesondere Angela Gluck Wood: Holocaust. Was damals geschah, München 2008 (Sachbuch).

112 Die folgenden revisionistischen Behauptungen sind nicht erfunden, sondern stammen von einschlägigen Holocaustleugner-Websites.

113 Thomas Mahrer: Verantwortung bei Suchergebnissen. In: der Freitag, 21.1.2017

114 Weiterführend vgl. Markus Tiedemann: »In Auschwitz wurde niemand vergast«. 60 rechtsradikale Lügen und wie man sie widerlegt, Mühlheim an der Ruhr 1996, S. 141

115 Eine Sammlung der wichtigsten angeblichen Details und ihre Widerlegung enthält Tiedemann, »In Auschwitz wurde niemand vergast«

116 Timothy Snyder: Bloodlands. Europa zwischen Hitler und Stalin, München 2011, S. 18

117 Jan Karski: Mein Bericht an die Welt. Geschichte eines Staates im Untergrund, München 2010. Der englische Originaltext erschien 1944 unter dem Titel »Story of a Secret State«.

118 Jana Renée Friesová: Festung meiner Jugend, Prag 2004

119 Drahomir Bárta: Tagebuch aus dem KZ Ebensee, Wien 2005

120 Stellvertretend für viele andere Wieslaw Kielar: Anus Mundi. Fünf Jahre Auschwitz, Frankfurt am Main 1979; Tadeusz Borowski: Bei uns in Auschwitz, Frankfurt am Main 2006

121 Z.B. Rudolf Kalmar: Zeit ohne Gnade, Wien 1946

122 Zum Nürnberger Prozess vgl. Joe J. Heydecker/Johannes Leeb: Der Nürnberger Prozess, Köln 1958; mit einer Fülle an Zitaten aus Zeugenaussagen, Tätervernehmungen und als Beweismitteln vorgelegten Dokumenten

123 Kazimierz Moczarski: Gespräche mit dem Henker. Das Leben des SS-Generals Jürgen Stroop. Aufgezeichnet im Motoków-Gefängnis zu Warschau, Düsseldorf 1978

124 Zitiert nach Snyder, Bloodlands, S. 216

125 Zitiert in Richard Rhodes: Die deutschen Mörder. Die SS-Einsatzgruppen und der Holocaust, Bergisch Gladbach 2004, S. 270

126 Z.B. Willy Peter Reese: Mir selber seltsam fremd. Russland 1941–44, Berlin 2004

127 Alfred Pietsch: Es regnete Hakenkreuze. Ein junger Wiener überlebt das Dritte Reich, Wien 2004

128 Heydecker/Leeb, Der Nürnberger Prozess

29. Die Auschwitzlüge: Das wird man ja noch sagen dürfen!

Anmerkungen

129 EGMR, 23.9.1998, Lehideux und Onsori gegen Frankreich

Verwendete Literatur

EGMR, 23.9.1998, Lehideux und Onsorni gegen Frankreich, www.ris.bka.gv.at/Dokument.wxe?Abfrage=Justiz&Dokumentnummer=JJT_19980923_AUSL000_000BSW24662_9400000_000, abgerufen am 7.2.2017

Europäische Menschenrechtskonvention, abrufbar unter: www.echr.coe.int/Documents/Convention_DEU.pdf

Sebastian Wiese: Wo ein Grundrecht an seine Grenzen stößt. In: Der Standard, 13.9.2010

Über die Autoren

Nina Horaczek,
geboren in Wien, Politologin, Buchautorin und Chefreporterin der Wiener Wochenzeitung »Falter«. Zahlreiche Preise, u. a.: Prälat-Leopold-Ungar-Preis (2006), und Publikationen, u. a.: »HC Strache. Sein Aufstieg. Seine Hintermänner. Seine Feinde« (Wien 2009).

Sebastian Wiese,
auf Wirtschaftsrecht spezialisierter Rechtsanwalt und promovierter Rechtsanthropologe. Rege Publikationstätigkeit in juristischen Fachmedien sowie Publikationen zu Indigenenrechten. Lehrbeauftragter an der FH St. Pölten.